DIE LETZTE AUTOPSIE

Für dich

PAUL HILLE

DIE LETZTE AUTOPSIE

EINE LIEBE UNTER DEM SEZIERMESSER

SCHWARZKOPF & SCHWARZKOPF

PROLOG

Sommerfelder … Schließ die Augen und stell dir Sommerfelder vor: Zeit, ganz leise Zeit, Zeit wie wehende Seide.

Ein sanfter Wind streicht langsam durch Milliarden von Halmen im schönen Reigen, ungelenkt, einfach da.

Feinstes Rauschen umspielt das Land, fließt friedsam zu einem Hören ins Gedächtnis. Die Augen erholen sich im Blick auf lautlose Farben, verlieren sich in der Weite, werden trunken erdenmüde, finden Halt erst in der Nacht.

Losgelöst betrachtet, von jedem Wort verschont, gleicht die Landschaft dem Samt von pastellenen Tönen, schmiegt sich der Himmel wie zum Schlaf an ihren Horizont. Der Duft lauer Nachmittage und die Gerüche eines melancholischen Sommers berühren die Haut, gleiten durch sie hindurch und wecken das Rufen nach etwas Unbestimmtem.

Ganz fern und sacht klingt ein Singsang von Instrumenten in dieses Bild hinein. Und dies Klingen singt bis tief zu dem in dir, was deine Saiten sind und dich beklommen, wortlos und traurig zwingt mitzuschwingen.

Kein Wehren, nicht das kleinste mag hier gewinnen; ganz in dir gefangen hebt sich die Seele zum Dirigenten deiner ungestillten, deiner tief empfundenen Wehmütigkeiten empor. Das Orchester feinsten, liebevollsten Lächelns klingt und klingt und klingt, bis du verstanden hast, dass das Schönste in dir mit dem Traurigsten Hand in Hand dein Leben nicht verlassen wird …

Als diese Stimmung wurde ich geboren, kam ich auf die Welt und brachte mich ein.

Sie ist leicht, so wundervoll leicht, dass sie zur Schwere wird, wenn ich versuche, sie zu erklären. Eine Landschaft bin ich, eine Landschaft gern, und barfuß betrat jemand meinen Boden, begriff jemand mich. Wenn du dir dies vorstellen kannst und mir eines Tages irgendwo begegnen solltest, so würdest du mich wahrscheinlich bitten, einmal nur zu lachen. Dabei lache ich die ganze Zeit.

01

KATER

Mein iPhone soll mich eigentlich jeden Morgen wecken. Soll! Täte es auch, stänkerte mich nicht irgendjemand schon längst vor dieser unsäglichen Uhrzeit aus dem Schlaf. Auf halb fünf ist es eingestellt, mit nerviger Gitarrenmelodie, klimperklimper, damit ich auch ja wach werde. Und es ist gut, dass es ein iPhone ist, einen billigen Fünf-Euro-Wecker hätte ich vielleicht längst an die Wand geschmissen und mich umgedreht.

Irgendwann zwischen vier und halb fünf bläkt mich also einer meiner beiden Kater voll: »Fressen … hörste? Hallo, Fressen! … Ehey, steh uff … mach oder ich nerve dich weiter«, oder so ähnlich.

Ich bläke zurück: »Pommes … hau ab … elender Mistkater.«

Pommes bläkt weiter. Seit dreizehn Jahren geht das so, wen wundert's also, wenn es bei mir im Schädel hin und wieder Ding Dong macht? Jeden Morgen das Gleiche. Echt! Das blöde Aas, es ist erst um vier. Eine halbe Stunde hätte ich noch, mit mir und der Decke und dem Kissen und einem Traumfetzen vielleicht. Ich bekomme eine Stinkwut.

Ich kriege Herzrasen, wie jeden Morgen. Der Stinker hockt unter meinem Bett und gurrt in regelmäßigen Abständen.

»Du bist keine Taube«, stöhne ich.

Ich spüre einen Schrei in mir, der geboren werden will. Ich sehe mich als Tiermörder. Ich wohne in der dritten Etage und lasse den Kater einfach fliegen. Aber dann kommt mir das Fellknäuel in der Luft ohne Flügel seltsam vor und ich ersticke den Gedanken mit Mund und Fäusten in meinem Kissen. Jeden Morgen!

Egal, ich muss jetzt raus …

Aber bekomme ich den katzengewogenen Autor in die Finger, der behauptet, man solle dem Tier nicht nachgeben, weil es sich dieses Verhaltensmuster merkt und dann nie mit seinem Generve aufhört, dann lernt der fliegen, mit oder ohne Flügel, dieser Idiot. Jeden Morgen und vor allem am Wochenende stundenlang das Vieh ignorieren? Hat der sie noch alle? Im Übrigen darf ich Vieh sagen. Ich füttere es, spiele mit ihm, verpasse ihm Streicheleinheiten und mach ihm das Klo sauber. Alles klar?

Was will ich noch …? Ach ja, aufstehen, zur Arbeit. Aber da gibt's noch Fritz. Also ohne den geht es jetzt nicht …

Fritz, der andere Kater, ist ganz friedlich, ist schlau, merkt sich, wofür Pommes zuweilen durch die Wohnung gejagt wird. Fritz macht sein Ding, liegt immer da, wo ich nicht bin, kommt nicht schmusen und sagt selten Guten Tag. Ich weiß nicht, wo er ist, wenn er daliegt, weiß nicht, wo er gern wäre, lieber wäre, als ebenda.

Vor dreizehn Jahren, so lange ist's schon her, kam Pommes auf einem Stück Schaumgummi die Spree entlanggetrieben. Meine Mutter erzählte, die Matte wäre schon so durchtränkt gewesen, dass sie kurz davor war abzusaufen. Gerade so konnte sie den kleinen rotweißen Kater noch aus dem Wasser ziehen. Dann schwatzte sie ihn mir auf. Hm, dreizehn Jahre ist das her. Dreizehn Jahre … Ich war damit beschäftigt, mich zu trennen, und das uns Trennende beschäftigte mich. Ich hatte diese Trennung gebraucht, gesucht, vorangetrieben. Es musste sein, allein meinetwegen. Ich trennte mich von einer fünfjährigen Beziehung, von der Mutter meiner Tochter.

Ich trennte mich nicht wegen einer anderen Frau. Heute weiß ich, dass diese andere Frau da war, dass diese alles beschleunigte, und weiß auch, dass sie nicht der Grund war, weshalb ich gehen musste, warum ich gegangen wäre, so oder so. Ganz auf die Schnelle brauchte ich eine neue Wohnung. Die war auch gefunden, wie sie gesucht wurde – schnell. Ich stellte mich darauf ein, die nächste Zeit allein zu verbringen. Anfangs gefiel es mir sehr. Es förderte und bediente meine Dynamik, alles konnte so stehen und liegen bleiben, wie ich es brauchte, um ungestört, zu jeder erdenklichen Minute mit dem fortzufahren, was ich, nur weil ich müde wurde, unterbrach. Auch wenn es mir anfangs gefiel, wusste ich dennoch, dass »anfangs« irgendwann auch sein Ende findet. Da kam es mir gerade recht, dass meine Mutter mir diesen kleinen rotweißen Kater anschleppte. Bis dahin, obwohl wir immer Tiere besaßen, und ich betone »wir«, kamen mir alleinstehende Männer mit Katzen immer etwas seltsam vor. Endlich konnte auch ich seltsam sein, noch seltsamer.

Eigentlich wollte ich kein Tier mehr, sie gehören nicht in Häuser. Ich dachte, dass die Silberfische jetzt reichen. Aber bei Tieren werde ich schwach und das ist nicht gut und meine Mutter wusste das und nutzte es aus. Böse liebe Mutti.

Als ich den kleinen Kerl sah, so ganz in Rot und Weiß, und die Farben zu laut gewordenen Wörtern im Kopf wurden, entstand ein neues Bild. Ich dachte »Rot-weiß … einmal Pommes Schranke … Pommes rot-weiß«.

Ach, du Alarm … ich muss ausm Bett raus. Ich quatsche und quatsche … Hm, na gut, fünf Minuten gehen noch …

Pommes und ich hausten gemeinsam in der neuen Wohnung in Berlin Lichtenberg. Zehn Jahre bin ich durch diesen Bezirk meine Runden gelaufen, meist dreimal wöchentlich zehn Kilometer Straße gejoggt. Ich wurde angefahren, bin auf dem Friedhof eingeschlossen worden, war Zeuge eines Unfalls und bin über alles Mögliche gestolpert, und das einzig sichtbar Braune, auf das ich stieß, war vorzugsweise Hundekacke.

Es war mehr ein Hausen als ein Wohnen. Hinterhof, drei Treppen, Alkoholiker, Junkies, Assis und Idioten. Und Frau Marotzke. Frau Marotzke ist tot. Verdurstet, zu Hause, das gibt's wieder, immer noch. Sie stank fürchterlich. Sie stank nach Pisse. Woher kam die eigentlich, wenn sie doch nie etwas trank? Wenn sie nachts auf der Straße vor einem lief, brauchte man kein Licht mehr. Man brauchte nur dem Geruch nachzulaufen, um nach Hause zu finden. Parterre wohnte sie, war schwerhörig. Vielleicht war sie auch irgendwann mal liebenswert, vielleicht. Aber sie ist tot, was soll ich weiter bohren?

Weshalb ich dort dennoch so lange wohnte? Zweihundertdreißig Euro Warmmiete, zehn Autominuten vom Zentrum entfernt sind, denke ich, ein beinahe unschlagbares Argument.

Pommes wurde ein Jahr alt. Ich besorgte ihm einen Kumpel. Ich hoffte, es wäre ihm nun nicht mehr so langweilig, wenn ich außer Haus war. Acht Stunden, neun Stunden, zehn ... Manchmal war ich lange weg, manchmal auch nur, um weg zu sein. Manchmal. So ein Freund kann Langeweile schon vertreiben. Vielleicht spielten sie, wenn ich weg war. Vielleicht spielten sie mit den Weihnachtskugeln und dem Lametta, vielleicht schmissen sie im Dezember den geschmückten Weihnachtsbaum um, den ich ihretwegen weder aufstellte noch schmückte.

Vielleicht war ich auch manchmal nur ganz kurz weg, um dann wieder da zu sein und zu sehen, was sie so machten. Aber wenn ich da war, wusste ich nicht, was sie machten, wenn ich weg war. Ding-Dong-Logik. Ein Kater, zwei Kater – egal. Wenn ich weg war, langweilten sich beide. Sie warteten auf mich und fachgerechte Bespaßung. Und war es mir ein Spaß, sie nicht zu bespaßen! Aber wir halten uns bei Laune.

Manchmal saß ich auf dem Sofa und guckte und wurde gleich vier Mal zurückgeguckt. Wir guckten dann so und dachten »Hmm ... Mal sehen, was noch so passiert« und das machten wir, bis wir müde wurden. Das geht schnell bei mir. Ich bin müde, eigentlich immer. Das Wachsein zwischendurch mache ich nur, um halbwegs normal dazustehen und um mich zu erledigen. Und den Rest, den ich nicht schaffe, den erledigen die Kater.

Holla die Waldfee, jetzt aber die Decke weg. Ich muss raus. Ich latsche durchs Wohnzimmer, ignoriere die Waage, erst mal aufs Klo. Ich komme nirgends vorbei, ohne an eine Erinnerung zu stoßen. Ein paar lichte Farbflecken im Flur erinnern mich:

Die brisanteste Nummer, die sich Pommes leistete, war, als er mit einem seiner Hinterbeine in schwarze Ölfarbe latschte. Mittenrein. Das Fensterbrett im Arbeitszimmer ist breit genug, dass ich es als Ablage benutzen kann. Tuben mit Ölfarben liegen dort, offene wie geschlossene, Paletten in allen Größen. So liegt alles vom ersten Tag an dort. Den Katern stank das, und es kam mir recht, konnte ich mich doch darauf verlassen, dass sie einen Bogen darum machten.

Eines Tages, ich kam nachmittags nach Hause, da wollte ich schon auf der Türschwelle wieder umdrehen. Einer der Momente, wo man gern gegen eine Wand rennen möchte, in der Hoffnung, es würde einen so lange bewusstlos machen, bis irgendjemand käme und alles wieder in Ordnung brächte. Aber es half nichts, ich musste da durch. Schnell hatte ich herausgefunden, wer von den beiden Katern das Dreckbein hatte. Allmählich wurde mir das Ausmaß der Sauerei deutlich. Einzig interessant, aber nicht überraschend war, wo Pommes überall langlatschte. Er hatte nichts ausgelassen. Schreibtisch, Fensterbretter in Arbeitszimmer und Küche, den Herd, das Waschbecken, die Wanne, sämtliche Holzböden und Fliesen. Ich hatte einen Hals, als steckte mir ein Teelöffel quer drin. Das war ja noch alles abwischbar. Lappen und Terpentin. Aber dann, die Couch, das Kissen auf dem Arbeitsstuhl, meine weißen Chucks, ein paar helle Klamotten, die ich über die Stuhllehne gelegt hatte – ha, alles für die Katz.

»Nein, ich quäle meinen Kater nicht«, antwortete ich der Frau von unter mir, die mit Telefon in der Hand vor meiner Wohnungstür stand, um den Tierschutz oder so anzurufen.

»Der Arsch ist in Ölfarbe getreten«, sagte ich, »in schwarze! Und hat sie in der halben Wohnung verteilt. Ach was, in der ganzen. Ich musste ihm doch irgendwie das Bein sauber machen, ist doch klar, dass dem das nicht passt und er einen Aufstand macht …«

Die Frau von unter mir rümpfte ihre Nase, steckte sie in meine Wohnung hinein und roch das Reinigungsmittel, mit dem ich über die Böden gerutscht war.

»Gut, gut … ich dachte nur, weil ich Ihren armen Kater so kreischen hörte …« – »Ja, gut. Und auch gut, dass Sie mein inneres Kreischen nicht gehört haben, Sie hätten sonst die Bullen gerufen.«

Irgendwann hatte ich mich beruhigt, dachte, dass er und ich uns ganz schön ähnlich sind und dass dieser Chaot zu mir passt. Ich konnte ihm nicht böse sein. Ich hätte es sonst auch mit mir sein müssen. Vertraue nie auf die Gewohnheiten deines Haustieres.

Ich muss mich langsam beeilen …

Halt! Was ist das denn für eine Aussage: langsam beeilen? Ich schmeiß mich weg … bin gleich wieder am Tisch, Moment … (Ans Lektorat: Das bleibt stehen!)

Also, ich beeile mich. Vorm Klo: einmal kurz putzen, spülen, Hände waschen. Zack, zack in die Küche, Wasser aufsetzen. Instant-Kaffee, ich liebe ihn, ich Sau. Währenddessen duschen, waschen, abwaschen, mich. Mich von mir abwaschen, ich merke, ich habe mich schon erreicht.

Es gibt zu viel Kaputtes um mich herum und all dies Kaputte nutzt immer wieder die Gelegenheiten aus, die alleenbreiten Schleichwege zu dem Punkt in mir zu finden, der ihm ein warmes Essen, einen Platz zum Schlafen und eine Zeit zum Bleiben anbietet. Es ist nicht einfach, Gedanken als Untermieter bei sich aufzunehmen. Man könnte ja eine gewisse Freiwilligkeit annehmen, aber nein, ich kann nur nichts dagegen tun. Von der Art, Kaputtes auf mich abfärben zu lassen, bin ich. Ich dusche an Färbetagen lang und heiß, schrubbe, wenn das Bunt am schlimmsten ist. Schrubben hilft aber nicht, weil ich weiß, dass ich schrubbe, und weiß, was das Schrubben bringen soll. Und eben deshalb erfüllt es sich nicht. Wissen kann also auch Ohnmacht bedeuten. Ich muss noch mal mit Marx reden … Wobei: Zu wissen, dass Wissen auch Ohnmacht bedeuten kann, ist auch ein Wissen, das mir die Macht verleiht, mit diesem Wissen umzugehen. Krass! Zu klare Gedanken, die Sinn und Zweck verfolgen – und das schon am frühen Morgen.

Ich versperre dem ablaufenden Duschwasser die Flucht, versinke langsam in der Wanne und bleibe, bis mir unheimlich wird. Es ist so still, dass ich das Salz meiner Haut hören kann, höre, wie warm das Wasser ist. Irgendetwas stimmt aber nicht … Ich fühle mich beobachtet. Da: Zwei große Augen starren mich unverfroren an. Ich fahre vor Schreck zusammen, überflute das Bad und Pommes rennt nass davon.

Wach sein, ja … wach sein, wie schwer. Aber es verkürzt die Zeit bis zum Müdewerden. Ich muss hinnemachen. Kaffee aufgießen, Hosen an, Strümpfe, Hemd. Die halbe Tasse schaffe ich, peu à peu.

Morgens fühle ich mich wie ein wohltemperierter Flügel, auf dem man gern, noch im Bademantel, seinen Tee abstellen darf. Die warme Untertasse kann dem Lack nichts anhaben – wohltemperiert, Flügel und Tee, und wenn es gut geht, dann auch ich. Der Abend macht zuweilen gern eine Bratsche in Moll aus mir. Hier passt keine Tasse Tee, nicht einmal ein Schnapsglas, was angebracht wäre. Zerschlissener Lack, alte Saiten, fasernder Bogen, Noten, die aus schlechtem Licht entstanden – das Instrument unachtsamer Menschen.

Und zwischen Flügel und Bratsche schleichen aufmunternd zwei Herren auf vier Beinen in Fell gekleidet: Pommes und Fritz. Tag oder Nacht, Frühling oder Herbst, völlig egal, immer mit Hunger. Wenn es sommert, halte ich die Fenster geöffnet. Allerlei Fliegzeug und Spinnen in allen Größen treffen sich bei mir. In meinen Vorstellungen von diesem Getier, in denen ich sie groß wie Spielzeug sehe, quatschen sie, trinken Kaffee und rauchen Zigarren, wie die lebensdurchwanderten Männer des Buena Vista Social Club, und ich warte jeden Augenblick darauf, dass sie zu den Gitarren greifen. Alles ganz gemütlich, am Fenster.

Aber dass mal einer der beiden blöden Kater sich dieser Kreaturen annimmt, sagt »Schluss mit dem Kaffeekränzchen!« oder »Hände hoch, heute ist Zahltag!« und sie einfach frisst – nö! Die wollen alles aus der Büchse, einem Tütchen oder aus dem Karton. Vor Lebendigem erschrecken sie sich, haben sie Angst. An wen erinnert mich das nur?

Okay okay, 'n bissel Tempo jetzt, irgendwas aus der Büchse. Happahappa, los jetzt, fresst, ich muss.

Nachdem die Kater abgefrühstückt wurden, muss die Zeit bis zum Losfahren zur Arbeit noch reichen, um das Katzenklo sauber zu machen, und für den Gedanken: »Was habe ich vergessen?« Irgendwas ist es immer. Jacke an und los.

02

ANTRAG

Ich hasse es, bei dieser Arschkälte aufzustehen, und erst recht, wenn es noch dunkel draußen ist. Ich könnte ein paar Kilometer dichter an die Klinik ziehen und so die Fahrtzeit auf eine halbe Stunde oder weniger reduzieren. Hab ich gedanklich schon durchgespielt, einen Zirkel in den analogen Stadtplan außerhalb von Tomtom und Garmin gerammt und einen Kreis gezogen. Überall Neubauten; die hasse ich noch mehr, als früh aufzustehen.

Im Schnitt fahre ich eine Stunde zur Arbeit. Viel durch die Stadt, ein wenig durchs Ländliche. Ich fahre kaum noch bewusst. Wenn ich meinen Wagen in der Nähe der Klinik abgestellt habe, ausgestiegen bin und ihn abschließe, frage ich mich manchmal, wie ich eigentlich hierhergekommen bin. Ein Geräusch, eine rote Ampel, ein Irgendwas knipst mich dann irgendwo an und ich denke: Ach was, hier bin ich schon? Ich merke, die Fahrt zum Dienst ist mir ins Fleisch übergegangen, zum Glück noch nicht ins Blut. Diese Erkenntnis deprimiert mich. Mein Job war mir seit geraumer Zeit schon nicht mehr mein Ein und Alles und mir graute schon vor dem Weg dorthin.

Seit nunmehr acht Jahren arbeite ich im Krankenhaus. Die Wahl, dort zu arbeiten, war das Ergebnis von ganz einfachen

Schlussfolgerungen. Mein Betätigungsfeld ist eigentlich die Kunst. Aber die hat ein schreckliches Benehmen, ist unbeständig und unpünktlich. Mit Mitte dreißig mehrere Monate arbeitslos zu sein kann einen auf merkwürdige Gedanken und Ideen bringen. Was ich anfangs pragmatisch beschloss, ohne dass ich einen bedeutsamen Weg darin sah, entwickelte sich zu einem Prozess mit einem Anfang und einem Ende.

Mittlerweile verhält es sich mit der Arbeit aber schon so wie mit den Anfragen an den Sender Jerewan: »Macht dir deine Arbeit noch Spaß?« – »Im Prinzip ja, aber … nicht mehr ganz so viel wie früher … Na ja, es geht noch so … es hat ganz schön nachgelassen … Eigentlich hat sie noch nie Spaß gemacht … Nein, im Grunde geht es überhaupt nicht mehr …«

Vor beinahe zehn Jahren ließ ich mich, nach schon anderthalb studierten Berufen, noch einmal ausbilden. Der Tod und sein Drumherum schienen mir krisensicher und ich dachte, damit ließe sich mehr Geld verdienen als mit den Bildern, die ich malte und nie verkaufte.

Was für eine brillante Logik. Aber im Laufe der Jahre nahm das Interesse der Kliniken an Obduktionen ab und die Hinterbliebenen, die ihr Einverständnis dafür erklären mussten, machten es einem auch nicht leicht. Oft lehnten sie das Öffnen ihrer Angehörigen ab. Der Verstorbene sei nun einmal nicht mehr da und eine Sektion würde ihn auch nicht wieder lebendig machen. Ein profaner wie herzlicher Grund, dem ich mich anschlösse, ginge es um eines meiner Familienmitglieder.

Die Zahl der Autopsien ging so weit zurück, dass mein Arbeitsfeld sich immer mehr ins Labor verlagerte.

Die Eingeweide herausnehmen, einen Kopf aufsägen, den Darm der Länge nach aufschneiden und all die anderen Sachen, die mit einer Obduktion zu tun haben, das ist kein Problem. Aber die Arbeiten im Labor gehen mir mächtig auf den Zünder und das merke ich nicht erst seit gestern. Ein schleichender Übergang, den ich anfangs nicht registrierte. Mal ein wenig hier helfen, dann ein wenig da helfen. Am Ende war es kein Helfen mehr. Jetzt war ich überall fest eingeplant, muss mich dafür rechtfertigen, dass ich hin und wieder meiner eigentlichen Arbeit nachgehe. Ich kann mich also regelrecht danach sehnen, Fleisch zu zerschneiden.

Es ist so, als wenn du Fotograf bist und den Auftrag hast, bei einem Metzger Aufnahmen zu machen. Irgendwann bittet er dich kurz um Hilfe. Du stellst dich ganz gut an, eignest dich sogar. Mehr und immer mehr nimmt er deine Hilfe in Anspruch, bis du die Kamera endgültig aus der Hand legst. Ein Wesenssprung besonderer Güte. Wohl dem, der den nicht spürt und so zum Metzgergehilfen wird.

Ich bin kein medizinisch-technischer Assistent, wollte nie einer werden und im Grunde auch nie medizinischer Sektionsassistent. Ich habe in vielen Berufen gearbeitet, bin auch Maler, ich denke in Bildern. Der Umgang mit Leichen und Tod hat etwas Lebendiges wie Morbides, man begegnet sich und seiner Endlichkeit. Ich finde Motive, die mit meinem philosophischen wie psychologischen Verständnis zusammenstoßen, die es unterstreichen oder meine Neugier wecken. Irgendeinen Grund, außer dem, dass ich Geld brauchte, muss es gegeben haben, weshalb ich Pinsel und Stifte gegen Messer und Pinzetten getauscht habe.

Ich bin siebenundvierzig Jahre durch die Welt gewandert, habe mich verlaufen, verliebt, vermählt, verzettelt, vermehrt, entliebt, verkauft, verstoßen, verschenkt, versöhnt und vielleicht ganz weit zu mir gefunden. Ich muss nicht mehr in die Berge fahren, um festzustellen, dass ich lieber am Meer bin. Meine Vergangenheit nahm immer wieder mal Anlauf, um mich zu erreichen, mir etwas zu sagen, und ich war immer einen Schritt schneller. Je älter ich wurde, desto langsamer wurde ich aber, desto dichter drang das Vergangene zu mir, ohne mein Wollen. Dann kam der Tag, an dem ein Mensch mich anstieß, sich meiner Vergangenheit annahm und sich mit ihr in meinen Weg stellte. Von da an war es nicht mehr möglich, einfach weiterzugehen, wie ich es bisher getan hatte. Ein besonderer Mensch stieß mich an, natürlich! Und er baute sich nicht vor mir auf und sagte etwa »Los, zeig her, was dich bekümmert«, nein. Wir teilten ein Los und mit den Hälften in unseren Händen wurden wir für einander sichtbar. Jener Umstand ermöglichte, dass dieser Mensch mich hinter meinen sieben Häuten und Katzenleben erreichen konnte. Ein einziger Mensch wirft dich aus der Bahn, in eine andere, welch Macht. Ein anderer Tag, eine andere Stimmung nur hätten genügt und es wäre vielleicht anders gekommen. Ist diese Begegnung das, was man Schicksal nennt? Einem bestimmten Schicksal kann niemand entkommen, vorrangig dem eigenen. Und manches Schicksal ist gar keines, sondern schlicht nur das Ende eines Tages, das Ende eines Lebens. Solch ein Ende wurde mir wieder in die Hände gelegt.

Wir haben heute einen Sektionsantrag bekommen. Eine Frau soll obduziert werden. Wenn solch ein Antrag kommt, folgt eine umfangreiche Vorbereitung. Ich lese mir prinzipiell jeden Sektionsantrag durch. Name, Geburts- und Sterbedatum, kurze Schilderung des Falls und Einverständniserklärung der Angehörigen müssen darauf stehen. Fehlt nur eines davon, geht gar nichts. Eine Verwechslung will und kann sich hier niemand leisten.

So lese ich diesen Antrag. Ich fahre kurz, aber heftig zusammen, wie von einem Schlag mit flacher Hand im Gesicht getroffen, als ich über eine Information mehr als nur stolpere. Eine Information, die ausschließlich mit mir zu tun hat, die mich in heftiges Gedankenstraucheln bringt. Ich reiße mich zusammen. Ich gehe zum Chef und halte ihm den Antrag vor die Nase. Der liest sich Antrag und Fragestellung durch, sucht nach der Unterschrift des zustimmenden Familienangehörigen. Dann und wann fasst der Chef noch selbst das Messer an. Grundsätzlich aber führen die Obduktionen in unserem Hause die Assistenzärzte durch. Erst wenn sie mehr oder weniger verzweifelt gegen die Mauern ihrer Erkenntnislosigkeit fahren, rufe ich den Chef oder irgendeinen anderen Facharzt, also jemanden, der sich damit auskennt.

Ich frage den Chef: »Wer und wann?« Er antwortet: »Morgen. Dr. Möbius.« Mehr gibt es als Antwort manchmal nicht. Sogleich suchte ich Dr. Möbius auf. Eine Obduktion bedeutet für die Ärzte immer, dass sie die Arbeiten zur Haupteinnahmequelle des Institutes, nämlich das Mikroskopieren und Diagnostizieren, unterbrechen müssen. Obschon eine Autopsie immer und immer wieder einen Lernfaktor darstellt, gebiert er sich immer als einer der lästigsten. Tja, aber genau das ist mein Job und nebenbei geht es immer um Menschen.

Die benommen machende Information von eben arbeitet in mir, zettelt Unruhe an. Noch arbeite ich dagegen an. Unkonzentriert bereite ich zwei Aufkleber vor, beschrifte sie mit den wichtigsten Angaben, dem Namen »Dr. Möbius« und kennzeichne sie mit »L« für links und »R« für rechts.

Einen Bogen mit Zeilen, in die die Gewichte und Maße der Organe eingetragen werden, und mit schematischen Zeichnungen eines geschlechtslosen Menschen von vorn und von hinten drucke ich aus.

Mit Aufklebern und Bogen verschwinde ich im Sektionssaal. Den Bogen klemme ich auf eine Schreibpappe, die Aufkleber kommen auf zwei mit Formalin gefüllte Gefäße. Dort werden am Ende der Sektion die Organschnipsel schwimmen, die weiter begutachtet werden und mikroskopisch untersucht letzte Ergebnisse liefern sollen.

Ich atme tief, der Blick wird weiß, das Gleichgewicht will Karussell mit mir fahren. Ich gehe zu den Kühlkammern, suche die Verstorbene, vergleiche noch einmal alle Daten vom Sektionsantrag mit denen auf der Zehenkarte.

Ich lese deutlich ihren Namen … und wage erst jetzt zu erstarren.

Ich bin allein. Ich zähle von zehn an rückwärts …

… zwei, eins, null.

Alle Geräusche verstummen. Die malerische Ruhe vor einem Gewitter. Kein Wind geht, kein Blatt rauscht mehr, kein Vogel will singen. Alles hält den Atem an, selbst der Atem. Ich höre nicht mehr das laut brummende Aggregat der Kühlung. Nichts. Sagenhafte Stille. Einzig höre ich ihren Namen. Mit lautem Krachen legt sich ein Schalter in mir um. Ich weiß, es wird nichts bleiben, wie es ist.

Dann muss ich weg, bevor ich diesen Augenblick mitnehme, bevor er mich mitnimmt. Nicht heute. Mir ist klar, morgen werde ich mich darauf einlassen, auf alles, alles! Morgen nehme ich alles mit. Das verspreche ich mir.

Mein Blick tanzt noch einmal durch den Sektionssaal. Ich empfinde alles für gut vorbereitet, schalte die Lichter aus, schließe den Saal ab.

Von hier an geschieht alles benommen und doch deutlich, intensiver als sonst. Als hätte jemand alle vorhandenen Konturen nachgezeichnet und am Farbregler der Dinge etwas mehr Sättigung nachgeschoben. Der Gang durch die Pathologie wird langsamer. Es wird sich etwas ändern. Und als würde es das alles morgen nicht mehr geben, legen sich all meine Plätze im Institut, an denen ich zugange war, wie Fotografien zum Mitnehmen in mir ab. Klar, mit dem Gewicht meiner Jahre, mit den Abdrücken meines Hierseins. Ich vermeide es, die restliche Zeit bis zum Feierabend unter Kollegen zu sein. Was in mir arbeitet, strahlt Ruhe aus, eine Ruhe, die niemand so an mir kennt. Das macht auffällig. Ich ahne, wohin mich diese Ruhe bringen wird, bin mir beinahe sicher, lasse den Dingen nun ihren Lauf, lasse alles zu, was auch immer kommen wird. Ich habe keine Angst mehr.

Ich laufe den wirklich langen Gang, längs durchs Klinikum, zum anderen Ende saumselig entlang und gelange, vielleicht gerade dadurch, schneller zum Ausgang als je zuvor. Alles Bildhafte heftet sich an mein fotografisches Gedächtnis. Hier die Strahlentherapie, dort die orthopädische Werkstatt, da der Kopierraum. Orangefarbene Aufgänge, anthrazitfarbener Fußbodenbelag.

Der Stau auf der Fahrt nach Hause macht mir nichts aus. Keine Hupe veranlasst mich zu schnellerem Agieren, kein Stinkefinger, mich aufzuregen. Betont langsam lasse ich den Tag in den Abend knicken, mit mir darin.

Ich schlafe ruhig und tief, stehe mit der Genugtuung, dass mir nichts geschehen könne, auf. Ein neuer Tag, iPhone klimperklimper, Kater füttern, Instant-Kaffee, Jacke an und los. »Hab ich was vergessen?« Ich mache mich besonnen auf den Weg.

Die Morgenrituale im Institut sind trotz meiner gewollten Behäbigkeit schnell erledigt. Ich widme mich nun völlig dem, was mir begegnen wird, dem, dem ich heute begegnen will.

Ich öffne die Kühlkammer, nehme mir den Hubwagen und ziehe mir die Leiche aus Box eins, ganz oben heraus. Ich arretiere die Walzen, senke die Bahre auf Bauchhöhe herab und lese, was mir die eingebaute Waage anzeigt: siebenundfünfzig Kilo. Ich schließe die Kühlkammer, schiebe die Leiche in den Sektionssaal und ziehe sie aus. Da ist noch nicht viel. Ich kaue auf den Zähnen. So beginnt es, wenn mich die Dinge und Geschehnisse langsam anfahren. Ich wehre mich noch kurz. Es ist noch zu früh, meine Seele über ihr auszubreiten. Die Frau, fremd, wie sie mir kurz vorkommt, soll sie noch ein paar Augenblicke sein. Aber mein Abstand zu ihr ist wie brüchiges, altes Pergament.

Für Nachthemden, Laken und sonstige Wäsche stehen Wäschesäcke bereit, die in ein kleines Rollgestell eingespannt sind. Es dauert nicht lange, bis die Säcke zu stinken beginnen. Alles, was in der Kühlkammer starr wurde, ergibt sich draußen der umgebenden Raumtemperatur, löst sich und gibt seine Duftstoffe frei, insofern man bei Blut, Urin, Kot und Erbrochenem noch von Duft sprechen kann. Ich nehme die Dinge heute sehr intensiv wahr. Ich senke die Bahre noch weiter herab, bis sie auf gleicher Höhe mit dem Sektionstisch ist.

Ich besprenkle den Tisch mit Wasser, wie gewohnt. Hier nun beginnt das Stottern meiner Routine, gerät das Gewohnte aus den

Fugen. Ein tausendfach geübter Handgriff will mir nicht gelingen. Wie bekomme ich sie auf den Sektionstisch? Natürlich weiß ich wie, weiß aber auch, wie schrecklich das gewohnte Werk aussehen kann. Nicht für mich, nein, für etwas imaginär Anwesendes. Siebenundfünfzig Kilo … nicht erst hier beginnt die Andersartigkeit des Tages. Ich ziehe sie nicht an Armen und Beinen zu mir herüber, mit leichtem Rumpeln und Quietschen. Dies passt nicht zu dem, was sie noch immer ausstrahlt. Ich gehe zu ihr, greife unter ihre Schultern, greife unter ihre Knie, hebe sie in meinen Arm und lege sie behutsam auf den Seziertisch.

Das letzte Laken verschwindet in der Schmutzwäsche, der Hubwagen bei den Kühlkammern. Nichts darf schief stehen, wackeln oder unkontrolliert wirken und sein. Natürlich nicht!

Ich stehe mit meinem Bauch direkt hinter ihrem Kopf. Mit der Linken greife ich unter ihren Nacken und hebe ihn langsam samt Oberkörper hoch, so, dass es mir möglich ist, eine Stütze unter die Schulterblätter zu schieben. Ein großes, klappbares Lineal aus Aluminium lehnt an der Wand. Ich messe ihre Größe und trage alles, was sich messen lässt, in den dafür vorgesehenen Vordruck ein. Fertig, bis hierhin.

Die Uhr verrät, dass noch Zeit für einen Kaffee ist.

Ich ziehe die Handschuhe aus, entsorge sie, wasche und desinfiziere mir die Hände. Ich drehe mich nicht um, als ich sie allein und entblößt im Sektionssaal zurücklasse. Ich kann gehen, einfach so, denn ich weiß, dass hier niemand hineingehen wird. Dennoch gelingt es nicht, dieses Gehen, einfach so. Gern ließe ich meinen sorgenden Teil bei ihr sitzen. Ein paar Worte, die beruhigen, die das sagen, was Umsorgen bedeutet. Ich weiß, das ist viel zu viel an menschlich Ideellem gedacht. Aber es ist vorhanden. Ich brauche den sorgenden Teil, der sich gerade nicht teilen lässt für mich. Ich finde sonst nicht zum Kaffee, nicht zu den stimmigen Dingen. Was könnte ich auch tun: sie mitnehmen in den Aufenthaltsraum? Wie lieb wäre es mir zu einer Zeit gewesen, hätte sie mich gehenden

Fußes dorthin begleitet, und weiter noch, vielleicht. Aber so ist es nicht, wie vieles.

Ich sorge mich um mich, damit ich mich um andere sorgen kann. Ich lasse das Licht brennen. Es nimmt die Angst in mancher Stunde. Ja, ich weiß, sie ist tot, da ist nichts mehr, was sich regt, was ihr wehtun kann. Aber es regt sich in mir. Abstrus, konfus, verworren. Da wirkt plötzlich etwas Starkes, nicht nur weil ich jede Sperre aufhebe. Jahrelang hielt ich die große Mauer zwischen all den Toten und mir aufrecht. Keiner durfte mir je zu nahe kommen. Ich befürchtete, jeder von ihnen könnte mir Schatten sein, den ich nicht loswerde, der in Momenten sichtbar wird, in denen er nichts zu suchen hat. Immer der mit Bedacht gewählte Abstand. Ich habe die Annahme sämtlicher Schicksale verweigert. Und jetzt …? Ich habe es nicht in der Hand, habe überhaupt keine Wahl. Könnte ich gehen und sagen »Das mache ich nicht«? Da ist ein Teil, der mich brachial, aber auch sanft zwingt, der bestimmt, dass ich nicht anders handeln kann. Kein unbekannter Teil. Noch fühle ich mich gut damit, wenngleich mir klar ist, dass ich eine Sektion in dieser Form nie wiederholen könnte. Ich weiß nicht, ob ich das, was ich will, schadlos überstehe. Trotzdem, ich muss.

Mir würde es gefallen, ließe man das Licht auch für mich brennen. Davon gehe ich aus, tue es für sie und es beruhigt mir die Stunde. Ich schließe hinter mir die Tür zum Saal, wechsle in der Schleuse die Schuhe, schlendere blind für andere und anderes durch den Flur, und freue mich auf ein heißes Getränk.

03

HALSPAKET

»Na, alles in Ordnung, wie geht's?«, frage ich mich, nachdem ich als ein anderer im Aufenthaltsraum angekommen bin.

»Das weiß ich doch nicht«, gebe ich mir als Antwort.

Ich stelle mich mit dem Rücken zur Küchenzeile. Zwei, drei Schluck Kaffee trinke ich, ganz in Ruhe, im fensterlosen Raum. Das Deckenlicht ist aus. Die mäßige Neonbeleuchtung unter den Hängeschränken versucht, mich einzulullen. Ich bevorzuge wieder Krümelkaffee mit Milch. Koffein muss sein. Ich muss nicht in mich gehen oder einen Schamanentanz aufführen, um eine Autopsie durchführen zu können. Ich brauche einfach nur ein paar Minuten Ruhe, bevor ich beginne. Einfach nur dasitzen, nichts tun … mit Kaffee. Einen Seufzer noch. Dann gehe ich los, durch den Flur, durch die Türen.

Im Sektionssaal ist es still. Schon gestern hatte ich alles vorbereitet. Leise plätschert es im Überlauf des Fußbeckens. Nur dies und das Rauschen nachlaufenden Wassers ist jetzt zu hören. Später kommen hin und wieder das metallene Geräusch des Ablegens von Scheren und Messern auf dem Seziertablett dazu und ein paar Sätze vielleicht. Die Tonkulisse ist spärlich, aber sie gehört unverwechselbar zum Saal. Die Abläufe der Dinge, die ich tun werde, sind klar. Sie liegen wie ein unsichtbares Arrangement vor mir. Ich betrachte es, stiere in die Luft. Das kleine Plätschern und Rauschen verschwindet, ich finde mich ganz in Gedanken wieder. Weil ich meine Handgriffe beherrsche, kann ich mich trotz der Anwesenheit eines Toten und der Arbeit an ihm ganz weit wegdenken. Ich spüre, wie wundersam es sich anfühlt, hier und auch dort zu sein, zwar im Saal zu stehen, aber sein zu können, wohin mich meine Gedanken gerade bringen.

Bei dieser Autopsie lasse ich es darauf ankommen. Ich weiß, es könnte gefährlich werden, mich derart auf sie einzulassen, wie ich es beabsichtige. Aber ich will es so.

Ich schaue in ihr Gesicht. Ich sehe es mit seinem schönen Haar, den hübschen Strähnen, seinen feinsten Härchen, seinen Poren, seinem Licht und Schatten. Ich nehme Linien wahr, Kurven und Flächen. Einen Mund, so weich, dass ich mich hineinlegen möchte, für einen Schlaf nur, hundert Jahre lang vielleicht. Wimpern, die im Niederschlag der Lider ein emotionales Beben auslösen können. Die Augenbrauen gezupft, nicht zu schmal, fließende Behaglichkeit. Keine Piercings, kein Botox, keine Tattoos, nur zwei kleine Ohrlöcher. Ein Gesicht von objektiver Schönheit. Ich erlaube mir, es zu betrachten, gehe mit meinem Blick nicht darüber hinweg wie über all die anderen. Ich mache mir ein neues Bild von ihr, zeichne es als einen Gedanken in mein Heft der bleibenden Dinge. Ich nehme das Gesicht noch einmal in mir auf. Ich sehe es nicht an, ich sehe hinein, ich behalte es. Nicht, dass ich die tausend anderen Gesichter nie ansah. Ich registrierte sie, kontrollierte sie, vermaß und beschrieb, was in ihnen zu finden war. Nummerierte Gesichtsprotokolle. Ich sah nicht durch diese vielen Gesichter hindurch, bis auf den Grund ihrer Leben, ließ sie nicht in mich hineinblicken.

Bei ihr ist es anders.

Ganz still liegt sie vor mir, leblos, schon ausgekühlt. Seit gestern Abend ist sie bei mir. Sie ist schlank, kein Model – eine

Frau. Linien. Als Ästhet findet man überall Linien. Am Horizont, an Lidern, an Steinen, an aufgebrochenen Äckern, an Haut und Körpern. Leibeslinien, die einer Harmonie folgen. Vom Bogen der Schulter in sanftem Steigen und Fallen über Brust, dann Bauch und Hüfte, in weichem Gleiten über die Beine und im Ausatmen über den Fuß, herunter vom Tisch, hinaus aus dem Saal, in fantasievolle Augenlandschaften bis ans Meer in mir. Nichts trägt sie mehr außer brennende Ruhe.

Und wie sie daliegt, sieht sie gesund aus, als stünde sie gleich auf, um sich ihrer Nacktheit zu wehren. Nicht ihre Blöße wäre es, die sie vor mir verbergen wollte. Es wäre mein Wissen um sie und die Ungewissheit, ob wir uns im Leben noch einmal begegnet wären. Es stimmt mich klamm.

Ich stehe an ihrer rechten Seite, mein Handrücken streift sanft ihren Handrücken, zwischen Haut und Haut ein Gummihandschuh, aber die Geste gilt und wirkt. Meine linke Hand liegt weich auf ihrem Hals. Dann schneide ich ihr mit einem langen sanften Zug in die Haut. Ich habe es nicht eilig. Ich denke. Ja, ich denke. Ich funktioniere nicht wie sonst, ich bin der Macher und weiß, dass ich es bin.

Ihr Gesicht ist sehr gepflegt, die Fingernägel wohlgefeilt, die Zähne einwandfrei. Ob sie gelitten hat, die Frage, wo für jeden Leid beginnt, wie traurig die anderen sind, die sie kannten, was sie zuletzt tat – ich weiß es nicht. Diese Fragen lasse ich heute alle zu, wie ich gleichsam nicht jede Antwort wissen möchte. Ich bedauere, dass es Umstände gibt, die einen nicht das durchaus zugedachte Alter von mehr als siebzig Jahren erreichen lassen.

Ich schneide durch ihre Haut. Etwas oberhalb der Schlüsselbeine geht sie auf und gibt die Sicht auf das wenige, darunterliegende Fett frei. Ja, buttrig ist es und gelblich. Ich schneide in so geschmeidiger Bewegung wie ein Bogen in schönem Fluss über die Saiten eines Cellos streicht. Ein makelloser Viertelkreis, von der linken zur rechten Schulter. Ich schneide, musiziere gedacht und denke: Wie oft hast du das in diesen acht Jahren schon getan? Ich zähle oben links im Kopf nach, entwerfe oben rechts Bilder dazu und komme im ersten Jahr auf etwa dreihundert Mal. Im zweiten Jahr schon weniger und immer weniger und weniger in den nächsten.

Unterm Strich komme ich auf tausend.

Unter ihren weich behäuteten Schulterblättern liegt kalter Stahl. Das rührt sie nicht. Wir nennen es Kopf- oder Nackenstütze, dies Ding aus Stahl.

In der Beuge vom Hals zur Schulter lauert schnitttechnische Gefahr. Schnell gelangt hier die Messerspitze nach außen, macht ein Loch. Ich gebe Obacht.

Heute ist alles anders, heute will und wird alles anders sein. Ich bin im Wesen bei ihr, komme mit langen Schnitten entlang der Halsmuskulatur problemlos voran. Ich schneide, bis ich den Unterkieferknochen spüre und sehe. Am Ende ist die Sicht frei auf einen Teil der Nacken- und der Halsmuskulatur. Der Mensch verändert sich gerade erlebbar, ist noch schöne Frau und wird fraktale Anatomie. Es entsteht die Metamorphose vom Menschen meiner Sehnsüchte zum zu untersuchenden Objekt. Der Mensch als duale Vision, als das, was er ist und was er *auch* ist.

Die Schnitte sind tausendfach geübt. Ich gehe gedanklich weiter und nähere mich der Sicht auf das, was sie ist, was sie auch ist und was sie noch ist. Sind wir so betrachtet grenzenlos?

Jetzt kann es noch einmal unangenehm werden. Nicht selten begegnet mir im Rachenraum Erbrochenes. Hier ist es – Schönheit und Ekel. Da muss ich durch und wirklich kein Weg führt daran vorbei. Ich muss mit den Fingern mittenrein, um die Zunge samt dem Schlund herausschneiden zu können. Wenn der Kelch mit Unangenehmem an mir vorübergeht, bleiben noch vergammelte Zähne und nicht gepflegte Prothesen.

Das bleibt mir erspart und stört den Fluss meiner Gedanken nicht. Die Halsmuskulatur umschließt die Wirbelsäule. Präparatorenhandwerk ist gefragt.

Wenn es so weiterläuft, bleibt Zeit, sehr viel Zeit. Und Raum. Nachdem ich Zunge, Rachen und Gaumen gelöst habe, lässt sich dieser Verbund spielend leicht von der Wirbelsäule trennen.

Wie sieht es nun aus? Seltsam? Für den ungeübten Blick sicher. Rohes rotes Muskelfleisch, an dessen einem Ende sich die Zunge befindet, liegt nun auf dem Brustkorb. Das eben präparierte Stück lege ich zurück in den Hals, bemühe die Brause, suche und finde Sauberkeit.

Das Gefühl zum »Objekt« ist zwischen den Welten unterwegs. Eben noch blutig verschmiert, mit der Zunge dort, wo wir sie sonst nie sehen, und jetzt, gesäubert, graziles Wesen, wieder annehmbares Bild. Und ich frage mich, wer hier gerade wen bedient. Ich als Handwerker die Autopsie oder die Autopsie als sinnliches Erleben mich? Ich bleibe sanftmütig, bewerkstellige und gestatte beides. Aber dieses Bild ist nicht von langer Dauer, viele Stimmungen sind unterwegs. Abermals sehe ich in ihr Gesicht und heute ist es das einer Toten, die diesmal einen Namen hat. Ich sehe sie an, lasse die Beziehung zu und verspreche, mich vorzusehen, mich zu beeilen, flüstere uns zu: »Es ist bald vorbei.«

Erneut setze ich das Messer an. Mit gedämpftem Druck, in einem Zug, ziehe ich die Klinge durch ihre Haut über dem Brustkorb, über dem Zwerchfell, über dem Bauch, vorbei am Nabel, ein paar Zentimeter noch. Der Bauchraum ist offen. Verwachsungen, Metastasen und Gestank sind möglich. Aber auch das tut sie mir nicht an und beinahe wird mir die Arbeit unerträglich leicht, habe ich das Gefühl, sie meint es gut mit mir. Leise bedanke ich mich und offenbare ihr, es so und nicht anders erwartet zu haben.

Den Brustkorb freizulegen geschieht in flinken langen Schnitten. Das schöne Bild ist einstweilen gebrochen, aber nicht endgültig entzwei. Beinahe möchte ich um Verzeihung bitten, im Wissen darum, in den nächsten Minuten ihr Brustgewebe von innen zu zerschneiden.

»Aber mach nur, wir wissen ja weshalb«, nehme ich ihre mich entschuldigende Antwort an.

Ich lamelliere das Brustgewebe mit langen tiefen Schnitten. Ich suche nach Verdichtungen, nach Knoten, ich finde nichts.

Wie gern hätte ich jetzt schon etwas gefunden. Etwas, was Todesursache hätte sein können, etwas, was das Weiterschneiden aufheben würde.

Aber so ist es nicht, wird es nie sein. Eine Autopsie beinhaltet die Beurteilung aller Organe, unabhängig davon, was bereits gefunden wurde.

Ganz fein, aber sicher, präpariere ich an einer bestimmten Stelle das Gewebe zwischen den Rippen frei, um dann mit letzter Konsequenz ein kleines Loch zum Lungenraum zu schaffen. Augenblicklich beobachte ich, ob die Lunge, die sich bis dahin im Unterdruck befand, zusammensackt. Das sollte sie tun, tut sie, ich bin weiter dankbar.

Mit der Rippenschere beginne ich, von unten den Brustkorb zu öffnen. Stück für Stück verschwindet die Frau, erscheint die Arbeit, die jetzt nur noch dem Menschen gilt.

Die obersten, die kleinsten Rippen, sie sind die widerstandsfähigsten. Mit der Rippenschere schneide und drehe ich gleichzeizeitig, bis auch sie nachgeben.

Um das Brustbein zu lösen, hebe ich es vorsichtig an und präpariere es mit kurzen gezielten Schnitten heraus, so dicht am Knochen wie möglich. Ein kleiner Eimer steht bereit, in dem alles Organische, das vorerst nicht weiter untersucht werden muss, aufbewahrt wird. Wieder werden Platz und Ordnung geschaffen. Nicht mehr Benötigtes spüle ich ab, reinige es pedantisch mit Bürste und Mitteln und lege es im Desinfektionsbad ab. Ein Vorgang, der sich mehrmals wiederholen wird.

Ich blicke hinüber, vom Waschbecken aus Edelstahl zum Sektionstisch aus Edelstahl, auf das Meisterwerk Mensch. Für eine Weile noch liegt dort fürs Auge mehr eine Kreatur, in deren ungeschriebener Gebrauchsanweisung steht: *Mit Vorsicht und Umsicht zu behandeln!*

Alles ist im Einklang, will gelingen und heute verinnerlicht sein. Es geschieht nichts Störendes.

Beide Lungen sind zu sehen, der Herzbeutel, Leber, Magen, Milz, der Darm. Vor Jahren noch, ganz am Anfang, verzweifelte ich an diesem Anblick. Nicht aus Abscheu, nein, aber gewiss daran zu befürchten, nie einen Überblick über das Durcheinander gewinnen zu können. Heute hat alles eine Logik in mir gefunden. Der folge ich.

Von Institut zu Institut ist es unterschiedlich, wie die Organe entnommen werden sollen. In dem einen wünscht man sich, dass die Organe im Paket entnommen werden, in einem anderen wünscht man sich die Organe alle einzeln. In der Schnittmenge stimmen aber alle Häuser überein: Die Methode hängt immer vom zu suchenden Ergebnis ab.

Weder Stadt- noch Raucherlunge finde ich vor. Zart rosafarbene Lungenflügel, dem Anschein nach makellos und gesund. Ich rücke gedanklich wieder näher an sie heran, an das schöne Wesen, obschon sie gerade nicht danach aussieht. Ich sehe weit über das Sichtbare hinweg und alle gerade verstörende Äußerlichkeit wird durch schönste Empfindungen ersetzt. Ohne Werkzeug fasse ich mit beiden Händen eine ihrer Lungen. Mit flachen Handflächen umstreiche ich sie, löse sie aus ihrer Umgebung, bis ich sie mit Daumen und Zeigefinger am Übergang zur Luftröhre umschließen kann. Ein leichtes Ziehen, wieder ein sauberer Schnitt, die linke Lunge ist draußen. Das Gleiche vollziehe ich auf der anderen Seite.

»Ich nehme dir jetzt dein Herz heraus«, sage ich mit geschlossenem Mund, mit Blick auf ihre geschlossenen Augen. Und: »Es wird nicht wehtun.«

Ich weiß, dass sie es hört. Ich glaube, dass das, womit sie es hört, aus einer Gesamtheit von Erinnerung und Ahnung, von elektrischen Impulsen und chemischen Reaktionen besteht, die mit ihrem Tod nicht einfach verschwunden ist und in der nachvollziehbaren Diktatur des Lebens vorhanden bleibt.

Ich begreife das medizinische und das geistige Moment und spaziere mit der Krux durch die Auen unserer Rätsel.

Weiter?

Mit der Pinzette greife ich den Herzbeutel, ziehe ihn ein wenig nach oben und schneide ihn auf. Etwas Flüssigkeit darin ist normal, sorgt für den reibungslosen Lauf.

Das Herz lässt sich gut umfassen. Wie kalt es schon ist und dennoch nie war, auch jetzt nicht, irgendwie. Es verwirrt mich oft, dass vieles gleichzeitig sowohl die eine als auch die andere, gegenteilige Eigenschaft besitzt. Und genauso häufig, wie es mich verwirrt, bin ich auf der Suche, was eine Sache tatsächlich ist. Fragen bleiben. Der Blick auf die Dinge ist lange schon kein einfacher mehr.

Ich setze das Herz ab, entnehme diese eine, jetzt funktionslose Zentrale. Die andere, das Gehirn, muss noch warten.

Ich schätze das Gewicht dieses Mal nicht, bevor ich es wiege. Ich weiß, sein Gewicht lässt sich nicht benennen. Ganz sicher halte ich es in Händen, keine Angst plagt mich, dass es mir entgleiten könnte, dass ich es verletze. Wieder lasse ich Fragen zu. Was widerfuhr ihrem Herzen alles? Wie viel davon weiß ich schon?

Ich kann dies nicht ohne Bezug auf mich fragen, halte ihr Herz in der Hand und trage meines dazu.

Das Herz ist ein Muskel, der sich selbst antreibt. Ich treibe mich an. Ich hole eine große metallene Schale, lege das Herz und die Lungen hinein. In diese Schale werde ich nach und nach alles andere legen, behutsam.

Es geht weiter. Das zuerst präparierte Teilstück mit Luft- und Speiseröhre löse ich von der Wirbelsäule ab. Der etwa ein Euro große Durchmesser der Bauchschlagader schaut mir leer und klaffend entgegen.

Ich reinige den Tisch, suche den Fußboden nach Blutspritzern ab. Das werde ich in fünf Minuten wieder tun und in zehn und in fünfzehn, immer wieder, bis ich das Licht ausschalte. Ich wasche das Blut von ihrer Haut, ihr eigenes Blut von ihrer eignen Haut … Wie schöne Hände sie hat.

Der Saal sieht gut aus, sauber, angemessen, einwandfrei. Es könnte kommen, wer wollte, es gäbe nichts zu beanstanden. Es hat beinahe etwas Friedsames. Ich habe mir Zeit gelassen und doch ging es zügig. Ich habe mit Sorgfalt gearbeitet und bisher nichts gefunden außer die Gedanken um sie. Ich reiße meine Einwegschürze herunter, knülle sie zusammen, bis sie in meiner linken Faust verschwindet. Ich ziehe meinen linken Handschuh über dieses Plasteknäuel, dann den rechten, habe einen kleinen Gummiball, kicke ihn in den Müll. Der Desinfektionsspender an der Wand bittet mich zum Handgemenge. Automatismen, die blind funktionieren.

Während ich die Hände aneinanderreibe, die Lösung gut verteile, schaue ich auf die Fußbodenfliesen. Grau, zehn mal zehn, durch und durch. Langsam kommt das Grau zu mir, kommt es von den Fliesen zurück. Ich klebe an diesem Ton, er fließt breit in mir und tilgt die Details in den Augenwinkeln. Grau, so grau ist mir heute und bunt wird es mir später sein. Ich tauche ein und tauche auf in einem Raum in Schwarz-Weiß. Die Augen sind ruhig, schwingen nicht mehr mit den Dingen und sehen zurück zum ersten Schnitt. Eine halbe Stunde ist er her und ich weiß, in wie vielen Schichten ich wie viel dachte. Für diesen Augenblick unterbreche ich die Arbeit, blättere noch mal in den Sekundenseiten des Halbstundenbuches. Wo war ich, als ich nicht hier war?

04

ZEIT

Die Sektion läuft in mir ab, ich bin unterwegs. Handgriffe, Techniken, gewohnte Geräusche, Routine. Mein Körper ist anwesend und der Teil meines arbeitenden und erfassenden Verstandes. Ich registriere, nehme auf, fühle, und addiere es zu meinen anderen Gedanken. Es kommt vor, da vermischt sich alles. Kopfschüttelndes Wirrwarr. Wo hatte ich mich hingedacht, als ich das Messer führte, die Tote fühlte?

Mittlerweile ist es kühl geworden. Gestern beeindruckten die Bäume vor meinen Fenstern mich noch mit den Farben eines, trotz der sanften Temperaturen, nicht mehr zu leugnenden Herbstes. Heute sehe ich hinaus, die Äste der Kronen greifen, beinahe kahl geworden über Nacht, knöchern in den Himmel, vereinzelt halten sich Blätter an ihnen fest, als wäre der Sommerbaum noch irgendwie zu retten.

Und auch die letzten Blätter werden verschwinden und seltsam fühlt es sich an, das Wort »verschwinden«, wo ich doch weiß, dass das, was gerade am Schwinden ist, im nächsten Jahr wiederkehren wird.

Die letzten Blätter sind weg. Sie werden wiederkommen und sie werden wieder weg sein. Ich frage mich, was ich mit diesem Gedanken an die immer wiederkehrenden Dinge anfangen soll, wenn mir längst klar ist, dass sie immer wiederkehren und ich dennoch beginne, diese Klarheit infrage zu stellen? Momente, die, obschon sie stets die gleichen sind, zur selben Sache doch immer wieder einen neuen Gedankengang schaffen.

Ich denke über Gefühlsausbrüche nach, die immer wieder auftreten. Manchmal glaube ich, sie seien weg, weil sie lange nicht mehr da waren. Aber dann kommen sie unverhofft wieder, wieder und wieder. Vielleicht nicht dieselben, aber immer von gleicher Art. Wenn ich sie ganz dicht aneinandergereiht betrachte, dann kehrten sie nicht immer wieder, dann waren sie immer da. Wie die Blätter an den Bäumen. Und dann erinnere ich mich. Sie haben nur auf ihren Auslöser gewartet. Somit geht niemals etwas von dem, was uns widerfährt, verloren. Es wird vielleicht leise, zieht sich zurück, deckt sich zu, legt sich schlafen. Woher aber kommen die Impulse, was ist es, was das Schlafende weckt? Finde und verstehe ich, was mich wann und warum, eben immer wieder aufsucht? Nein! Aber ich versuche, mich zu erinnern, ohne etwas zu wecken. Es ist schwer.

Ich habe für mich herausgefunden, dass sich der Reichtum meiner Jahre, der alles beinhaltende, im Zeitnehmen verbirgt. Man kennt das: Schon längst selbst kein Kind mehr, sieht man Kindern im Herbst beim Drachensteigen zu. Ganz ungefragt und ungeniert beginnt an einem Ort, tief in uns, ohne nennbaren Platz, die Reise zu unserem eigenen erinnerbaren Drachensteigen. »Ha, damals!« und »Meine Güte, ist das lange her!« klingt es. Und nun liegt es an jedem, sich ganz bewusst die Zeit zu nehmen und der kleinen Wehmütigkeit hinterherzureisen, oder es zu lassen. Aber tun wir es, dann werden wir belohnt. Wir können alles Mögliche finden, mehr als noch vor einer Minute geahnt. Ein Reichtum kann uns begegnen, der nun plötzlich und wunderbar aufzeigt, wie viel in all unseren Jahren geschehen ist und dass eigentlich nichts wie im Flug an uns vorbeizog.

»… dies Drachensteigen, weißt du noch? Wir fuhren mit den Rädern raus, die Drachen auf den Rücken geschnallt. Und dann stiegen wir diesen kleinen Berg hinauf, nahmen Anlauf.« – »Ja, ja, ich erinnere mich, jetzt, wo du's sagst. Und ich hatte diese grässlich grüne Jacke an, mit dem komischen Muster. In der Schule haben mich alle ausgelacht und dann kam der alte Lehrer …«

So kann es anfangen.

Manch Wort funktioniert wie ein Schlüssel, ein »Sicherheitsschlüssel«. Langsam fällt Buchstabe für Buchstabe an den richtigen Platz im Schließzylinder, gibt den Weg zu einer Drehung frei und öffnet etwas Altes. Eine bestimmte Tonfolge, eine Filmszene, eine Situation in der Bahn – alles kann Schlüssel sein.

Ich schneide ihr in die Haut. Hautschneiden … Krokodilleder … Drachensteigen …

All meine wenigen Drachen, die ich steigen ließ, fanden ungeschickt in die Höhe und viel schneller noch unsanft wieder auf die Erde zurück. Da war kein Vater dabei, der zeigte, wie es geht.

Sich Zeit zu nehmen geschieht nicht, weil man es sich vornimmt, entsteht nicht im Augenblick des Hinsetzens und Zurücklehnens. Es erwacht im Erkennen einer alten Melodie. Eine Momentaufnahme aus dem Leben, die nach dir ruft, zwei, drei Töne nur genügen schon. Jetzt der Melodie den Schlafsand aus den Augen gerieben, können die Bilder unserer Vergangenheit sich auffrischen und sich durch uns zu einem im Verborgenen, aber immer dagewesenen Panorama wieder aufbauen.

Meine Vergangenheit liegt dort, wo auch ich gern liege: im Argen. Drei Töne nur und sie ist plötzlich da. Ich höre etwas, ganz ohne Namen, Unbeschriebenes. Ich wache auf, komme zurück und weiß: Ich stehe im Saal, während ich dies hier erzähle. Sie liegt vor mir, die Tote, ich schneide und schneide, sehe in das Gesicht. Und plötzlich ist da noch ein anderes Gesicht. Was die eine mit der anderen zu tun hat, das weiß ich. Ich lernte jemanden kennen, der gleicher als ich nicht sein konnte und doch ganz anders war. Auch das werde ich erzählen, ganz ruhig, im Fahrwasser. Dann sehe ich die Tote immer noch und denke an die andere, denke an beide. Mir wird heiß und dann kalt und ich misse die menschliche Wärme dieser beiden, die einen gleichsam so frieren lassen kann, wie kein Winter willens ist, für uns kalt zu sein.

Mir widerstrebt, das Wort »Seelenverwandtschaft« zu benutzen, aber wohl kaum ein anderes ist in der Lage, eben die Bedeutung seines Inhaltes so wiederzugeben. Ich ließ mich ein auf dieses Mädchen, diese Frau, diesen Menschen. Sie trieb mich, ich ließ mich treiben und trieb mich selbst bis an den Rand von etwas, das sich wie eine Implosion anfühlte. Alles stand schon auf Achtung: Das geht nicht gut. Und doch – die ersten Klänge dieser sich ankündigenden Detonation überhörte ich brav mit den tauben Ohren eines ohne den Verstand Handelnden. Diese Detonation funktionierte umgekehrt: Ich nahm sie wahr, bevor sie stattfand. Ich hörte sie mit feinstem Knistern kommen und rannte nicht davon. Ich verharrte wochenlang in diesen ersten Geräuschen dieses sich anbahnenden Ereignisses. Irgendwann gelangte ich dicht vor ihr lautstarkes Zentrum und schrak auch davor nicht zurück. Ich lief weiter und schritt in den all meine Sinne fordernden und mich in Millionen Teile sprengenden Knall.

Ich ging innerlich nieder wie der Konfettiregen einer Silvesterkanone. Außen fegte ich mit Handfeger und Schippe unter größter Sorgfalt alles zusammen, um daraus einen schönen Flieger, der im Himmel zu glänzen vermag, werden zu lassen. Ich schraube, schweiße und klebe noch jetzt. Aber alleine habe ich das nicht geschafft, ich ließ mich im Geäst eines Kuckucksnestes nieder. Ein mehrwöchiger Besuch in der Psychiatrie sollte obligates Praktikumsfach während jeder Ausbildung und jedes Studiums sein. Präventiv zum immer mehr in Mode kommenden Burn-out und dem steigenden Trend zur Depression. Solch ein Besuch kann den gern zitierten emotionalen Achterbahnfahrten zumindest den

Schrecken nehmen oder aber einem so viel Angst davor machen, dass sich die Psyche ohnehin weigern würde, sich in diese Zustände zu begeben.

Natürlich, ich frage mich: Wie konnte ich, gerade ich, so weit kommen? War ich nicht schlau und bedacht genug? Kannte ich mich so wenig, dass ich im Rallyewagen einem Sinnesrausch hinterherraste, um immer auf Augenhöhe mit ihm bleiben zu können? Warum wurde mir der Schmerz nie zu viel? Um dessen Wahrhaftigkeit zu spüren? Musste ich ihn spüren, damit er mir stets die Richtigkeit des Gefühlten bestätigte? Warum konnte ich die Sucht nach der Wahrhaftigkeit zu keiner Minute entwischen lassen und musste stattdessen mit dieser weichen Gier jedes, aber wirklich jedes Stoppschild überfahren?

Die Haut an meinem Hals war ausgeleiert vom heftigen Pulsieren der Adern und Venen darin. Mal schnürte mir alles den Hals zu, ich hechelte, hatte Angst, an mir zu ersticken. Dann zog es durch mich hindurch, als wäre ich ein Sieb.

Ich glaube, Zeit wird für mich zum erklärten Lieblingswort, oder zumindest zu einem meiner Lieblingswörter.

Zeit, ich nehme mir die Zeit und suche nach Erinnerungen. Mit welcher Erinnerung aber beginnen, wenn man mit ihnen versucht, die festgetretenen Verkrustungen auf den Dielen der Eigenschaften, die uns ausmachen, abzuschleifen und endlich fortzufegen? Wo anfangen, wenn man dabei ist zu erzählen, wie es war, als man anfing, in sich aufzuräumen? Ich weiß, das Schleifen wird mühselig, es wird dauern, bis der alte Lack runter ist, und auch weiß ich, dass irgendwo, in den Fugen, ganz in der Tiefe, immer etwas vom Alten bleiben wird.

Das Halspaket habe ich vor mir, nehme es heraus. Von außen nichts sichtbar. Ihr Gesicht bleibt schön, mit schönstem Mund. So läuft das in einer Sektion, die man beherrscht – man sieht das eine und denkt das andere. Mund. Ich denke »Mund« und fühle Schönes. Ich erinnere mich an den ersten Kuss.

Der erste Kuss. Erinnert ihr euch noch an den ersten Kuss, den allerersten, von aller Umgebung unkommentierten Kuss? Der, wie man heute glaubt oder weiß oder glaubt zu wissen, nichts zu bedeuten hatte? Es wird sicher nicht der Mutterkuss die erste Regung in unseren grauen Archiven sein, der uns beim Blättern in den vergilbten Zeichnungen verloren geglaubter Stunden einfällt. Dieser verstohlene, gedankenleere Kinderkuss im Vorübergehen, im Nebeneinandersitzen, sich noch gar nicht sehen könnend, weder so und schon gar nicht anders. Als ob man im Daherschlendern mit einem Stöckchen den Zaun des Nachbarn streifte, als ob man einen flachen Stein über klares Wasser springen ließe, als ob man küsste, nur um es zu tun und aus keinem anderen Grund, nur dem Geschehenlassen gewidmet. Die Gedanken in jenem einzigen, nie wiederholbaren Moment des Lebens sind überall. Sie reisen durch die Puzzlelandschaft unserer bis dahin noch zählbaren Eindrücke und Erlebnisse als Kinder. Sie sind so klar und schön in ihrem Ereignis und dennoch fehlt ihnen gleichsam etwas Wichtiges: das Bewusstsein. Das Fühlen mit den Augen, das Wissen mit der Haut, das Erlebnis einer leisen, von innen gegen den Kopf prickelnden Explosion. Es geschieht und ist vorbei und bleibt so viele Jahre in unserer Kramkiste der auf bestimmte Zeit unzuordenbaren Seelengeburtstage.

Heute, in der um die Schuhgröße-einundvierzig-Zeit herum, wissen wir längst um den sinnlichen Eindruck. Der bleibende Lippenabdruck feinster Annäherung und süßesten Nektars auf unseren Herzen. Wir wissen um die Schwere eines nie gegebenen Kusses, den wir aber um alles in der Welt verschenkt hätten, und zwar der einen, der ganz Bestimmten. Und erst recht wissen wir um den wiederkehrenden, besonderen Kuss, dem nun aber das wichtige, in den Kindertagen fehlende Empfindungsfragment anheimgestellt ist: Es geschieht und – ich weiß, dass es geschieht.

Es kann eine Weile brauchen, bis man im Irrgarten und dem sich anschließenden Wandelgang hinauf zum Lustschloss seines

Gedächtnisses jenen allerersten Kuss gefunden hat. Und ja, ich bin mir sicher, dass man ihn finden kann.

Man wird pötzlich ein Windspiel aus Küssen finden, ein Perpetuum mobile der Varianten. Ich unterscheide in verschenkte und verborgte Küsse. Die verborgten möchte ich auf jeden Fall zurückbekommen.

Das größte Übel, und es ist wirklich ein Übel der Zeit, das uns dabei im Wege steht, all unsere Wunderlichkeiten zu entdecken, ist die Zeit selbst. Die Zeit scheint zuweilen ihr eigener Scharfrichter zu sein und verurteilt sich zur Anpassung an das mehr oder minder vorhandene Niveau des innehabenden Individuums, verurteilt sich zu gedankenlosem Vertun, zügelloser Verschwendung, hetzendem Dahergeben, großzügiger Blindheit und all dem, was sie sich sonst noch selbst in den Weg zu stellen findet.

Zeit. Ganz langsam. Zeit. Nehmt euch Zeit. Lehnt euch in den Proust'schen Schaukelstuhl und gestattet euch einen Urlaub der inneren Inventur.

Das Erlauben des Zeitnehmens bewirkt Erstaunliches. Es bringt Minuten zum Vorschein, die anfangs spärlich, nur vom Licht einer Energiesparlampe beleuchtet, erst mit der Zeit immer mehr an Helligkeit gewinnen. Es entwickelt Licht auf die vergesssenen Seiten der Alben unserer Geschichte. Es ist ja nur die Frage nach dem ersten Kuss und die Beantwortung scheint einfach. Spontan, geradeheraus geantwortet, ohne in der Papiertonne unseres Erinnerungsschredders zu suchen, haben wir ein nicht weiter bedachtes, knappes »Ja« oder »Nein«. Bemüßigen wir uns aber, die Papierschnipsel zu sortieren, so baut sich vor unseren Augen schon im Zusammensuchen die Vision eines fertig zusammengefundenen Bildes auf.

Ob man es will oder nicht, bis zur Schuhgröße allmählich ausgewachsener Füße etwa folgt uns unser gewohntes und gewogenes Ich. Es folgt den Strukturen unserer Prägungen. Unser innerstes Ich ist imstande, nach außen zu greifen, um uns an den

Fäden dessen, was wir Schicksal nennen, zu führen. Es sind die ersten Berührungen, feinste Fingerabdrücke, grobe Fußtritte, nicht Gegebenes, die Landkarten unserer Liebkosungen und das im Überfluss Erhaltene, was uns lenkt. Diese Struktur, dieser Reifenabdruck auf all unseren Zellen, duldet beinahe keine Abweichungen. Ausrutscher nehmen wir hin und lenken zurück, in altbekannte Bahnen, um wieder in die Spuren dessen zu kommen, was uns guttut und gut bekommt, was wir und andere in uns sehen und von uns erwarten. Versagt die Lenkung unserer Prägungen aber völlig, bricht unser Lebensauto unkontrollierbar aus, weil jemand oder etwas ins Lenkrad gegriffen hat, dann quittieren wir es mit uns selbst erschreckenden, unbekannten Ausbrüchen, fahren gegen die Bäume der uns bis dahin fremden inneren Landschaft. Dann hören wir von irgendwo: »So kennen wir dich gar nicht.«

Manch Unfall kann hilfreich sein. Verfolgt man die Spur des Ausbruches zurück zur Ursache, kann man pötzlich sehen, wodurch dieser Ausbruch möglich war, und gleichzeitig wird erkennbar, wohin wir überall noch hätten ausbrechen können. Dabei dachten wir, es ginge immer nur geradeaus. Doch es zeigen sich andere Wege.

Es muss kein Unfall sein, der den grauen Star der Gewohnheit und die alltägliche Taubheit für uns selbst behandelt. Ein erster Kuss will mir da willkommener sein.

Ja, ich habe eine Weile gebraucht. Als ich mir selbst die Frage stellte, ob ich mich an meinen ersten Kuss erinnern könnte, war es ein Gewimmel von Folgefragen und Folgeantworten, ganz dicht aufeinander, wie Ameisen auf ihren Wegen. Noch in der nicht zu Ende gestellten Frage erklang die Antwort und zog das nächste Fragezeichen hinter sich her. Und hierbei dauerte die Weile gar nicht so lang, wie man glaubt, dass eine Weile dauern würde.

Wie lang dauert eigentlich eine Weile? Eine Weile ist ein sehr unpräziser Begriff, der dem relativen Bezug nicht entkommt.

Ich lehne mich in den Schaukelstuhl aus Jahrhundertholz zurück und überlege eine Weile … Wie lang wohl diese Weile dauert?

Die Weile, die nötig war, um meinen ersten, erinnerbaren Kuss zu finden, dauerte nicht mehr als zehn Sekunden.

Und dann wiederhole ich es im Kopf: zehn Sekunden! Ein Zauberer im Anzug steht auf der Bühne mit nichts in der Hand. Ein Nichts zieht er aus dem Ärmel, es macht staubend plopp und ein gigantischer Blumenstrauß fasziniert die Szenerie. Wie automatisch es geschieht und betörend es sich zeigt – die selbst gestellte Frage und das Verreisen der Augen auf der Suche nach der Antwort.

Ich suchte zuerst den Ort, an dem der Kuss hätte geschehen sein können. Und ist es nicht so, dass es auch immer der richtige Ort ist, an dem wir suchen? Ich schärfte die Gläser am Fernglas des Zurücksehens, bis sie haften blieben. Es war die Straße, in der ich aufwuchs. Und noch in der gleichen Sekunde, in der ich in meiner Straße ankam, verschaltete sich der Blick in noch weiter zurückliegende Zeiten. Doch in der Zeit hinter der Straße fand ich keinen Kuss. Ich fand sehr viel anderes, sehr viel, aber keinen Kuss.

Es geschah in meiner Straße, an einem Tag ohne Namen, mit dem Mädchen von schräg gegenüber, Parterre. Mein Über-die-Schulter-zurückseh-Film ohne Altersbeschränkung zeigte das Aneinander-Vorüberrauschen zweier faltenfreier Leiber, in dem der Kuss sich versteckte, als wär er nie geschehen. Ich weiß, dass er sich in dieser Sekunde zutrug, auch wenn ich ihn nicht sehen kann. Und doch, ich sehe ihn ganz deutlich, mit meinem Gespür. Er war da und war weg. So wie ich auf der anderen Straßenseite ankam und das Mädchen im Entgegengesetzten verschwand. Geschehen und vorbei. Vorbei, bis … bis mich nächsten Tages die etwas größere und reifere Schwester des Mädchens ansprach und mir davon berichtete, wie furchtbar unglücklich und angstvoll die »geküsste« Schwester von schräg gegenüber, parterre, nun sei.

Braune Haare hatte sie gehabt, lange schwere Zöpfe. Etwas Gestricktes an, kann ich blinzelnden Auges ausmachen. Dies sieht man, wenn man der Zeit die Zeit gibt, sich zu zeigen.

Ich fühle weiter hinein, ziehe die Schärfe am Fernglas nach, aber das Konvolut scheint erschöpft. Nur ein Wort prescht hervor und zieht Erinnerungspartikel mit sich: schwanger. Ja, das haftet mir noch im Kopf, wie der Klebestreifen, den man von einem Finger zum anderen bringt, der am Ende an der Schuhsohle bleibt, der dann abgelaufen wird und dann weg ist, und dann doch nie weg ist, weil er als Erinnerung bleibt.

Schwanger. Angst hatte sie, vom windigen Kuss schwanger zu sein, vom Kuss, der vielleicht auch nur ein flüchtiger Streif war. Auch mich traf die Figur des Erschreckens an und keinen Millimeter ließ sie sich umgehen. Auch wenn ich bis dahin nie über die möglichen Folgen eines Kusses nachgedacht hatte – und warum hätte ich es tun sollen? –, so gab es nun auch niemanden, der mir die unmöglichen Folgen als beruhigendes Moment hätte bescheren können.

Leer, jetzt ist die Schachtel, der Karton, die Kiste des ersten Kusses leer, kein Bild mehr drin, keine Staubflocke, kein Splitter, kein Ton, auch kein Nachhall mehr. Ein Kuss nur und dann gleich schwanger – wie süß!

Ich rufe bei jemandem aus der Zeit an, bei meiner Schulfreundin Grita, banne sie kurz und zwinge sie in eine zwanglose Zeitreise, indem ich ihr das Bild des Mädchens mit dem Strickzeug und den schweren Zöpfen in den elektronischen Leerraum der Telefonleitung male. Sofort erkennt sie das Mädchen aus der Gegend, sieht die gleichen Bilder wie ich und ergänzt sie um das, was ich nicht weiß. Die Töne ihrer und meiner Erinnerungen ergeben ein feines Gelächter ohne Bosheit. Ich erfahre, dass die Eltern Katholiken waren.

Gedanken verhalten sich oft wie Magnete, ziehen die nächsten an, die nächsten entgegengesetzten. Da dies im Wechsel geschieht, muss es folglich Gedankenpaare geben. Das ist nur so ein Gedanke, und ich suche den anderen, der das Paar ausmacht. Wer den ersten Kuss sucht, kommt irgendwann bei der Frage nach dem letzten an. Und erstaunlich, der gleiche Mechanismus setzt sich in Gang. Der letzte Kuss, weißt du? Der von vorhin, bevor man Brötchen holte, der »Bin gleich wieder da, bis dann«-Kuss, der ist erleichternd sofort da. Aber wo ist der, in dem Sinnlichkeit Gesetz deines Handelns war, der, in dem dein ganzes Du mitging? Ist der auch sofort da?

05

URSPRUNG

Mein letzter ehrlicher Kuss, der ganz zarte, der fast nur geahnte, weil zwischen meinen Lippen hier und ihren Lippen dort, die kaum noch im Dort waren, kein Luftzug mehr passte, diesen letzten Kuss legte ich auf den Mund einer Frau, deren Hände mir ein so leidenschaftliches »Hallo« schrieben, wie ich es nie wieder lesen werde.

Mit diesem Kuss fing die Geschichte nicht an, die mich wie kaum etwas anderes während dieser Sektion und auch überall sonst so beschäftigt. Seit Tagen, seit Wochen, seit Monaten bestreite ich Wettläufe mit mir selbst, mit Gefühlen, mit Bitten und Befindlichkeiten der anderen, über die Bahnen der Vernunft. Diese Bahnen sind mit dem scharfkantigen Kies des Verstehens ausgelegt. Ich kann mir jeden Weg vorstellen, jeden! Selbst den, der einen in Schmerzen verharren lässt, aber auch den scheinbar unvorstellbaren Weg, wenn es denn nur ein Weg ist und kein unverrückbarer Punkt. So muss dann auch »unvorstellbar« ad absurdum geführt werden, da wir uns beim Hören, Sagen, Lesen dessen und immersonst eben genau das vorstellen. Es gibt nichts Unvorstellbares, alles hat eine Geschichte, ein Gesicht oder wenigstens einen Namen.

Der Kannsein-Zustand gehört den Krähen auf den Feldern, die von Krume zu Krume hüpfen, immer auf der Suche nach einem noch etwas größeren Stück, das die Glückseligkeit des gerade eben mühsam Gepickten süß, erquickend und endlich labend übertrumpft. Der selbstständige Mechanismus des Erinnerungsapparates. Er beginnt mit den Augen, die, ins Hirn gerichtet, den Anfang einer Geschichte suchen, ahnen, wo er sich verbirgt, vermuten, wann es war, und es dann vielleicht auch mit Bestimmtheit wissen.

Bei Geschichten, die noch warm sind, bei einem mit blutendem Leben gefüllten Zustand, der noch pulsiert, dessen Inhalte so ungeballt, verworren und weitverzweigt da sind und noch wirken, braucht das Gebäude der Erinnerungen ein Archiv. Sich selbst als Archivar dabei einzusetzen ist ein kräftezehrender Akt, von dem man zu Beginn nicht sagen kann, ob sich der Einsatz der Selbstbesetzung lohnt. Wer aber sonst sollte das Sammelsurium des »Dasbinwarkönnteichseins« sortieren? Allem, was wir zu erzählen haben, geht doch stets die Frage nach dem »Wie, wo und wann fing es an?« voraus. Sortieren ist wichtig!

Dann sortiere ich mal los.

Die Tage begannen, wie sie begannen. Aufstehen, Kater füttern, pipapo. Jacke an und los.

06:15 Uhr. Die immergleiche Morgenstunde war immer dieselbe, an fast jedem ihrer bisher dagewesenen Tage. Und dann gab es unverhofft Grund für seichte Aufregung.

Mir schlägt das, was ich bereits im Voraus sehe, um einiges höher in der Brust, beim Blick auf das, was ich festzuhalten bemüht bin. Mir genügt das Einstimmen der Streicher auf den unter meiner Haut liegenden Kammerton A, um eine süße Ahnung von dem zu haben, was mir das restliche Alphabet der Klaviatur im Herzen bescheren wird. Ich möchte gern jemanden einladen, ein paar Takte lang nur, den in diesem Zustand zu hörenden Herzrhythmus mit mir zu verstehen. Einem Film traute ich annähernd zu, zeigen zu können, welch entrückende Lieblichkeit in der Verschmelzung des Zurücksehens und dem Genaujetzt liegt.

Der Weg vom Parkplatz zum Personaleingang des Klinikums ist variantenarm. Es gibt nur »so lang« oder »so lang«, immer über Asphalt und Splitt, stets aber mündend, nach einigen Minuten, in der Raucherzone. Einige Jahre lief ich mit einer Selbstverständlichkeit dort hindurch, die mich beinahe vergessen ließ, wie der Weg vor dem Umbau ausgesehen hatte. Dieser Vergleich ist dennoch spürbar, weil ich genau dort fühle, dass ich manchmal auf neuen Wegen durch Altes gehe. Manchmal ist es mir deutlich bewusst und strengt mich an.

Die Raucherzone, angelegt wie eine Bannmeile, beginnt in der Weite der Parkplätze, endet, geradezu hermetisch, etwa zwanzig Meter vor der Drehtür, ermahnt durch ein nicht zu übersehendes Verbotsschild. Ihr Raucher, ihr Verbrecher, keinen Schritt weiter oder …

Die stets provozierende Un-Frage »Was wäre ein Krankenhaus ohne Raucher und die Nebenerscheinungen ihres Genussnachstieges?« kenne ich und widerstehe, sie zu beantworten. Ich gebe aber zu, daran beim Abwägen meiner Gedanken, die ich äußern wollte, gedacht zu haben.

Obschon ich nicht rauche, verbinde ich einen – trügerischen – Zustand der Geselligkeit und Gemütlichkeit mit der Wahrnehmung rauchender Menschen. Kaffeetische, Kuchen und Eis mischen sich querfeldein einfach dazu, projizieren im Kopf ein »Hier und jetzt ist alles gut«. Sittenbildliche Prägungen aus der Kinderzeit werden wie Schläfer mit dem Codebild Zigarette aktiviert. Erschreckend trifft es bei mir ein.

Mit Zigarette und einer Tasse Kaffee stand diese seichte Aufregung in mancher Morgenstunde auf meinem Weg.

06:17 Uhr, draußen in der Raucherzone trotzte sie rauchend, trinkend, redend den Temperaturkapriolen der Jahreszeiten. Ein kurzer Schönschopf, ein Sonnenlachen, ein Balztanz aus Nichtbewegungen. Und in einer grauen frühen Stunde dann ein erstes, zartes »Guten Morgen«. Ich speicherte die Worte in mir ab oder das in mir, was dafür empfänglich war, tat es. Also doch ich. Auf dem Weg zu meinen Räumen wiederholte ich im Kopf die Worte und ihren Klang. Dazu gesellte sich die Frage: »Warum grüßt sie gerade mich?« – »Weil sie vielleicht ein freundlicher Mensch ist«, summierte ich und es verursachte gefühlt verlangsamte Schritte trotz gleichbleibender Vorwärtsgeschwindigkeit. Abstrakte Physik eben.

Durch die Drehtür noch, etwas ungesteuert, unwillkürlich murmelnd die Treppen hinab und den nicht enden wollenenden Flur entlang, hielt ich diesen zart gesagten Gruß an der Hand wie ein Kind beim Spaziergang, für den man sich viel Zeit genommen und auch das Verweilen auf dem Spielplatz bedacht hat.

Oh nein, der Tag wurde nicht schöner dadurch. Dazu waren mir meine zu erledigenden Routinearbeiten in der Pathologie zu sehr Barriere, waren sie zu wahr, als dass sie sich zu dem morgendlichen Schönheitspeeling, das mich gut aussehen lässt und mit einem Ganztagslächeln versieht, hätten gesellen können. Dennoch, der Morgengruß klang mir hin und wieder wie herunterfallendes Kleingeld. In völlig unkonstanten Abständen, aber immer zum richtigen Zeitpunkt klingelte es allerliebst unter all meinen Haaren. Nämlich immer genau dann, wenn sich mein Betriebssystem zum erkennbaren Absturz hinbewegte. Mein Hirn hatte Aussetzer, schickte sich an, ins Bodenlose zu rasen, wenn ihm in den Minuten, in denen es rein gar nichts zu tun gab, die ungenutzte Zeit spürbar aus allen Nervenzellen nach außen schoss. Ich stand dann da wie ein geistig Verwirrter. Und immer wenn dies Kleingeldgeklimper sein Ankommen verkündete, verbeugte ich mich, hob es in der Verbeugung auf, sagte Danke und hoffte, die Münzen irgendwann verwenden zu können, vielleicht in einer Telefonzelle, bei einem Gespräch … mit ihr.

Ja, ich bin altmodisch. Ich möchte gern wieder mit Münzen telefonieren, weil damit Polizistenwitze funktionieren und weil es ein richtiges Geschäft ist: Ich bezahle mit richtigem Geld und bekomme dafür ein Gespräch meiner Wahl. Außerdem machte es Spaß, das Kleingeld in seinen Hosentaschen zusammenzusuchen, es manchmal zu verlieren und dann wiederzufinden; es war witzig, die Münzen am Telefonapparat zu reiben, damit sie nicht mehr durchrutschten. Es gab zwar keine Erklärung dafür, aber es funktionierte. Dass Münzfernsprecher gegen Kartentelefone ausgetauscht wurden, weil es so sicherer sei, zeigt doch nur den Werteverfall einer Gesellschaft an. Mir wird klar, dass ich gerade das Alter erreiche, das auch mich nun sagen lässt: »Früher war einiges besser.«

Ja, und ich hätte der Frau am anderen Ende der Telefonleitung dann von ihrer mich aus dem Nirvana der Langeweile rettenden Anwesenheit erzählt.

Der nächste Morgen brachte Spannung: 06:20 Uhr, Parkplatz, dreiundzwanzig Schritte, fünf Gedanken, ein Gähnen … – kein blonder Schönschopf. War da schon ein »Mist!« zu spüren? Zigarette und Kaffeetasse fielen aus der Leere zu Boden und klirrten mich wach. Ein schneller Gedankengalopp, ich überprüfte mich: nein, kein »Mist« in Sicht. Das beruhigte mich, da es mir die Ganzkörperkopfschmerzen ersparte, die ich bekomme, wenn mein Herz einen Aufstand macht bei der Frage, wie ich es am besten verschenken kann.

Sie war da und sie war nicht da. Punkt, kein Komma, hinter dem ein »Ach wie schade …« lauerte. Erschreckend schön einfach manchmal.

Dass mir Zeit eine große, warme Figur geworden ist, ein nie sterbender, warmherziger Großvater mit gnädiger Altersweisheit und kopfstreichelnder Güte war vielleicht schon dort im Entstehen. Was wächst nicht alles in uns, gerade jetzt, nimmt Anlauf zu einem einfrierenden Sprung, der, um einiges später, vielleicht sogar in einem unserer Seelenwinter beginnt zu schmelzen, um uns in seiner Landung die Mitbringsel seiner Dauer darzureichen? Zeit, Stunden, Minuten, Sekunden – darauf kommt es doch immer und überall an.

Der zweite Morgen brachte im Bad einen Tropfen Idee: 06:20 Uhr ist bei einer Raucherpause, die vielleicht pünktlich um 06:15 Uhr beginnt fünf Minuten zu spät. Zeit!

Klinikumgelände, 06:15 Uhr. Eigentlich hatte ich doch gar keine Kopfschmerzen und auch keinen »Mist!«-Gedanken. Trotzdem schloss sich das Auto nur umständlich zu, obwohl es sich abschließen ließ wie sonst auch. Dreiundzwanzig Schritte, mehr als fünf Gedanken und … na … ja? Oder? …

Ja! Der Tropfen Idee fiel auf den richtigen Nährboden. Kaffeetasse und Zigarette hatten Halt gefunden und klirrten mir kein Bild entzwei. Im Vorübergehen ihren Blick erhascht, gefangen und an mich gezogen und das erwartete »Guten Morgen« als Trophäe ins Regal nächster Überlegungen gestellt. Jawollo, so kann's weitergehen, dachte ich … und es gefiel mir gleichsam gar nicht.

Es fühlte sich an wie Vorfreude auf einen Urlaub. Kein exotischer Urlaub, nein, ein Bis-zu-den-Knöcheln-in-bekanntem-Wasser-steh-, Sich-hinleg-, Ein-Buch-les-, Sich-auf-jeden-Fall-erhol-Urlaub. Einmal-bei-sich-ankomm-, In-sich-ruh-Urlaub. Vorfreude auf nichts Besonderes, aber Guttuendes.

Diese Vorfreude barg aber auch eine Angst in sich, macht mir noch heute immer wieder Angst, die Angst der Nichterfüllung, die Angst der Ablehnung, des Stehen- und Alleinlassens. Und es ist die uralte Angst eines Teils in mir, die mir nie genommen wurde, später nicht mehr genommen werden konnte. Die Folge waren unerklärbar leidvolle Trennungsbilder. Unnatürlich kräftezehrende Abschiede, die sich jenseits vom »üblichen« Trennungsschmerz ansiedelten. Als gäbe es etwas in mir, das all die einhergehenden Qualen der Trennung majästetisch zelebrieren müsse und mir die Guillotine meines Endes mit den Worten »Ha, sieh nur, was dich erwartet!« vorführen müsse.

Aber diese Angst hatte in den frühen Stunden noch keine Schuhe an, lief mir noch nicht über den Weg.

Tage und Wochen plätscherten zufrieden vor sich hin, ich war mir selbst genug in diesem Aeon und wenn nicht an jedem, dann wehte mir doch an vielen Morgen dies freundliche »Guten Morgen« entgegen.

Ich machte mir nicht die Mühe, sie im Klinikum zu finden, es war zum einen zu groß und zum anderen war es mir auch kein so deutlich spürbares Bedürfnis, dass ich sie unbedingt jetzt und sofort finden musste. Diese Überlegung kam nicht von ungefähr, denn ich kannte diese kleine selbstzündelnde leise Energie, die irgendein Teil in mir automatisch aufbringt, wenn es um Sehnsüchte geht. Von null auf hundert verschleudere ich Gefühle, unangemessen, unangebracht, verschwenderisch – schön, aber erschlagend. Ich kenne mich. Ich dachte, wenn es sein soll, dann werde entweder ich sie oder sie mich zum genau richtigen Zeitpunkt ansprechen. Alles mit der Ruhe. Bitte!

Ruhe hat manchmal Beine und sieht aus wie mein Bruder. Ruhig rief er mich an, ruhig stellte er mir seine Fragen.

Mein Bruder ist ein feiner Mensch. Schon seine Äußerlichkeit ist bezeugendes Attribut. Mit Einmeterundsiebzig und blauen Augen baut er sich ohne große Maschinen vor dir auf und hört dich genau dann, wenn du glaubst, alle Welt um dich sei taub. Ja, fein ist er und reißt dennoch mit mir und kleinen Händen Bäume aus. Seine sensibel strukturierte, vierzigjährige Art trägt er unter Jacken dicken Leders. Acht Jahre ist er jünger als ich, aber diese acht Jahre hat er mir, gemessen mit meinem Maß der Dinge, um Längen voraus. Achtzehn Jahre Ehe stehen auf der Haben-Seite seines Familienkontos. Seine liebe Frau, die beiden Töchter, die origineller nicht sein könnten, und ein Familienleben, wie ich es für mich wollte, bilden das einfache, aber genau deshalb so gut funktionierende schöne Konstrukt seiner Ehe. Ein wunderbares Konvolut sich bewegenden Lebens und scheinbar nie endender Ereignisse.

Aber vielleicht stimmt das alles gar nicht. Denn genau hinter diesen dicht bewachsenen Zaun der Funktionalität lässt er selten jemanden blicken. Warum auch?! Ihm blieb das Kreuz des ständigen Um-die-Ecke-Denkens erspart, der Kelch des In-sich-kompliziert-Seins ging an ihm vorüber, auf eine kluge und gnädige Art, was nicht bedeutet, dass er keine vertrackten Denkmuster strickt. In seinem Leben, im Hier, hat auch er sich, wie ich, mit unangenehmen Fragen zu schlagen, mit nichtgefallenden Antworten zu prügeln und tut dies schnörkellos und graderaus. Nicht zu allem hat er was zu sagen, nicht zu allem will er etwas sagen. Als umgäbe ihn eine Schicht dünnsten Fettfilms, rutschen allzu schmierige Dinge von ihm ab. Und der in mir spürbar, klein aufkommende Neid zu dieser Gabe ist ein statthafter Allerweltsneid.

Sehe ich uns Anfang-und-Ende-Vierziger-Typen, in Chucks, Sneakern und Jeans rumlaufen, mit unseren Verantwortungen, die wir heben und tragen, sehe ich auch zwei Jungen auf der Suche nach dem nächstbesten Unsinn, den sie anstellen könnten. Was wären wir nur ohne unseren ganz privaten Peter Pan in mancher Stunde?

Mein Bruder holte sich also eines Tages Erkundigungen über die Hals-Nasen-Ohren-Abteilung in meinem Klinikum ein. Die Durchlüftung seiner Nase sei nicht mehr die Beste und das ständige Schnarchen täte seiner Familie und auch den Möbeln nicht gut.

Die Hals-Nasen-Ohren-Abteilung schuldete mir noch einen Gefallen. Im Anschluss an meine durchgeführten Autopsien versorgte ich die Assistenzärzte der HNO mit durch mühselige Sägearbeiten aus der Schädelbasis herauspräparierten Felsenbeinen. Dies sind die knöchernen Anteile, in denen sich der Gehörgang befindet. An diesen Präparaten können Operationstechniken erörtert und erprobt werden, zugunsten Lebender.

Ein Termin wurde schnell gemacht und am Tage der Aufnahme meines Bruders wollte ich ihm nach Feierabend einen Besuch abstatten. Müde und geschlaucht lief ich den nichtendenwollenden Flur entlang, trotzte meinen Beinen noch drei Treppen ab und fand mich am Stationstresen ein, um mich nach der Zimmernummer zu erkundigen.

Da saß er pötzlich, der nicht gesuchte und jetzt doch gefundene Schönschopf vom Morgen.

Dass mir in diesem Augenblick sofort alle Müdigkeit vom Leibe wich, wäre eine dem Inhalt des Moments zwar entsprechende Huldigung, bliebe aber eine gutgemeinte Übertreibung. Mit leicht schwitzigen Händen und fragilem Lächeln erbeutete ich die Information über den Aufenthaltsort meines Bruders. Es waren nicht sehr viele Worte mehr als die des liebgewonnenen »Guten Morgen«, es waren völlig andere Worte. Im Bewusstsein dessen, was eine Sekunde des zu lang Sehens oder Stehenbleibens sagen kann, riss ich mich vom Tresen weg, hin zum temporären Domizil meines Blutsverwandten.

Gelangweilt saß er auf seinem Bett, ich fragte ihn nach diesem und nach jenem und ob er auch ja anständig und besonders behandelt würde, schließlich hatte ich ihn ja hierher geschickt.

All dies konnte er bejahen und beantworten, auch die Langeweile und so und dass noch nicht sehr viel geschehen sei, er morgen aber schon mit der OP dran wäre. Nicht beantworten konnte er, wie der blonde Schönschopf hieß, wusste aber, von wem ich sprach. Dies herauszufinden, trug ich ihm auf, mit dem Versprechen, am nächsten Tag wieder vorbeizusehen, natürlich und in erster Linie als fürsorglicher Bruder – um dann aber möglichst detaillierte Information von ihm abzurufen.

Der nichtendenwollende Flur wurde am nächsten Tag verdoppelt und die HNO-Abteilung lag nun in der zwölften Etage des nur fünf Stockwerke hohen Klinikgebäudes. Die Zeit ist so vieles und sie ist ein Gauner, ein wahrer Trickbetrüger im Vortäuschen von empfundener und tatsächlicher Länge ihrer selbst. Wie macht sie das nur?

Nach etwa drei Jahren kam ich bei meinem Bruder an. Ich weiß heute nicht mehr, ob seine Nase schon fragmentiert war, weiß aber, dass ich ein paar Fragen erfand, um Brüderlichkeit zu mimen, die auch tatsächlich und durchaus großzügig vorhanden ist, welche mein Bruder aber schon beim dritten Luftholen durchschaute und sagte: »Maria Krieger.«

…

»Maria Krieger heißt sie.«

Mit diesem Namen fiel der unter zwanzig Matratzen mit einer Erbse versteckte Knall eines Startschusses, den ich nicht hörte. Es war der Schuss zu einem Wettlauf mit mir selbst. Ich war taub auf allem, was mir hätte Ohr sein können. Die Schwierigkeiten meines Daseins entstiegen nun der alten, so lange stillgelegten Quelle, welche als feines Rinnsal unbemerkt ihren zerfressenden Lauf nahm. Hier begannen die Ränke von Psyche und Schweinehund, von schon Zerriebenem und sich noch immer Aufbauendem, ihren leisen Kanon des Mich-Zermürbens einzustimmen. Der geistige Estrich für das Gebäude, in dem die Kämpfe mit dem Gefährlichsten, was mir begegnen konnte, meinem »Ich«, stattfinden würden, wurde heimlich, im Dunkeln, ganz ohne mich von mir selbst gegossen. Aus den krustigen Blutsbrocken verschütteter Seitenhiebe, aus dem Mehl zerstoßener Beziehungen, aus der Brühe vermissender Liebe mischte sich der Beton, der nicht trocknete und durch den zu waten ich mich anschickte.

»Maria Krieger« – mit diesem Namen begann eine Odyssee, meine Odyssee.

Seit nur einem Bruchteil von Odysseus' Zeit verrenne ich mich in und entsteige den Duellen mit einem ungeliebten Teil meiner selbst, versuche ich, den Gefechten mit dem schwerverletzten kleinen Jungen in mir auszuweichen. Auch einen Zweikampf zu umgehen kann größtem Kampf entsprechen.

Zehn Jahre kämpfte Odysseus in seinen Verirrungen und noch zehn Jahre suchte er nach seinem Zuhause. Ist dies eine angemessene Zeit, um bei sich anzukommen?

Nach Hause ist es manchmal ein sehr langer Weg, erst recht, wenn sich das Zu-Hause-Gefühl in einem einzigen Menschen fokussiert erst spüren lässt.

Jeder soll von jedem innerhalb des Krankenhausnetzwerkes via Outlook erreichbar sein. Warum nicht auch Frau Krieger?

Diesmal suchte ich ganz klar und fand sie im Verzeichnis. Wie ein Ros der Wurzel entsprang mir ein kreativer Faden, sich zu einer Idee verspinnend. Ich kaufte eine Tafel Schokolade, nahm ein Blatt Papier und schrieb:

Liebe Frau Krieger,

ihrem Guten-Morgen-Gruß begegne ich stets gern. Nun haben es die Umstände gebracht, dass es meinen Bruder auf Ihre Station verschlagen hat. Natürlich werde ich ihn als liebes Familienmitglied, treusorgender Verwandter und vertrauter Bruder jeden Tag besuchen kommen. Ich bin mir sicher, dass Sie ihn treu umsorgen werden und möchte es Ihnen danken mit dieser Tafel Schokolade hier. Würden Sie diese auch bei einem Kaffee mit mir teilen?
Natürlich wünsche ich meinem Bruder nur das Beste und baldige Genesung, nur, wenn möglich, nicht so schnell. Es gäbe sonst keinen Grund mehr, mindestens zwei Mal am Tag auf Ihrer Station zu erscheinen und nicht nur meinen Bruder dort zu sehen. Und wenn ich's recht überlege, so müsste ich meine Nase vielleicht auch einmal untersuchen lassen …

Mit freundlichen Grüßen
Paul Hille – Pathologie

Schokolade und Zeilen packte ich in einen Umschlag, adressierte ihn, steckte alles in die Rohrpost, drückte den Zahlencode, den ich aus dem Netz erfahren hatte, und ließ das Kleinod meiner Aufregung in den dunklen Gängen seinen richtigen Weg finden. Und alles ohne zu überlegen, ganz pur, ganz rein im Gedanken. Ich verschwendete keinen Augenblick daran, mir auszumalen, ob diese Post das unbekannte Fräulein in irgendeiner Art kompromittieren könnte.

*

Während des ganzen Aufenthaltes meines Bruders im Krankenhaus bekam ich nie eine Antwort. Als er seine Tasche packte, zog ich meine Hose noch mal hoch, steckte mein Hemd ordentlich hinein und kam schneller bei ihm an als an all den anderen Tagen.

Sie saß am Tresen, war nicht allein, aber sie war da! Ich wagte ein paar Schritte auf wackligem Boden und fragte leise:

»Böse?«

»Nein … aber nicht jetzt. Später«, antwortete sie.

Wenigstens das war schon mal geklärt, ich konnte wieder richtig atmen.

Es vergingen sehr viele Tage, am Ende Wochen und Monate. Mal sah ich sie am Morgen, mal beim Gehen. Ich bekam nie eine Antwort, keinen Streich mit dem Handschuh, keinen Wink mit dem Zaunpfahl. Und dann, eines Tages, wollte ich nicht mehr grüßen, im Unverständnis des Gegebenen. Wenn Frauen nichts sagen, hat das oft sehr viel zu sagen. Diese Weisheit errang ich als Quittung für meine manchmal mich zu einer Gewissheit bringen sollenden, nicht versiegenden Fragen. Ich ließ es auf sich beruhen, ließ mir Zeit.

Ungewissheit macht mich fertig, immer wieder. Die Zeit, die ich mir ließ, verfloss, fast ein Jahr war vergangen, einen letzten Anlauf wollte ich nehmen. Viel Zeit lag zwischen der Schokolade und dem nächsten, nunmehr zufälligen Begegnen, da ich nicht mehr auf die 06:15-Uhr-Marke setzte.

Im Internet findet man jeden oder zumindest etwas über jeden, so heißt es. Was man neumodisch mit »Stalking« verwechseln können hätte, war der Versuch, außerhalb des Klinikums, des dienstlichen Anstrichs, eine andere Umgebung zu finden, vielleicht als Möglichkeit, dem unterschwelligen Geruch von Sterilität und Pflichtbewusstsein zu entkommen und das private Anliegen zu untermauern. Ich forderte die allseits und allerorts beliebteste Suchmaschine Google heraus, mir Information zu liefern.

Ich tippte: *Maria Krieger.*

Hier reißen meine Gedanken ab … Ich wache auf … Ich bin zurück im Saal. Maria Krieger, der Name stiftet Verwirrung. Ich sortiere mich aus dem Grau der Fußbodenfliesen, in die ich gerade noch starrte, heraus. Zwei, drei Mal mit den Lidern gezwinkert – ach, hier bin ich! Das Rauschen des Wassers erreicht mich wieder. Die Hände sind trocken, ein Paar neue Handschuhe, eine neue Schürze … Ich trete wieder an den Sektionstisch, streiche ihr durchs Haar und frage: »Wo bist du jetzt?«

06

OBERBAUCHPAKET

»Sage mir: Wo bist du jetzt. Sage mir: Wie weit, wie weit … All die Jahre, all die Stunden, all die Tage und Sekunden, auf dass die Zeit, die mir verbleibt, mich noch einmal zu dir treibt …«*

Dies singe ich in meinem Kopf, weil es mich mit etwas verbindet. Ein Lied kann noch so unbedeutend klingen – es wird immer dieses eine besondere Lied sein, weil es schon mit der ersten Note ruft und packt, erinnert und zurückführt. Manchmal ist's, als geschähe alles noch einmal von vorn. Als ich es singe, weiß ich aber nicht, ob ich die Frau meine, die vor mir liegt, die, die mir innewohnt, oder etwas ganz anderes, was im Großen meinem Wesen gilt. Es gibt etwas Unbestimmtes in mir, das sich angesprochen fühlt, das ich für alle Zeit beschützen möchte. Es hat keinen Namen. Was hat alles womit zu tun? Alles kommt mit diesem Lied zurück oder endlich an. Ich sehe etwas auf mich zukommen, halte still, renne nicht weg, ein Tag am Meer mit Treibgut …

Der Brustkorb ist nun leer und es wird deutlich sichtbar, welchen Raum die Lungen einnehmen. Ein Platz für die linke Lunge, ein Platz für die rechte Lunge, geteilt durch die hervorstehende Wirbel-

* *Aus »All die Jahre« von Philipp Poisel*

säule. Durchtrennte Rippen, durchschnittene Gefäße und Nerven und Schichten. Die Wirbelsäule des Brustbereiches zeigt sich fast gänzlich in gerader Form. Fast. Der Hauch eines Schlenkers ist zu sehen, der die Makellosigkeit aufhebt und dadurch das Schöne perfektioniert. Ein kantenloser Mensch funktioniert nicht. Schon sein Bemühen, es sein zu wollen, ruft Unebenheiten hervor. Es zu wissen fühlt sich gut an und hebt die eigenen Ecken in den Bereich, in dem sie als normal gelten.

Es waren keine angesammelten Flüssigkeiten aufzufangen, keine sonderbaren Areale zu sichern. Alles gut. Nein, nicht gut. Glatte Oberflächen, keine Verwachsungen, nichts, worüber ich hätte stolpern können.

Wir Sektionsassistenten der alten Schule haben gelernt, stets an einer Seite des Verstorbenen zu arbeiten, nicht um den Leichnam »herumzutanzen«. Es störte wohl die Pathologen, störte sicher auch die Ruhe. Der Sinn ist mir zuweilen klar, beugt sich jedoch meiner Physiognomie. Die Gesundheit meines Rückens ist mir wichtiger als jeder Pathologe, als jedwede Ruhe. Aber das Prozedere sitzt, man hat es so erschreckend intus.

Ich sehe immer wieder zu ihr. Sei es, weil ich um Geduld bitte oder um Entschuldigung, sei es, weil ich ihr sage, dass ich nun handwerke und den schönen Blick für sie eine Weile beiseite lege.

Etwa eintausend Sektionen. Und warum dies erst jetzt? Was war mit all den anderen? Ich weiß, dass sie alle ihre Zuwendung erhielten, weiß, dass ich richtig mit ihnen und mir umgegangen war. Nicht nur, weil es mir ein Bedürfnis gewesen ist. Anders wäre es gar nicht gegangen.

Die Gewissenhaftigkeit, mit der ich ihnen begegnet bin, rührte von ganz einfacher Quelle her, nämlich der, dasselbe für mich zu erwarten.

Hätte ich auch bei all den anderen ein solches Eintauchen in Mensch und Arbeit ermöglichen können, wie ich es bei ihr nun tue? Ich denke ja und bin dennoch froh darüber, es nie getan zu haben. Es wäre der sichere Anfang vom Ende meiner Arbeit gewesen, es wäre so sicher, wie es mir dies jetzt ist.

Ich blende sie und alles, was an Schönem mit dem Begriff »Frau« einhergeht, aus. Ein blende ich das zu präparierende Organ, mit dem Wissen, dass es einer Frau gehört, einer bestimmten, und somit eine besondere Güte erhält. Es ist nicht ungerecht, es ist anders. Das war es ja, was es für mich herauszufinden galt. Wie ich eine sachliche Sektion durchzuführen habe, weiß ich, fällt leicht. Was aber macht eine Sektion mit mir, wenn ich alle Sachlichkeit aufhebe und mit dem, was ich tue, eins werde? Kann es riskant werden, bedrohlich, Konsequenzen mit sich ziehen? Ich wollte wissen, was ich all die Jahre im Kern getan habe und was der Kern war.

Das Oberbauchpaket, Leber, Magen, Bauchspeicheldrüse, Milz, Zwölffinger-, Dünn- und Dickdarm. Der Darm hat so seine Längen. Er kann mir in den verschiedensten Farbnuancen, zusammengesackt oder aufgebläht, verwachsen, operiert und in Selbstauflösung aufwarten. Dieser hier hat eine gesunde Farbe und Beschaffenheit.

Das Dünndarmkonvolut lässt sich mit beiden Händen im weit eröffneten Bauch gut greifen. Ich bewege es zu mir hin, soweit das Gekröse, mit dem es im Bauchraum verwachsen ist, dies zulässt. Hier finde ich den Übergang vom Zwölffingerdarm zum Dünndarm. Mit zwei Kocherklemmen wird diese Stelle gesichert. Sie verhindern, dass etwaige Flüssigkeiten aus Magen oder Dünndarm herauslaufen und mir die Sicht erschweren. Zwischen beiden beginne ich mit dem ersten Schnitt. Leicht ziehen, schneiden, leicht ziehen, schneiden, Meter für Meter, bis zum Blinddarm.

Ich verliere mich in Erklärungen, bete die Bezeichnungen in Deutsch und Lateinisch rauf und runter. Ich pfeife mich mit der Anatomie durch den dunklen Tageswald. Was ich gerade tue, geht mir gegen den Strich. Es passt nicht. Innereien, glitschig, die sich bildlich nicht mit ihr und dem, was ich von ihr weiß, verbinden lassen. Ich rette mich in Techniken und Fachkunde. Während ich mir die Schritte aufzähle, abhake und Vokabeln murmle, erinnere ich mich weiter ans letzte Jahr. Ich kann das und arbeite weiter.

Vom Blinddarm aus zieht sich die aufsteigende Passage des Dickdarms nach oben, bis zum Rippenbogen. Der querliegende Dickdarm wandert, wie das Wort »quer« schon sagt, rüber zu unserer linken Seite …

Ich darf mich nicht unterbrechen, bitte, ich muss mir das so erklären, weil ich alles andere gerade nicht erklären will. Ich bekomme im Augenblick nicht zusammen, was ich tue und was ich fühlen könnte. Ich will jetzt nicht fühlen.

Weiter. Der absteigende Teil des Dickdarms sucht sich den Weg nach unten, macht dann eine S-Kurve und knickt ab, in dunkle Gefilde.

Colon ascendens, Colon transversum, Mesenterium, Appendix vermiformis, Appendices epiploicae, Taenia libera … in Wort gefasste Ablenkungsmanöver, die ich in einer Schleife denke, bis ich mich wieder zu ihr wage. Nur kurz blicke ich sie an, verlegen, ich wühle in ihrem Gedärm.

Diese ganze Struktur lässt sich mit den Händen, ohne Messer lösen. Ein Fettfilm umschließt meine Handschuhe, es geht voran. Weiter, immer weiter. Das Vorantreibende einer kleinen Militärtrommel drückt mir in den Rücken. Ich weiß, dass ich sie spiele, aber wer ist es, der da mitspielt? Ich versuche, im Marsch kurz stehen bleiben zu können, fünf Atemzüge nur, um Luft zu holen. Die Trommel treibt. Diabolische Unruhe schwelt in mir, unter dem meterdicken Beton meines Fundaments. Ich tanze auf rostigen Nägeln, was den Boden brüchig macht. Was kommt, wenn er bricht? Freier Fall oder nur freierer Fall? Das Trommeln hetzt mich. Monoton, monoton, monoton, weiter, weiter, weiter. Akzentuierte Schläge zwischen leisen Tönen. Monoton, gleiche Rhythmusmelodie. Weiter. Ich wünsche drei Schläge noch und dann fertig zu sein. Aber so geschieht es nicht. Ich treibe mich mit Erinnerungen aus dem, was ich tue, heraus, es dauert länger als drei Schläge, es dauert zweitausend Apfelbäume und einen Kirschgarten lang.

Am Ende des Verdauungstraktes ist die Gegend noch einmal intimer, als ohnehin alles ist. Ich setze den Darm mit einem glatten Schnitt ab, halte ihn fest zu und trage ihn herüber zum großen Becken.

Hier legte ich gestern schon Darmschere und Pinzette bereit. Die Darmschere hat die Besonderheit eines kugeligen Kopfes, der verhindert, dass man durchs Gewebe sticht. Mit flinken Handgriffen, schnellen, sicheren Schnitten, schneide ich den Darm der Länge nach auf. Hier ist es ratsam, es trotz Geruchsbelästigung nicht eilig zu haben. Es würde schiefgehen und mich einsauen. Ich weiß es. Der Dickdarm besitzt drei längsverlaufende Streifen. Dies sind Bandstreifen, welche die Darmmuskulatur verstärken. Einer dieser ist die Taenie libera, was »freies Band« bedeutet. Es ist sofort sichtbar, auf ihm verfolge ich den Schnitt bis zum Ende. Ich erkläre und erkläre. Wer hier nur über den Inhalt des Darmes und nicht über den Sinn des Tuns sinniert, der hat schon verloren, dem wird übel und dies mit Recht. Alles hier hat einen Sinn, auch den Darm aufzuschneiden und unter fließend kaltem Wasser auszuspülen. Die Oberfläche soll begutachtet werden, Erkrankungen auch hier ausgeschlossen oder bestätigt werden. Ich will endlich etwas finden. Das fließende kalte Wasser ist oberstes Prinzip. Warmes Wasser löst Stoffe an, verdampft sie und macht es ihnen besser möglich, in meine Lungen zu gelangen. Auch wenn »sie« es ist, ich möchte das nicht.

Kaltes, klares Wasser.

Das Objekt hat seine Tücken. Ich komme nicht umhin, in meinen Erinnerungen auch Bilder zu finden, die kontrastreicher zur Situation nicht sein könnten. Im Becken hatte sich sehr viel Wasser gesammelt. Unter dem Druck war mir eines Tages der locker aufgelegte Verschluss des Abflusses beiseitegerutscht. Er hat den Durchmesser einer Untertasse. Fett und Wasser vertragen sich nicht. Das Wasser, sicher dreißig Liter, hatte sich mit laut schmatzendem Geräusch augenblicklich davongestohlen. Das größere Ende des bereits ausgewaschenen Darmes hatte sich im Sog mit Eile den Weg in die Kanalisation gesucht. Das andere, etwa dreißig Zentimeter lange Ende hielt ich noch in Händen. Und ehe der Blick des Entsetzens über das unwiederbringbar verloren gehende Organ im Hirn angekommen war, um entsprechend reagieren zu können, war der Rest durch meine Hand gezüngelt wie das letzte Stück Spaghetti beim Zutschen im Mund verschwindet. Ähnlich wie der Mund im Allgemeinen dann mit Soße besprenkelt ist, war auch mein Oberteil völlig bespritzt, nur eben nicht mit Soße.

Bei allen seltsamen Gedanken heute und den eigentlich viel zu tief dringenden Momenten lache ich dennoch bei diesem Rückblick. Ich lache ganz wütend, gezwungen, weil ich auch fröhlich bin, jetzt auch fröhlich sein will, wegen allem. Protest gegen mich. Ich sehe zu ihr herüber und sage: »Es gehört dazu, verstehst du? Und es tut mir für diesen Augenblick nicht leid.« Aber es tut mir auch nicht gut.

Tamtam, die Trommel, ganz leise.

Alles verläuft reibungslos, der Abfluss ist gesichert, ich wasche und wasche und sonst nichts, bin Waschmaschine, für diesen Akt. Die Oberflächen sind sehr interessant. Mal glatt, mal faltig, mal blassrosa, mal bordeauxrot, mit kleinen Musterungen, dann wieder mit Strukturen. Wieder finde ich nichts, nichts, nichts, was Aufschluss geben könnte.

Für den Darm ein Extratablett. Ich drapiere ihn so, wie er im Bauchraum liegt.

Ich brauche nicht mehr als zehn Minuten für alles. Ich drehe mich um und atme durch. Der Saal ist nicht sehr groß. Je nach Kollege arbeitet es sich sehr familiär. Dennoch ist hier manchmal auf langer Strecke kein Land in Sicht und ich schwimme alleine durch einen Vormittag im Saal. Es ist nicht schlimm, nicht traurig oder deprimierend. Es ist nur ein Erkennen. Dann fällt mir das Alleinsein auf und verbietet mir trotzdem den verzehrenden Wunsch nach luftloser Nähe. Der Sektionssaal der Pathologie, einer meiner menschlichsten Orte. So wie alles an Krankheiten hier gefunden werden kann, so ist auch jede Art von Unterhaltung hierin möglich. Heute spreche ich nur mit ihr, mit mir und höre uns zu.

Wieder stehe ich rechts. Die am Zwölffingerdarm verbliebene Klemme greife ich und orientiere mich an ihr. Darunter liegt die Bauchschlagader. Alles über ihr will ich jetzt haben. Ich hebe die Strukturen an, schneide vorsichtig, warte auf die Gefäße, die lehrbuchmäßig erscheinen sollen. Und da kommen sie auch schon und mit ihnen die Gewissheit, richtig zu sein. Von rechts her arbeite ich mir die Milz zu. Sie ist fest, kann in ihrem Verbund noch bleiben. Von links löse ich die Leber. Zwei bis drei Kilo kann sie wiegen und noch mehr. Wieder Handgriffe, die funktionieren. Hier das Messer, dort die Schere. Heben, senken, drehen – wissen, wo man ist, was man tut. Als ich das denke, weiß ich's anatomisch, der Rest ist unterwegs. Alles wird zur Mitte hin getrennt. Ich spüre die Bauchspeicheldrüse auf, unterhöhle sie, greife irgendwann alles zusammen, sehe zu, dass der Magen nicht angeschnitten wird. Es dauert, bis man sich hier auskennt und nichts mehr falsch macht. Dies ist nun in der Tat ein Paket. Die Organwanne ruft, ich folge.

Ich weiß, sie ist hier, vermeide für eine Weile und immer wieder den Blick für sie. Und auch das weiß ich – dass ich den Blick vermeide. Es reicht nicht, es zu tun, etwas stachelt mich an, auch Unterlassungen zu sehen. Ich bleibe konzentriert, es muss weitergehen. Tamtam. Es ist ein für mich nicht beeinflussbares Auf und Ab. Güte und Konzentration, Zuwendung und Handwerk. Der ständige Wechsel greift auf mich zu, lässt mich los, packt mich wieder, wirft mich fort, zieht mich wieder zu sich. Ich habe es ja so gewollt.

Zwischendurch Hände abspülen, im Handwaschbecken, unter dem Duschkopf – Hände abspülen mit stromloser Zeitschaltuhr.

Das Wasser läuft über die Handschuhe, das dunkle Rot läuft davon. Über blanken Stahl und riecht eigentümlich, riecht nach dem, was geschieht, Blut auf Stahl. Rinnsal, feinste Wege, Lachen. Weg. Weg ihr Blut, etwas von ihr, einfach weg, in den Abfluss. Das Blut tropft vom Handschuh ins Becken, quillt ins klare Wasser, wolkt kurz auf, wird blass und alle Klarheit des Wassers verschwindet. Hier kann ich versinken, hängen bleiben, den roten Farbenstrauß beobachten bei seinem Zufallsspiel. Beobachten, wie Farbschwaden irrlichtern. Noch ein Tropfen Blut fällt hinein, kleinste Eruption.

Ich komme zurück, die Hände sind sauber. Sie war die ganze Zeit da, in kleinen Blitzen immer wieder, als Tenor von allem hier. Und doch, ich suche sie.

07

ERKLÄRUNGEN

Ich las den Namen Maria Krieger im Suchfenster von Google. Richtige Schreibweise beachtet. Verschiedene Treffer zeigte die erste Seite. Adressverwalter, Netzwerke und Miniaturbilder wurden zum gesuchten Namen angezeigt. Ich musste nicht lange suchen, fand sie auf einem der ersten kleinen Bilder, sie fiel mir auf. Mein Puls bekam einen Schubs aus der Ecke »Herzensangelegenheit« und nahm seine, ihm dafür zugedachte Arbeit auf.

Ich fuhr mit dem Cursor über das Bild, hoffte, eine E-Mail-Adresse zu bekommen, irgendeine Kontaktmöglichkeit. Telefon kam nicht infrage. Eine SMS lostreten und mit der Tür ins Haus fallen?

Ich klickte auf das kleine Konterfei. In der vergrößerten Darstellung glich ich die Bilder in meinem Kopf mit denen vor meinen Augen ab … Ernüchterung: Sie war es nicht … oder doch?

Nein. Aber etwas war in diesem Bild, auf das ich sofort reagierte. Etwas … eine Ähnlichkeit und dann … aber doch überhaupt nicht. Ich weiß nicht, was es war.

Ich schaute mir auf die gleiche Weise vielleicht noch zehn, fünfzehn weitere Treffer an, alle ohne Ergebnis. Ich ging zurück zum allerersten Bild. Vielleicht war sie es ja doch! Ich wollte mich vergewissern. Ich suchte das, von dem ich beim ersten Sehen nicht wusste, was ich sah. Ich musste zurück, als ginge es nicht anders. Ich klickte es erneut an …

Ich sah mir das Bild von Maria Krieger an. Ich sah es an, ich sah es an und immer noch an. Das Bild dieser offenbar anderen Maria Krieger, als hätte nicht ich, sondern als hätte etwas mich gefunden. Nietzsches zurückblickender Abgrund: Je länger ich schaute, desto mehr schaute sie in mich. Es war mir unbegreiflich, was von diesem Bild, diesem Blick ausging. Kein trauriges Bild, keineswegs. Ein in die Nachmittagssonne gerichteter Blick. In ihm lag für mich der nicht lachende Mund Mona Lisas. Ein Pinselstrich mit Farben aus den Tuben bis ins Mark treffender Blicke, quer durch einen Mittag meines Lebens. In ihrem Blick lag Überlegung, etwas Unbestimmtes anzweifelnd, eine leise bescheidene Klage an das Leben könnte ich meinen. Kein fröhliches Gesicht war zu sehen, es war ein Gesicht, welches wortlos rief. Und dieses Rufen galt nicht der Welt, es galt niemandem und doch schien es für irgendjemanden bestimmt. So sah ich sie an, so viel sprach zu mir, weil zuweilen mein ganzes Ich zu einem Ohr wird, welches das Holz, aus dem so manches Papier stammt, noch wachsen hören kann.

Ich riss mich fort, von ihr, von diesem Ziehen. Was für ein Blödsinn. Ich rief alle Kontrollregister auf und hielt sie an. Alles Sensible, Überhöhte, Verschleiernde musste auf das Maß klarer Gedanken und sternenstaubfreien Blickes minimiert werden, um eine gewisse Objektivität zur Betrachtung der unbekannten Google-Dame zu ermöglichen.

Alles auf null fahren, neu betrachten und dann feststellen: Ist doch nur ein erwachsenes Mädchen auf einem Internetbild. Aber es war nicht möglich, ohne zu stolpern. Selbst wenn ich versucht hätte, mich zu betrügen und so zu tun, als hätte ihr Bild keinen Eindruck hinterlassen, so straften mich meine Gedanken mit dem Beweis des Gegenteils. Das Bild war schon fest, wirkte wie das im Streit gesprochene Wort, welches man nicht zurücknehmen kann.

Es traf mich, zog mich an sich. Es bannte mich vehement. Hätte ich jetzt noch das Bild verlassen, einfach zurückkehren und mich abmelden können? Den Tag begehen, als hätte ich nicht gesehen, was ich sah? Selbst wenn – ihr Name war da und führte mich zurück, jetzt, wo er doppelt existierte. Vor einer Minute noch hatte ich die eine gesucht, konnte jetzt aber beobachten, wie meine Seelenmeute ihre Hatz auf die ganz andere trieb. Die Aussicht, Einsamkeit beenden zu können, machte alles möglich.

Die Konstante bei der wechselnden Wahl des Menschen ist der beharrliche Wunsch nach einem Schirm im Alleinseinregen. Nur ein Funke Sympathie genügte, um mich zu entzünden. Ich ließ die Zügel des mächtigen Tieres Sehnsucht locker. Es ließ sich nicht leugnen, dass mich etwas Manisches trieb. Ich fühlte mich fremdgesteuert, aber zu etwas Liebevollem geführt.

Maria Krieger, ein Verweis hierhin, ein Klick dorthin und eine E-Mail-Adresse zeilte sich über den Bildschirm.

Ein paar Augenblicke nur, was macht das Hirn in dieser Zeit, welches Gift setzt es frei, während du noch nicht einmal bis drei gezählt hast? Ein Kranker auf der verzweifelten Suche nach einer Medizin, die weniger schmecken, denn heilen sollte. War das eine Arzneifläschchen »Wärme« leer oder vergriffen, musste schnell ein neues helfen. Ich wollte kein neues, ich wollte eines, das blieb. Maria Krieger schien mir aus unerklärlichen Gründen eine solche Medizin zu sein. Auf dem Etikett ihres auf mich wirkenden Mittels stand: *Erst sehen! Bei Gelingen – öffnen.*

Ich sah etwas, und darum wagte ich zu öffnen. Ich öffnete, wie ich war, mit ganz sauberem Herzen. Die Mailadresse kopiert, an richtiger Stelle eingefügt. Betreff: ein Fragezeichen. Ich sah sie an, dann sah ich meinen Händen zu und ließ schreiben, an diesem Sonntagmittag.

Nachricht senden:

Paul: *Hallo*

Weniger als dies wäre mir nicht möglich gewesen. Ich dachte nicht, ich war Instinkt. Mehr zu schreiben hätte dem entsprochen, was meinem Drang, mich stets sofort mit Haut und Haar zu verschenken, gleichgekommen wäre, nämlich eine von vornherein alles vernichtende Plage. Von Anfang an zu viel. Ich klickte auf Senden, erwartete nichts und schaltete den Computer aus.

Am späten Nachmittag hübschte ich mich ein wenig auf und verließ das Haus. Anja, die Tochter meiner langjährigen Freundin Grita, hatte zu einer Feier geladen. Ich wurde abgeholt, mit dem Auto fuhren wir in Berlins Mitte.

Auf der Fahrt dorthin konnte ich den Blick schärfen, mich abklopfen, den Staub der Alltäglichkeiten von mir schütteln und sehen, was übrig blieb vom emotionspyrotechnischen Aufbau am Mittag. Wird es ein Feuerwerk geben?, fragte ich mich und räumte die Möglichkeit dafür ein. Alles war im Trocknen gebaut, lief keine Gefahr, einer Fehlzündung zu erliegen. Mein »Hallo« könnte die kleine Flamme sein, es zu entfachen. Genauso möglich war aber auch, dass sie die Streichhölzer nicht fand. Mit beidem rechnete ich.

Den Kopf ans Fensterglas im Auto gelegt, gekühlt, gestützt. Die Straßenlandschaft der Stadt floss ungestört durch mich hindurch, wie die Musik aus dem Radio. Die Gespräche um mich versiegten im Fahrtwind. Nebenher nahm ich den Blinker wahr, das Bremsen und Wieder-Anfahren. Vielleicht war noch ein fremdes Hupen da, eine Bodenwelle, ein Schlagloch – ohne mich. Etwas Ruhiges umgab mich, langsam schlug mein Herz, blieb fast stehen, wollte aufhören, gerade da, an diesem warmen Sonntag. Und beinahe wäre es mir recht gewesen zu vergehen, in mir zu ertrinken, im kalten klaren Salzwasser. Eine Millisekunde dachte ich auch: Hör auf zu schlagen, Herz, hör endlich auf, schlaf ein, geh in die Ruhe, die mich grad umgibt. Und ich dachte dies, ganz ohne nennbaren Grund. Es fühlte sich gut an, gefährlich gut und schmeckte nach Frieden. Ich wollte mich abstreifen wie ein Krebs seinen Panzer. Ich wollte, dass mein Ich alleine weiterlief. Ich bliebe hier und sähe ihm aus der Ferne zu, mit gutem Abstand zu mir. Ich griffe nicht dazwischen. Ließe es gegen den Baum laufen, ließe es fallen und liegen. Vielleicht konnte ich diesen Teil beerdigen und dann selbst zur Ruhe finden.

Ich wüsste sicher, was ich begraben hätte, worauf ich Erde würfe, und täglich würde etwas Neues daraus wachsen.

»Träumst du? … Paul, wovon träumst du?«, erreichten Gritas Wortfetzen mich langsam, und dann ihr Blick in den Rückspiegel, der mich wissend traf. Grita kennt mich gut, weil ich sie manchmal schon in die Keller unter meinen Kellern blicken ließ.

Da war ich wach und nahm aus der gefährlichen Stille die Ruhe mit, schmückte sie mit meinem liebsten Lächeln und sagte … nichts. Es blieb etwas Wortloses, Bescheidenes im Auto zurück und jeder konnte es spüren, schaute dann bald getroffen aus den Fenstern und blieb eine kleine Weile in seiner windstillen Welt.

Wie sehr ich diesen Augenblick liebte, dieser zwei Mal blinzeln lang andauernde Augenblick, in dem jeder so sehr bei sich war und es völlig frei von allem genoss, dort zu sein, darüber angenehm und ungewohnt erschrocken.

Und noch etwas blieb in mir, es blieb der Geschehnisspaziergang in meinem Kopf von Maria zu Maria. Ich sah, wie sich das Gesicht Marias über das Gesicht der anderen Maria legte. Es konnte so geschehen, weil sich das, was ich von der einen erhoffte, durch die andere auf den Weg zu mir machte. Wie changierender Stoff, einer kleinsten Bewegung im Licht nur erlegen, um sich in seiner Erscheinung ganz und gar zu ändern. Aber es blieb der gleiche Stoff.

Es blieb auch ein fröhlich pfeifendes Erstaunen zurück. In meinem Spaziergang zur Liebe sah ich mich in bunten Socken einen Sprung versuchen. Einen Sprung von ihr zu ihr, bei dem ich meinem Wesen alles Gute wünschte für die Landung im Ungewissen.

In der Linienstraße hatte Anja mit einer ihrer Freundinnen eine Bar gemietet, also mitten im Rotlicht-, kulinarisch extravaganten und touristisch überlaufenen Viertel, gleich an der Oranienburger Straße.

So bunt, so grell, so weltstädtisch, so strotzend vor Leben diese Straße mir darlag; es gibt Momente, welche mich auf gerade getretenem Stein einfrieren lassen, die Farben der Jetztwelt ausdünnen zu einem altbekannten Archivgrau und mich zurückholen. In eine Straße, ohne jede Beachtung. Wir gingen ein Stück diese Straße entlang, die Oranienburger Straße. 1983 – kein Restaurant, keine Kunstszene, keine Dealer, keine leichten Mädchen. Das Tacheles hieß noch Kino Camera und war stillgelegt. Es gab beinahe nichts in dieser Straße. Beinahe, denn unsere eigenen Gedanken beschummeln uns, wenn wir ihnen keine Startbahn zum Fliegen geben.

Über allem, über das sich meine Füße bewegen, unter jedweden Himmeln, also im durch mich begrenzten Dazwischen, hafte ich mit vielen meiner Fasern an all den kleinsten Kleinigkeiten, die zu Großigkeiten starten. Mein erinnernder Teil muss Flieger sein und so lassen sich viele Details nicht umgehen, wenn man das Große, das Ganze erzählen will.

Es gab diesen Konsum an der Ecke Friedrichstraße, in dem ich einmal im Monat einen Karton mit einhundert Negerküssen kaufen durfte, weil ich der Verkäuferin leidtat. Ich erzählte ihr damals, als sie bemerkte, mich nun schon öfter in ihrem Laden gesehen zu haben, dass die Artistenschule, an der ich studierte, gleich um die Ecke in der Friedrichstraße läge und unsere Mensa in der Oranienburger Straße. Ich ginge fast täglich an ihrem Konsum vorbei, erzählte ich weiter, und dass mein Gewicht in der Woche immer um vier Kilogramm schwankte. Das Training sei nicht leicht und mein Hunger ließe sich nicht bis zur Mensa ablenken, fand immer einen Grund, schon vor dem eigentlichen Essen ein paar Kekse oder Schokolade eben in ihrem Laden zu erstehen. Es sind die wundersamen Geschicke, welche die unterschiedlichsten Menschen an den verschiedensten Orten zur offenbar richtigen Zeit zusammenführen.

Es gab diesen schwulen Friseur in dem immer leeren Geschäft, gleich neben der Mensa, der mich so tuntig nett frisierte und mich trotz meiner Volljährigkeit und meiner zwar nicht sehr großen, aber dennoch athletischen Statur, nie versucht hat zu verführen. Ich war mal ein Leckerbissen.

Es gab den geradezu unbetretenen, hundekackefreien Monbijou-Park, in dem wir Artistenschüler uns gelegentlich in einer Freistunde unbehelligt sonnten.

Und es gab den feinen alten Geigenbauer, gegenüber im Souterrain. Ich entdeckte ihn auf meinem Nachhauseweg zur S-Bahn, als der Bahnhof, heute als Hackescher Markt jedem ein Begriff, noch Marx-Engels-Platz hieß. Oft blieb ich vor dieser Holzinstrumentenwerkstatt und deren bei schönem Wetter geöffneten Fenstern stehen und sah zu, wie der Mann dort mit allerlei Werkzeugen an den schönen Instrumenten sein Handwerk betrieb. Einmal trat ich in seinen Laden, der nach so ungekannt Schönem roch, nach Kleister und Kolofonium, nach Holz und Rosshaar, nach einer unbekannten Zeit, die sich dennoch so gut anroch. Einen ausgefransten Geigenbogen gab ich bei ihm in Reparatur, in der studentischen Hoffnung, dass diese nicht allzu teuer für mich ausfiele. Keinesfalls erwähnte ich, dass ich Student sei, etwa, um einen Mitleidspreis herausschlagen zu können. Das wollte ich nicht; ich wusste: Was er tut, hat seinen verdienten Preis. Und zuschauen wollte ich, nur endloslang sehen, seiner Hände Arbeit zusehen, um in seine Welt zu tauchen.

Die Synagoge sah ihrem Fall entgegen, ihr Dach öffnete die Arme, um allem von oben Kommenden Nest zu sein. Das alte geschlossene Postamt an der Ecke Tucholskystraße war zuplakatiert und hinter den vermeidlichen Postern von Kultur versteckte sich ganz klanglos tatsächliche Kultur, wie ein verwahrlostes Kind, um das sich niemand so recht kümmern wollte.

Und es gab unsere Mensa, die innen genauso heruntergekommen war wie die restliche Altbausubstanz Berlins. Ein paar Stühle, ein paar Tische. Mussten diese in schönem Ambiente für uns da sein, damit wir unsere Mahlzeiten einnehmen konnten? Diese Frage stellte sich nie. Ich war Ostberliner in Ostberlin.

In der Linienstraße befand sich das Mädcheninternat und in ihm der Ballettsaal der Artistenschule, in dem mir dreieinhalb Jahre das äußerste Strecken der Füße, das geschmeidig elegante Führen der Arme, das anmutige Halten meines Kopfes und der Hände, der sichere Stand nach jeder Pirouette beigebracht wurden.

Es gab in diesen Straßen sehr viel zu sehen, wenn man konnte, wenn man wollte. Diese Straßen waren voller abfallendem Putz. Wie Puzzleteile lag er da. Mit wenig Mühe gelang es einem, sich ihn ans Mauerwerk zu denken und das wirklich Schöne zu entdecken. Die Millionen Grautöne in allen Winkeln waren mir die Farben meines siebzehnjährigen Lebens.

»Paul … Paul … Wo bist du?«, zog es mich in den lebenden Pulk zurück. Wieder rettete mich Grita vor dem sicheren Ertrinken in einer alten Zeit. Gerade mal zehn Sekunden stand ich an dieser Stelle vor der alten Mensa, aus der ein schön restauriertes Hotel geworden war. Ein wenig plauderte ich mit Grita die Straße entlang, erzählte vom gerade Gesehenen, vom alten Jungen, nur von Maria nicht. Sie hakte sich in meinen Arm, hörte, nahm schweigsam teil, fragte manchmal leise nach dem Wann und Wo meines Artistenlebens. So aufmerksam, so ohne Drang, von sich selbst berichten zu müssen, war sie da, war sie mir im besten Sinne Freundin.

Wir erreichten die Linienstraße und mit ihr die Bar. Es war ein Spätnachmittag schöner Sommersonne, Stunden warmer Gehwege, die einluden, sich auf die Bordsteinkante zu setzen und sinnestrunken zu verharren. Hin und wieder nahmen wir einen wispernden Gedanken auf, flüsterten ihn an und wenn er zu laut wurde, schwiegen wir ihn zu Ende. Ich trank ungewohnterweise Beck's Lemon, Grita wesensgerecht roten Wein. Manchmal sahen wir einander an, wir, uns alte Schulfreunde, und wussten, wie gut es war, einander als diese zu haben.

Diese begleitenden Nebensächlichkeiten sind alle da, während ich an Maria denke, von ihr erzähle. Es stimmte nicht, ließe ich das Drumherum ungeachtet außen vor. Es sind die Stimmungen, durch die ich lief und die mich durchliefen.

Die Stunden flatterten behaglich mit den Spatzen Straße rauf und Straße runter, mal zu meinen Füßen und dann weit über mir.

In einer kurzen, neugierigen Laune griff ich nach meinem iPhone, zum Internet für unterwegs. E-Mail-Empfang fast überall, zweimal tippen nur …

Maria Krieger hatte geantwortet und sie antwortete nicht geringer und mit nicht mehr Worten als ich:

Maria: *Hallo*

Sie hatte das Feuerwerk gefunden und somit die Streichhölzer in der Hand. Ob sie es entzünden würde? Ja, ich bin mir sicher. Ich hatte ohne Schwung im Finger an ihrer Tür geklopft und sie öffnete mit einem brennenden Streichholz in der Hand. Aber sie hatte vergessen, sich Handschuhe anzuziehen. Ganz nah schon war die Flamme an ihre Finger herangeschlichen und sie sah zu, schwankte kein Stück. In der spürbar näherkommenden Hitze formte sie an ihrem Ort ihr *Hallo* für mich, zündete das meine und mich damit an. Es ist wunderbar, die ersten Sekunden eines Feuerwerkes zu sein. Sie griff mein »Hallo« auf, wie einen wegweisenden Krumen in der Nacht, der schon in jedem Buchstaben einen fremden, sichtbaren Herzschlag trug.

Das Wort »Hallo« wurde im Laufe all unserer Sprünge, allen Liegenbleibens, Wiederaufstehens, Wartens, Hoffens und Sich-Versagens zu einem Ewigkeitswort, das nur uns gehörte. Keinen Brief, wenn ich denn überhaupt einen schrieb, der später nicht an sie adressiert war, keine E-Mail, keine SMS, nichts schriftlich Festgehaltenes begann ich je wieder mit einem »Hallo«. Es ist wie ein »Jawort« in dem die gern gegebene Mühe steckt, es nur ein einziges

Mal zu geben. Ich saß auf dem Bordstein, lange, noch immer war es warm. Ich wollte bleiben, wer ich war in dieser Stunde. Und so fragte ich am selben Abend noch:

Paul: *Ganz ehrlich?*

Auch auf die Gefahr hin, bei ankommender Nachricht ihr nicht augenblicklich zu antworten, holte ich an diesem Abend mein Handy nicht mehr aus der Hosentasche. Ich ergab mich der Leichtigkeit eines frisch duftenden Festes, aß und trank, fragte und antwortete und verbannte jeden mehr als zehn Gramm schweren Gedanken, der sich auf diese seidene Stimmung hätte legen können.

Fröhlichen Fußes trällerten wir spät an diesem Sonntag durch die Winkel meiner Jugend, stiegen ins Auto und fuhren durchs laue Dunkel. Es gibt keinen weiteren Ton mehr in mir, vom Lied dieses Abends. Mit überdrehten Wünschen, hinter denen so viel Hoffen lauerte, glitt ich aus einem Sonntag in freiem Fall auf einen gewissenlosen Montag.

Am nächsten Morgen spürte ich altbekannte Eile. Ihr stellte ich mich wunschgebremst gegenüber, gab dem Drängenden auf zu warten. Ich erledigte ein paar Dinge, allesamt bewusst verlangsamt, und erst nach dem letzten Handschlag sah ich im elektronischen Postfach nach Neuigkeiten.

Ich meldete mich an und wünschte, unter dem Nachrichtensymbol eine kleine Zahl zu finden, die darauf hinwies, dass es etwas Neues zu lesen gäbe. So klein diese Zahl auch sein mochte, so Großes gab sie mir auf zu hoffen. Was nur ist es, dass mich, ohne auch nur einen kleinen Zeh oder ein Augenbrauenhaar zu verschonen, ohne jede Angst in ein Gefühlsabenteuer einsteigen lässt?

Und sie war da, diese Zahl, in all ihren für mich sichtbaren Größen. Klick, klick …

Maria: *Ja!*

Mein Ehrlichkeitsdrang, die Sucht nach etwas Liebendem hatte sich in meine Haut gefressen wie Kneipennikotin in die Sachen von gestern. Ich nahm mir vor, eine Ruhe zu bewahren, die ich gar nicht hatte, den Gedankenhahn nur ganz leicht aufzudrehen, um keine Überschwemmung zu verursachen.

08

MARIA

Ich hatte einen freien Tag, Katzen(ge)jammer überstanden, Zähne geputzt und Krümelkaffee am Schreibplatz deponiert. Alles im Lichte erzwungener Ruhe. Der Druck im Gedankenhahn hatte sich erhöht und mit dem ersten Schwall, der nicht mehr aufzuhalten war, verirrte ich mich in ihrer durch ihr »Ja« geäußerten Neugier.

Die einfachste Art, mit einer Geschichte zu beginnen, ist, bei der Ehrlichkeit zu bleiben. Man verstrickt sich nicht in beschönigenden oder imponierenden Begebenheiten, deren Details man vergisst und die dann zu dem werden, was sie von Anfang an sind: Lügen.

Paul: *... also, es begab sich zu einer Zeit, da begegnete ich jeden Morgen einer Frau, die ich nicht kannte. Sie stand vor dem Eingang zum Klinikum, rauchte und hielt einen Pott Kaffee in der Hand. Sie trotzte den Jahreszeiten und grüßte jedes Mal freundlich.*
Ich fand lange Zeit nicht heraus, auf welcher der unzähligen Stationen sie arbeitete. Ich suchte ja auch nicht nach ihr, bis ...
... bis eines Tages mein Bruder operiert werden musste. Als liebes Familienmitglied, treusorgender Verwandter und

vertrauter Bruder besuchte ich ihn natürlich. Da stand sie dann und grüßte mich ein zweites Mal an diesem Tag. In den folgenden Tagen, an denen mein Bruder der Genesung entgegensah, berichtete er mir, dass sie immer sehr freundlich und zuvorkommend zu ihm war.
Ich kaufte eine Tafel Schokolade und sendete ihr diese mit der Rohrpost unseres Klinikums. Ich bedankte mich für die Fürsorge meinem Bruder gegenüber, lud sie ein auf ebendiese Tafel Schokolade und fragte, ob sie sie mit mir teilen würde.
Dies ist beinahe ein Jahr her, eine Antwort habe ich nie bekommen.
Wenn Frauen nicht antworten, hat dies meist etwas zu bedeuten. Ich bin größtenteils erwachsen und hadere nicht mit der Zeit.
Von meinem Bruder erfuhr ich ihren Namen: Maria Krieger. Aus Neugier habe ich im Netz nach ihr geschaut und Sie gefunden. Sie sind so ziemlich die Erste auf der Seite der Google-Ergebnisse unter diesem Namen. Ich habe draufgeklickt, Ihre Mailadresse gefunden und … ich weiß noch nicht genau warum, ich wollte unbedingt »Hallo« sagen.
Ehrlicher geht es nicht.
Vielleicht versuche ich es noch mal: Hallo, liebe Maria!

Maria: *Dass ich nicht diese Maria bin, muss ich nicht weiter erläutern. Eine Namensgleichheit, der Du hinterhergeklettert bist? Ich gebe zu, dass mir dieser Menschenschlag sehr am Herzen liegt. Menschen, die ein Gefühl haben, es hören und ihm folgen. Nicht um jeden Preis, aber grundsätzlich ist es schön. Darin sehe ich Dich nun und weiß, warum ich antworte. Ich wollt, ich könnte Dir in Bezug auf mich antworten: »Folge deinem Gefühl weiter.« Aber es ist nur eine mögliche Antwort.*

Es gibt Ähnlichkeiten zwischen Maria und Maria. Aber sind diese nicht immer auch bei jedem anderen zu finden? Wer mag keine Schokolade? Nein, in einem Krankenhaus arbeite ich nicht, manchmal kommt es mir aber so vor. Nebensache. Deine Geschichte gefällt mir, sehr, und gefiele mir sicher noch mehr, beträfe sie tatsächlich mich … Sie ist schön. Wer bist du?

Paul: *Ah, diese Frage. Das Überdenkenswerte ist: Man glaubt, dass dies oft andere besser wissen als man selbst. Aber mit den eigenen Antworten darauf wie mit den Antworten der anderen ist man nicht immer einverstanden. »Wer ich bin?« Gib mir ein zusätzliches Leben und ich werde versuchen, Dir im Ansatz zu antworten. Bring Zeit mit, auch Bedenkzeit. Ich kann es Dir nicht ohne Weiteres sagen. Hast Du nicht schon eine kleine Ahnung, an die sich etwas Seltsames knüpft? Ist nicht das, was wir sind, als Ahnung schon ganz klein da und hat ebendiese Frage verursacht? In einem Meter und siebzig Zentimetern Höhe etwa wirst Du meine Augen finden, das kann ich ohne Weiteres sagen. Wenn ich etwas ahne, gut oder schlecht, möchte ich diese Ahnung bestätigt oder entkräftet wissen. Schokolade und Sympathie. Möchtest Du noch mehr wissen?*

Maria: *Nach den Regeln der Vernunft – nein. Aber ich muss nun doch fragen. Oder hast Du Deine Neugier zu jeder Zeit fest im Griff? Wohl kaum! Denn dann gäbe es diese Situation hier gar nicht. Gut, ich trage dazu bei, werde aber wissen, wann genug genug ist. Die Neugier ist ein listiges Ding. Ich brauche sie für meine Arbeit. Will sagen, sie lässt sich nicht zu dienstlichen Zwecken an- und zu vernunftsbedingten abstellen. Das ist auch oft eine Frage des Naturells. Du beantwortest meine Frage so, dass eine neue Frage entsteht. Schlau! Ich sehe das und falle darauf rein. Ich spähe hier in etwas noch ohne Beschreibung. Irgendetwas reizt mich, warnt mich aber auch. Der Fremde, der mich entdeckt? Kann man jemandem verübeln, dass er, wenn er sich kennt, sich dennoch manchmal nicht mit sich auskennt, Fragen an den entwickelt, der so scheint, als hätte er Antworten darauf? Ich fühle mich auf meiner Seite ... sagen wir »wohl«. Und nun? Nein ... ja ... erzähle mir. Oder doch nicht? Aber bitte!*

Paul: *Nun ... ich wollte Dich nicht verwirren. Ja, ich weiß, dass Du nicht jene Maria bist, sondern diese hier, auf der mir noch unbekannten Wohlfühlseite. Wie atmetest Du durch, als ich Dir die Frage nach dem, wer Du seist, stellte? Fuhrst Du schon einmal mit dieser Frage zusammen?*
Ich bin auch Nichtraucher. Es stört mich nicht, wenn meine Umwelt dies tut. Es sollte nur eben nicht auf allzu engem Raum und mit mir darin sein.
Wer bin ich noch? Der Bewohner einer großen Stadt. Man braucht, wenn alles gut geht, nicht ganz zwei Stunden, um vom einen zum anderen Ende zu gelangen. Etwas außerhalb, am Rande derer wohne ich, direkt am Wasser.
In dieser Stadt gibt es 120 Krankenhäuser, in einem davon arbeite ich.
Jetzt frage ich: »Wer bist Du?«
Ich ziehe mir nun Schuhe an, setze Kopfhörer auf und laufe und laufe. Zwanzig Kilometer stehen auf dem Plan ... Auch das bin ich. (Wie oft hast Du schon nachgesehen, ob Zeilen in Deinem Postfach sind?)
Paul

Wir schrieben und dachten, ließen uns Zeit mit den Antworten. Es war Montagnachmittag bereits und der Logarithmus der oberflächlichen Verhaltensmuster sagte mir: Wenn sie um diese Zeit so viel unbeobachtet schreiben kann, dann muss sie allein sein.

Dies behielt ich im Sinn und es addierte sich in den nächsten Stunden von mir liebliches Ersonnenes dazu.

Ich zog mir irgendwann Laufzeug an und fror dabei. Noch gab es diesen Willen, anderes zu tun. Während des Laufens eine Nachricht zu verpassen gehört dem 20. Jahrhundert an. Die mich begleitende Musik lockte ich aus meinem iPhone. Ein Lied wird plötzlich leiser, ein Dingding klingt mitten rein und verkündet die Ankunft hoffentlich froher Kunde. Mit verschwitzten Fingern holte ich meinen E-Mail-Account aus dem Zauberding hervor: eine Zahl im Nachrichtensymbol lachte mich an. Ich lachte zurück und hüpfte nach Hause.

Das Duschen musste schnell gehen, zu viel Zeit war schon vertan. Sie hatte geschrieben. Dies zu registrieren hatte ich unterwegs angehalten, der Laufzeit gestohlen und dachte immer noch: Sie ist allein. Sie ist so schön und sie ist allein. Warum nur?

Maria: *Wer bin ich? Das musste wohl sein. Die Wahnsinnsfrage. Bitte noch mal, aber so: »Wer bist du nicht?« Du, der Bewohner einer großen Stadt. Berlin? Und dann das Krankenhaus: Arzt, Pfleger, Hausmeister, Koch, Krankenschwester …? Du hast schon recht. Schokolade – yummy. Ich habe nie geraucht, hab es auch nicht vor. Hast Du auf Arbeit mit vielen Menschen zu tun? Ich nicht. Das heißt mal mehr, mal weniger. Und wenn, dann sind es alles »Charaktere«. Meine Arbeitstage, tja, bunt, still, verrückt, lebendig, selig. Von allem immer etwas. Was für eine Frage, wie oft ich schon nachgesehen hätte. So oft wie Du? Ja, ja, ja, oft. Ginge es denn anders? Es gibt keine Medizin gegen Aufgeregtheit und Ungeduld. Vielleicht doch, aber die möchte ich nicht. Muss wissen, was pur geschieht, auch wenn sich's in mir sträubt. Nicht wegen Dir, nicht wegen Dir!*
20 Kilometer. Du Verrückter. Und doch, Bewunderung. Ich begnüge mich mit weniger, eher zum Warmmachen für's

Hockeyspielen und das mit Musik. Manchmal U2, manchmal Talking Heads, manchmal Matthew Perryman Jones, manchmal Philipp Poisel, je nach Glück und Aggression. Und du, wie sieht's aus?
Vielleicht streifen wir aneinander vorbei und wissen's nicht. Kann ich jetzt noch ruhig laufen? Ich halte die Augen offen. Ich möchte es nicht fragen und denke aber: Quatsch. Die Frage ist da und ich gehe über das, was sie behindert, diesmal weg: Schreibst Du mir weiterhin? Du schriebst vorhin etwas über Ahnungen. Gut oder schlecht, ich ahne Antworten auf alte Fragen, die ich lange nicht mehr stellte. Deshalb bin ich noch hier und aus keinem anderen Grund. Ich verstehe, wenn Du Dich nicht als Samariter siehst, Adieu sagst, Auf Gott.
Ich möchte Dir nicht sagen, was es noch mit mir tut, wenn du »Fragen« beantwortest. Es führte Dich auf eine falsche Fährte. Ach … Dialektik. Zu spät, was?
Maria

Paul: *Du bist allein – warum?*
Dialektik – ja, zu spät. Aber ich hake mal nicht nach. Kenne ich auch nicht von mir … Samariter! Bin vom Lauf zurück und habe mich mit 18 Kilometern zufrieden gelaufen. Getragen und getrieben haben mich Richard Strauß (»Vier letzte Lieder – Im Abendrot«), auch Philipp Poisel (»Schweigen ist Silber«), Placebo (»Blind«), Tom Waits (»Tom Traubert's Blues«), um nur eine kleine Auswahl zu nennen.
Du arbeitest vor den Augen vieler Menschen, mit Charakteren … Du bist Schiedsrichterin, Boss einer großen Firma, Talkmasterin? Sicher völlig daneben.
Meine Stadt wie meine Wohnung liegen direkt an der Spree. Du lagst also richtig. Mit Charakteren kann ich leider nicht dienen. Na ja, in gewisser Weise schon, manchmal. Die wenigen, mit denen ich dann zu tun habe, reden aber nicht sehr viel …

Dass Du beim Joggen die Augen offen hältst ... es fühlt sich gut an. Es schmeichelt jedenfalls.
Gut, ich gestehe, ich habe meinen Lauf ganz kurz unterbrochen, um nachzusehen, ob ein paar Zeilen von Dir gekommen wären. Das waren sie und es lief sich um einiges leichter.
Wenn Du Fragen hast, dann frag. Ich bin um kaum etwas verlegen ... Aber der Samariter wird »Auf Gott« sagen, wenn der Kuchen der Fragen und Antworten nicht geteilt wird, wenn er bei Schwimmversuchen nicht mit ins Wasser darf, die neuen Seiten einseitig entdeckt werden sollen. Natürlich habe ich zuerst geworfen und werde, wenn nun auch schon schwerer, das »Genug ist genug« akzeptieren, wenn es kommt.
Es ist schön, dass es etwas mit Dir tut, wenn ich Dir schreibe. Es sind gar nicht die Fragen, die uns rufen, es sind die Antworten. Irgendetwas macht es. Vorsicht.
Paul

Die nächsten zwei Stunden waren Qual. Mit der Frage, wie oft sie schon nachgesehen hätte, ob neue Zeilen in ihrem Postfach wären, hatte ich mich selbst überführt. Ich wollte ja nur wissen, wer von uns es öfter tat. Ganz ehrlich? Ich, bestimmt alle fünf Minuten.

Aber es blieb still, keine Antwort kam mehr. Völlig durchtränkt von ihren Worten und dem heimlich gedachten Händehalten, in diesem kleinen Rausch schmierte ich mir ein paar Brote und spürte, dass jemand alle Bremsen von den Rädern nahm, die mich zu ihr rollten. Noch ging es gefühlt bergauf, wenngleich das Tempo der Fahrt auf zunehmende Geschwindigkeit hinwies und andeutete, dass ein Aufeinandertreffen unausweichlich war.

Verdammte Scheiße, es waren doch gerade erst ein paar Stunden vergangen, ein paar Zeilen geschrieben. Ich wollte das nicht, nicht jetzt schon, so schnell. Aber es war alles da, wohin also damit? Es in einer Kammer verstecken, oben auf den Schrank legen? Alles Quatsch. Das nach der Liebe gierende Tier, das jedes Wort mit der Goldstaubwaage wog, um auch ja keinen Buchstaben von Zuneigung zu übersehen, hatte seine Stalltür zertreten und buckelte im noch umzäunten Gehege. Und mit jedem Tritt in die Luft schleuderte es seine Leidenschaft, von der niemand sagen konnte, warum so Kleines schon in der Lage war, sie zu entfesseln, in nur noch eine Richtung.

Die Frage ist da und ich gehe über das, was sie behindert, weg: Schreibst Du mir weiterhin?

In solchen Sätzen finde ich doch schon den Wunsch der Schreibenden, sich auf den Weg zu machen, um Briefpapier für einen Liebesbrief zu kaufen. Ich war schon so eilig.

Ich nahm mein iPhone mit zum Fernseher. Ich schaltete ihn ein, sah aufs Handy, sah zum Fernseher. *Tatort.* Ich eroberte mir auf unbekannten Pfaden etwas Ruhe zurück, wollte selbst auch Ruhe hineingeben, in den schönen Dialog. Nicht hetzen … nichts und niemanden hetzen … bitte nicht. Ich wusste, wohin es mich sonst führte.

Vom Thomalla-Wuttke-Krimi bekam ich nicht viel mit, zu oft sah ich aufs Telefon. Beinahe zuletzt kam mir in den Sinn, dass auf der anderen Seite meiner konzentrierten Sinne sich auch ein *Tatort*-Fan gerade die Mühe gab, »dran« zu bleiben.

Das erlösende Finale mit der Melodie des »Bis nächsten Sonntag 20:15 Uhr dann!« riss mich hoch. Es war noch immer nichts da. Ich drängte an die bedienungsfreundlichere Tastatur. Der Schweinehund überwand mich mit links und schrieb:

Paul: *Noch nix … Hm, Mist.*

Und wenige Minuten später:

Paul: *So, »Tatort« ist zu Ende, jetzt aber …«*

Dann, endlich … aller Krampf löste sich:

> Maria: *In der Tat!*
> *Hast mich gefunden und erwischt. Ich lache und es tut mir gut … Ich schreibe Dir morgen wieder. Ist das in Ordnung? Was frage ich da? Aber … ach was. Wir werden es wissen. Gute Nacht, Paul!*
> *»Die Legende von Paul und Paula« – ist er Dir bekannt? Einer meiner liebsten … Auch ein Paul.*

Was war das für eine Anspielung auf meinen Namen? Sie sang ihn im Vergleich zu einem anderen Paul, zu einem Paul in einem ihrer liebsten Filme, zu einem Paul, der ihr so viel bedeutete, dass es ihr diese Bemerkung wert war. Steckt denn in solchen Sätzen nicht das, was ich höre? Schreibt man solche Gedanken über einen Namen einfach so auf? Das waren doch Parallelen zu einem gleichen Namen, zu einer Figur, die sie offensichtlich sehr mochte. Durfte ich hier noch nicht das Grundgerüst ihrer Sympathie zu mir wahrnehmen? Konnte ich mich so sehr irren in dem, was ich aus den berühmten »Zwischenzeilen« herauslas? Die auf dicken Wollstrümpfen noch schmerzlos stolpernden Empfindungen konnte ich nicht zurückdenken und auch nicht ins große Nichts stopfen.

Ich zog mir langsam, ganz vorsichtig, diese dicken Wollstrümpfe an, obwohl ich Wollzeug seit meiner frühesten Kindheit hasste. Aber ich war nicht mehr Kind und wusste: Wenn ich es warm haben will, muss ich in Kauf nehmen, mich hin und wieder zu kratzen. Und das Jucken begann im Kopf und floss zu den Fingern:

> Paul: *Ich kenne den Film. Es ist schon lange her, dass ich ihn sah. Ich werde ihn mir aber noch einmal ansehen und Dir berichten oder warten und … wir werden sehen (schönes Wortspiel).*

Es gibt Dinge sowie Menschen, die man (und ich) nicht teilen möchte. Etwas davon geschieht hier gerade, und hau mir dazwischen, wenn es nicht so ist. Flirten ist etwas anderes. Dazu geht es zu sehr um das Dahinter. Das Davor trägt es mit. Beides möchte momentan mit niemandem besprochen, diskutiert oder erzählt werden, wird nicht auf den Tisch gelegt, an dem ich mit Freunden esse. Warum? Es köchelt, aber ich könnte niemandem sagen, was es werden soll. Ungelegte Eier, scheue Pferde, niemanden verrückt machen. Wenn dies nur mit mir gelänge. Was hier klingt, ist wie ein entstehendes Lied. Wird es heiter, oder wie? Wen sollte ich fragen, wie er es findet, wenn die Melodie noch keine andere Richtung als die der Aufregung hat? Ja, was soll ich denn sagen? Ich bin aufgeregt. Ist es bisher auch noch nur in Deinem Kopf? Oder macht es schon die Runde?
Während Du morgen schreiben wirst, werde ich wahrscheinlich noch im Klinikum sein.
Ich bin meist der Erste dort und es wird friedvoll und still sein – so wie ich es mag. Daneben mag ich das Leben, das richtige, das pulsierende, lebendige.
Ich werde jetzt fast alle Lichter löschen, noch zwei, drei Seiten lesen.
Ich hätte Dir auch gern eine gute Nacht gewünscht und so wünsche ich nun (da Du dies sicher erst morgen liest) eine schöne Nacht gehabt zu haben.
Kennst Du den Film »Magnolia«? Einer meiner liebsten … aber es gibt dort keine Maria.
Liebe Grüße – Paul

Ich wünschte einem Menschen, einer unbekannten Frau, eine gute Nacht gehabt zu haben. Als ich dies wünschte, mit dem Gedanken, dass sie mir eine Fremde sei, protestierte im selben Denken das Unbekannte in mir mit wehenden Fahnen. Es baute sich auf und versicherte mir, dass sie keine Unbekannte sei, sein könnte. Und nein, ich sei nicht wahnsinnig. Es baute sich auf, umhüllte mich ganz, dies Unbekannte, Weiche, mich mit tausend Händen sanft Berührende und Treibende.

Ich konnte mit wachem Körper und klarsten Blickes zusehen, wie aus meinem Gehirn alle Warnschilder herausoperiert wurden. Umleitungen und Einwände versanken im Treibsand des Wunschdenkens. Hier wurde im Ansatz lebendige Schizophrenie sichtbar. Vernunft und Fakten versus Sehnsucht. Sie führen Kämpfe, die dich brennen lassen, und du wirst ein löschendes Wasser nur in seiner extremsten Form vorfinden – im Schmerz des alles Beendenden.

Aber die tausend mich führenden Hände umschlossen mich in einer Vollständigkeit, die alles, was mich nur einen Millimeter von ihnen wegbrächte, mit langen Nägeln von mir schneiden würde.

Was in uns ist dazu in der Lage, die Dinge derart zu verwalten und zu bestimmen, wie sie in uns wirken und uns streben lassen? Ganz schnöde geantwortet: die Rückverfolgung unserer Entwicklung und die Biochemie! Etwas Prägung, etwas Wasser, etwas Strom – mehr nicht. Oder? Ach ja, die Seele. Sie ist unberechenbar. Sie ist unabänderlich so, wie sie uns in der ersten Minute in unseren Leib gehaucht wurde. So einzigartig verfolgt sie ihren Weg, der nicht immer der unseres Verstandes ist.

Wieder katapultierte ich mich mit einem Gummi aus längst vergangener Zeit über die Kalender seines Alters zurück, erinnerte mich an ein Wort der aussterbenden Art – »Briefpapier«. Danach verzweifelte ich an der Rasantheit des jetzt Geschehenden, dem ich das Tempo nicht nehmen konnte. Briefpapier – manchmal war es schon ein Abenteuer, die Adresse jener herauszufinden, der man zu schreiben sich veranlasst sah. Jeder Satz war klar überlegt. Wenn nicht, wurde der begonnene Brief zerknüllt und ein neues Blatt lud ein, sich erneut Mühe zu geben.

Das schöne Blatt aus Büttenpapier und der leibeigenen Worte, sorgfältig gefaltet, mit einem Briefkuvert geschützt das Gut des

Gedachten. Ein paar Münzen für die Marke, ein kleiner Fußweg zum Postkasten und dann das Warten der etwa vier Tage, bis eine Antwort kam. Die Möglichkeiten der Korrektur sind heute andere, der Versand funktioniert elektronisch, binnen Sekunden.

Wundert es noch jemanden, wenn er in sich hört »Das geht alles viel zu schnell«?

Am nächsten Morgen rauschte ich an Maria mit Zigarette und Kaffeebecher vorbei, hin zu Maria, ungelesene E-Mail. Von Maria zu Maria, als ich es erkenne, war es, als wäre ich gegen eine dicke Glasscheibe gelaufen. Ich erwartete im Laufe des Tages ihre Zeilen. Wie oft sollte, konnte ich hier im Klinikum schon an den Rechner gehen? Solche Situationen sind mir Einladungen, meinen Geist niederzulegen und zu sagen: »Mach alleine weiter.«

In aller Aufgeregtheit kümmerte ich mich mit dem Anschein der innehabenden Ruhe um den Startschuss in der Pathologie. Türen öffnen, Licht und sämtliche Gerätschaften einschalten, Kaffee kochen, Teewasser aufsetzen ... Leichen zählen. Das ist bis 7 Uhr mein Job. Danach wird entschieden, mit welchem Besteck ich weiterarbeite. Dem zum Essen oder dem zum Auseinanderschneiden, und wahrhaftig: Es gibt einen Unterschied.

An diesem Morgen stand keine Autopsie vor meiner Tür und verlangte meine Arbeitskraft oder Aufmerksamkeit. Ich lag gut in der Zeit und glaubt mir, es gibt dieses Sekundenzeigerticken, das zu einer Lautstärke heranschwillt, in der das Trommelfell seine nicht vorhandenen Haare verliert. Dies ist auch so ein irrwitziger Moment, in dem das Ticken der Uhr einem auf den Zeiger geht.

Ich schaffte es, bis 8 Uhr mit ungekauten Nägeln durchzuhalten und öffnete dann mein privates E-Mail-Fach, was nicht gern gesehen war, wenn nicht sogar untersagt. Aber da war es wieder, das Tier der Leidenschaft, das immer noch buckelte, das nicht zugeritten, erst recht nicht gebrochen war. Wenn es um mein Herz ging, hat alles, was mit ihm zu tun hat, Vorrang, selbst bei Androhung betrieblicher Konsequenzen. Und ich weiß, dass Herzensangelegenheiten heute keinen Chef mehr erweichen, ihn sagen lassen: »Na … ausnahmsweise.« Wie paradox dies klingt, wenn man sich in einer Pathologie denken hört: »Ihr Herz geht mich nichts an.« Noch mal Augenrollen, bis zum Wahnsinn ist's ja nicht weit.

Internet und E-Mail, Füllhorn erwarteter Zeilen:

Maria: *Hallo, lieber Paul.*
Konntest Du den Morgen genießen?
Wo anfangen, wenn man denkt, dass etwas gleichzeitig richtig, aber auch falsch ist. Wertesysteme sind manchmal hilfreich, behindern aber auch Wahrhaftiges. Welcher Wunsch aber ist größer, wenn es um dein Leben geht, als der, wahrhaftig zu sein? Richtig, falsch, Begriffe, die einen krank machen, wenn weit über ihnen ein Gefühl steht, das an einem zieht, in dem ein Wunsch liegt. Was versage ich mir, wenn ich denke, dass es falsch ist, das alles hier? Was geschieht, wenn ich aber auch die Richtigkeit all dessen hier vernehme, weitergehe, um zu sehen? Da gibt es einen Mann, Paul. Heute Morgen ist er mir so richtig, wie er mir auch falsch ist. Fremder Vertrauter. Vermisster Verstoßener. Geliebter Gehasster. Er beunruhigt mich oder besser das, was er weckte. Und was er weckte, ist von ihm nicht zu lösen, das macht es unheimlich.
Ich muss gleich los. Keine Schiedsrichterin, keine Talkmasterin (wobei …). Ich biete Menschen (mitunter recht unterhaltsamen) die Möglichkeit, sich »zeigen« zu können.
Also, lieber Paul, was ist Dein Job?
»Die Legende von Paul und Paula« – was für ein Film! Alt, aber niemals althergebracht. Ein Film, der immer noch etwas zu sagen hat, immer wieder, er bewegt mich. Sehr.
Aus »Magnolia« erreichen mich nur Puzzleteile. Darum geht es ja auch, irgendwie. Es regnet Frösche.
»Du bist alleine!« Richtig oder falsch, richtig und falsch.

Du schreibst, dass es Dinge sowie Menschen gibt, die man (und Du) nicht teilen möchte(st) … Ich möchte schreien: Schreib weiter, erzähl weiter, erkläre mir mich, erkläre mir meine Dinge, die ich weiß, aber nicht begreife. Ja, aus all deinen genannten Gründen ist dies alles noch ganz allein in meinem Kopf. Genau, wem soll ich was mitteilen? Und dann halte ich Dir den Mund zu, nein, das ist zu nah, die Berührung könnte uns gefallen. Halt den Mund, du zerreißt mich, tu das nicht. Ich weiß, wer ich nicht bin. Hör auf, mir zu zeigen, wer ich bin. Denn Du triffst, hast recht. Aber es ist nicht Deine Aufgabe. Hör auf, mach weiter … Ich dreh durch. Ich bin nicht allein, nein! Es gibt einen Mann, einen wundervollen und lieben. Ich will ihm dies hier erzählen, werde es. Aber wann und dann auch wieder was? Übermorgen haben wir weder Fragen noch Antworten und bleiben, wo wir sind. Wem wäre hiermit gedient und wem täte dies kurze Durchs-Schlüsselloch-Gucken dann alles weh? Und da sind Fragen, warum manches so und auch anders ist, und Antworten, die mir sagen, wie viel dies an mir liegt und wie viel aber auch am anderen … Ich höre auf, ich möchte nicht aus dem Fenster fallen.

Ich möchte Dichmich lesen, du Ungebetener, du Anwesender.

Bleib noch, ein bisschen.

Liebe Grüße, Maria

09

URОGENITALPAKET

Ich atme durch, bin ein gutes Stück entfernt von ihr, wenngleich auf bestimmte Weise weder sie mich, noch ich sie verlassen habe. Dies weiß ich, hier, während ich sie zerschneide, die Parallelen zur anderen zerstöre.

Die Hände sind sauber, mein Kopf ist es noch nicht ganz. Ich sammle das bisher benutzte Besteck zusammen. Die Hände sind wieder befleckt. Das jedenfalls erzählt mir das Blut an den Handschuhen. Bildsprache, die nichts mit den Vorgängen zu tun hat und dennoch wirkt. Befleckt. Das Nachsinnen reicht weit zurück und sucht mit unglaublicher Geschwindigkeit nach allem Schmutz, den ich hinterlassen habe. All die Jahre, in einem Wisch gesehen und erledigt. Und ja, da war auch Schmutz, und ja, ich trage eine schmutzige Weste. Sie ist schmutzigbunt. Kopfkino besonderen Formates, in meinem Fall mit Ton, laut. Ich bin gespannt, wann die GEZ dahinterkommt und ihren unseligen Salär dafür verlangt. Ich glaube, diese, meine eigenen Filme müsste ich teuer bezahlen.

Ich trage die befleckten Instrumente zum ständig laufenden Wasser. Nichts soll sinnlos und zweckentbunden herumliegen und schon gar nicht schmutzig. Das pausenlos laufende Wasser bereitet manchmal ein wackelndes Gewissen. Es läuft hier, wo andernortes kein Tropfen nirgends nicht zu finden ist. Das Wasser läuft und läuft und läuft. Liter für Liter. Für ein schlechtes Gewissen aber reicht es nicht, denn es muss fließen. Kein Keim soll sich sammeln, keine Bakterie sich vermehren. Möglichst alle Eventualitäten ihrer Verbreitung ausgeschlossen werden. Dennoch, das Wasser läuft und fühlt sich nicht gut an. Vorhin noch war es trüb, nun wieder klar, um erneut trüb zu werden. Ich reinige alles Besteck, befreie es von Blut und Kot und Fett und Gewebeteilchen, lege noch Benötigtes an den Platz, an dem es zum Einsatz kommen wird. Ich kenne die Wege, den nächsten Schritt, den nächsten Gedanken manchmal. Jetzt noch geschieht dies, später ein Atmen, nachmittags noch einen Kaffee, abends ein kurzweiliges Katerkraulen und zum Schluss ein Kopf auf dem jahrhundertealten Kissen alles Gewesenen. Und alles Gewesene strömt nächtens ins Kissen hinein und mit Sicherheit auch wieder zurück. Die Addition des Lebens.

Ich lege das saubere Besteck gerade hin, richte es an den Kanten aus, millimetergenau, ein My noch, einen Hauch. Aber dies tue ich nicht erst seit heute. Und auch nicht erst seit gestern. Es ist bekannt. Die pedantische Einhaltung von Ordnung und Genauigkeit als zwanghafte, immer wiederkehrende Abfolge. Gerade Handlungen zu schrägen Gedanken. Ich überlege, ob ich da schon bin, ob das »Ausrichten« schon fesselnde Schleifen bindet, mein Leben schnürt, Zeit von mir verlangt und mich zurücklässt. Um mir zu beweisen, dass ich kein Opfer von Zwangshandlungen bin, richte ich hin und wieder alles absichtlich schief aus. Aber das dann auch wieder sehr genau. Die Neurose zur Neurose. Ich könnt 'nen Blumenladen damit aufmachen und mir darüber in die Hosen machen. Welch ein Spaß zu sehen, wie sehr ich das liebe … und pflege. Ach wüchsen sie doch nur im Blumenkasten, vor meinen Fenstern. Ich ginge sie jeden Tag gießen. Es beobachten zu können beruhigt mich. Karl Valentin sagte schon: »Niemals krank ist auch nicht gesund.« Vielleicht wäre ich mit einigem schneller fertig, richtete ich die Dinge weder gerade noch schief aus, sondern legte sie gedankenlos ab. Aber sicher kann ich auch das sehr genau und außerdem sieht es so nicht schön aus. Und dann kommt der Gedanke an »schön«, weil ich's gerade denke und dann drehe ich schnell den Gedankenhahn zu, bevor ich überlegen kann, was »schön« denn eigentlich bedeutet. Das nimmt ja sonst kein Ende. Oh Mann, ich seziere nicht nur fremde Menschen. Ich frage mich, wie viel ich noch wovon abschneiden kann und muss, damit es endlich von Grund auf, ohne Wert, ist, was es ist. So ein Mist, dass Kant schon tot ist. Wir hätten Stoff.

Bin ich vielleicht auch deshalb in der Pathologie gelandet, weil ich, wenn ich mich weit zurück erinnere, immer alles ganz genau wissen wollte, mich der Grund der Gründe interessierte?

Ich war gerade weg, weit weg, mitten im Saal. Und auch sie war weg, weit weg, am anderen Ende meiner Überlegungen, mitten im Saal. Wie leer sie nun schon aussieht und ist. Körper ohne Frau. Und doch Frau, in den Gedanken der Wiederherstellung.

Die Nieren sind gut verpackt, schnell für jeden aufspürbar, weil da kaum noch etwas ist. Die Gebärmutter sieht mich an, spiegelnd glatt ihre Oberfläche. Es gibt kein vergleichbar Ding, das zu ihrer Beschreibung herreichen würde. Schematische Zeichnungen, detaillierte Abbildungen. Am ehesten noch Fotografien, aber auch die hinterlassen nur ein ungläubiges Schulterzucken für den Unkundigen. Wo ist oben, wo unten, wo vorn und hinten? Wie dem auch sei, sie ist da und lässt im Kopf doch ein vergleichbares Bild nun zu, gleicht einem organischen Baum mit breitem Stamm und sich entzweigenden Eileitern, hin zu ihren wie Früchte wirkenden Eierstöcken. All dies ist gut befestigt an Bändern, scheint filigran und auch sicher, scheint ein guter Ort zu sein. Völlig unromantisch funktionell diese Wiege und doch eines unserer Wunderwerke.

Die Fingerspitzen schiebe ich langsam unter die linke Niere. Von zwei Kapseln umschlossen, hält sie manches aus. Ich ziehe kraftvoll sanft. Locker liegt sie auf meiner linken Hand. Mit der rechten schneide ich die gelbliche, sie umschließende Fettkapsel ein, bis ich ein Rotbraun darunter erkenne. Ich verfeinere den Schnitt, öffne die ganz feine und durchsichtige zweite, bindegewebige Kapsel. Mit der Pinzette lässt sie sich meist vorsichtig anlösen. Mit den Fingern zwischen Kapseln und Niere entlang schäle ich sie heraus.

Die Niere in der einen, die Fettkapsel in der anderen Hand, ziehe ich beide langsam voneinander ab. Den letzten Widerstand bilden nun Gefäße. Auch von ihnen löse ich alles ab, ohne etwas zu zerreißen, und übrig bleibt die Niere mit Arterien und Venen und den mich zur Blase führenden Harnleitern.

Ich rede vom Harnleiter in Anwesenheit einer schönen Frau. Versteht ihr das Hin und Her? Ich bekomme es nicht gesteuert, unter einen Hut. Hier das sachlich Medizinische und auch hier das weiblich Anmutende. Wenn diese Sinne überhaupt steuerbar sind, dann nur dadurch, dass ich sie hinnehme. Richtiger Deckel, falscher Topf.

In der Fettkapsel versteckt liegt noch die Nebenniere. Mit kleinen Schnitten taste ich mich an ihre Struktur heran, bis sie mir, farblich sich erheblich vom Gelb des Fettes abhebend, entgegenspringt. Die Nebenniere gibt mit Mehrfarbigkeit an. Grau, Orange, Braun, Rot. In diesem speziellen Regenbogen hält sie sich auf.

Ich wiederhole das Ganze auf der linken Seite. Wenn man das mehr als hundertmal getan hat, gibt es keine Frage mehr danach, wie man es machen soll. Was aber bleibt, wenn man es mehr als tausendmal getan hat? Hätte ich mehr als zwei Arme, könnt ich daneben malen oder schreiben. Nur das Individuum kann hierauf antworten. Eine Frage, die von Sektionsassistenten zu Sektionsassistenten weitergegeben werden kann. Vielleicht werden einige Antworten identisch sein, manche werden sich ähneln, andere werden überraschen. Viele verschiedene Möglichkeiten zu ein und derselben technischen Sache. Also ist eine Sache nur als Objekt das, was sie ist. Erst unsere Entdeckung macht sie, was sie sinnes- und verstandesgemäß ist, zu dem, was wir von ihr wissen.

Die Nieren sind freigelegt. Ich trenne alle Strukturen mit kurzen, präzisen Schnitten von der Wirbelsäule, arbeite mich bis zum sichtbaren Ende. Hier knickt die Wirbelsäule nach hinten weg und verjüngt sich zum Steißbein. Der Innenraum des Beckens beherbergt die Beckenorgane und aus ihm schäle ich ebenjene heraus. Links und rechts am Rand des kleinen Beckens halten sich die Eierstöcke fest. So jedenfalls könnte man es betrachten und dabei wissen, dass es ihnen nichts nutzt. Auch sie hole ich mir gegen ihren letzten gedachten Widerstand. Das Ergebnis wird ein zusammenhängendes Organpaket sein. Rechts und Links gut voneinander unterscheidbar, das ist wichtig.

Die weiblichen Organe, ihre, draußen. Vorhin erst durchschnitt ich das innenseitige Gewebe ihrer Brüste, jetzt nahm ich ihr die letzten Organe, die sie organisch vom Mann unterscheiden. Ist sie nun deshalb keine Frau mehr?

Nach den Jahren hier ist sie mir noch Mensch, wo sie anderen nur Kreatur zu sein scheint. Ein zeitlich gebundenes Verständnis. Und noch immer weicht das Bild der Frau nicht von ihr. Und sähe ich nur eine Hand, ich wüsste es. Die Eindrücke lassen sich nicht lösen, die Substanz Frau a priori nicht allein erkennen. Das macht es aus – kennen! Und wenn man das Kennen vom Althergebrachten, dem, was man im Allgemeinen darunter versteht, löst, reicht auch ein Erkennen um eine Verbindung, eine Beziehung im Kleinsten haben zu können. Ja, ich habe sie gesehen, laufen und reden und lachen und stehen und denken. Und wenn es auch nur wenig wäre, es reicht, um einander nicht fremd zu sein.

Sie ist tot. Das Dilemma von Seele und Verstand. Nichts bringt sie wieder, auch nicht das Wissen um das Wieso und Warum. Das Vermissen setzt ein, das Fehlen und es bestimmt uns eine ganze Weile. Weil wir es brauchen und auch wollen. Vermisste ich niemals einen Menschen, ich stürbe an der Stelle, an der ich ihn verlor.

Abermals trage ich die gewonnenen Organe zu den anderen. Handlungen, die sich in Wiederholungen ergießen. Ich rücke die

Organwanne gerade, parallel zur Kante, ganz nebenbei und lache. Ich mache mich daran, ein Stück des Oberschenkelknochens zu präparieren. Wie weit kann ich sie noch zerschneiden?

Den letzten langen Schnitt durch ihre Haut bis einige Zentimeter unterhalb ihres Nabels verlängere ich hin zum linken Bein. Schnitte über Schnitte. Seit dem Morgen Schnitte. Dem eigenen Empfinden noch eins draufsetzen, das Gefühl verstärken. Wozu das alles? Ich fühle mich doch. Gelten die ihr zugefügten Schnitte mir? Ist sie mein Ersatz, war das ganze Arbeiten hier mein Ersatz, um deutlich am Leben teilnehmen zu können?

Ich will es sein lassen, was es ist. Eine Sektion und mehr nicht. Und dann doch mehr, weil ich das bin, weil ich so bin. Niemand zwang mich zu irgendwas, niemand und nichts außer der Normalität eines Arbeitstages verlangte, dass ich sie aufschneide. Um Verwandte, Bekannte, Freunde und alles, was uns lieb ist, können wir einen betrieblichen Bogen machen, die Messer jemand anderem dafür überlassen. Aber das war alles ich und es machte mich fertig zwischendurch, weil es, obschon gewollt, unendlich Kraft kostete, allein schon dessentwegen, was ich bei all dem dachte, woran ich mich bei all dem Tun zusätzlich erinnerte.

Der Oberschenkelknochen, unter Muskelfleisch verborgen. Wieder schneiden. Bewusst, kräftig, gezielt. Von der Leiste bis zum Knie teile ich mit dem Messer das Fleisch. Ein Kratzen nehme ich wahr. Ich lege den Knochen frei.

Ich begnüge mich mit kleinstem Teil des Knochens, um das Mark betrachten zu können. Mit einer oszillierenden Säge arbeite ich mir ein Segment heraus.

Ich gehe zurück zur Leiste, suche die Oberschenkelgefäße und finde sie. Arterie und Vene verlaufen nebeneinander, durch beide fließt das gleiche Blut und dennoch nicht dasselbe. Sie unterscheiden sich äußerlich durch die Stärke ihrer Wände. In der Vene könnten Thromben verborgen sein, vorzugsweise in dieser Gegend. Abgesprengt wanderten sie an Orte, an denen sie verheerend wirken.

Keine Thromben! Der grundsuchende Blick durchsegelt den Raum, bleibt nirgendwo hängen. Mundwinkel verziehen, Augenbrauen heben sich zu einem Fragezeichen.

Knochenmark und eine Spur von Fett schabe ich aus der Knochenprobe, verbringe es in den bereitstehenden Formalinbehälter.

Bevor ich den Kopf öffne, stelle ich wieder Ordnung her. Es hämmert: Ordnung, Ordnung, Ordnung. Ich räume weg, ich mache sauber, lege hin, alles schief und gerade und weiß, es geht nicht um die Ordnung im Saal.

Alles ist an seinem Platz, nichts bedrängt mich mit den Worten: Das muss noch erledigt werden.

Ich kann tun, was ich als Nächstes tun möchte und muss. S-förmige Nadeln, frisch geschliffen, liegen bereit, aufgezogen mit starkem Faden, doppelt, am Ende verknotet. Alle anderthalb Zentimeter etwa setze ich die Nadel an, beginne am Knie. Unter der Haut liegt eine dünne Fettschicht, dazwischen steche ich ein, steche ich nach oben durch die Haut, wechselweise von Schnittrand zu Schnittrand. Ein geübter Fluss von Bewegung – Einstechen, Einstechen, Festziehen, Einstechen, Einstechen, Festziehen. Es fließt und nähert sich dem Bild des »Heilen«. Ich mache sie wieder ganz.

Über die Leisten hinweg, flink zum Nabel – alles will gut werden. Wenige Stiche noch, ich unterbreche, höre auf, lasse eine Öffnung, will ihr später alles wiedergeben, legen an gewohnten Platz.

Neue Nadel mit neuem Faden, ich schließe den ersten Schnitt des Tages, die erste »Wunde«, die ich ihr beibrachte, von Schulter zu Schulter. Sie wird wieder, ist nicht gram mit mir.

Geschafft … geschafft, bis hierhin, und kaltes, klares Wasser.

Ich drücke den Hebel am Duschkopf und bezwinge die Sekunden. Ich mache aus ihnen dauernde Momente, ein Lied der Ruhe. Kalte, klare Wassertropfen sind lange unterwegs vom Duschkopf bis zu ihrer Haut, sie brauchen Minuten, jeden einzelnen zu zählen gelänge. Handbewegungen mit dem Schwamm in der Hand, lang und langsam in Tat und Wahrnehmung. Kein Drüberwischen, nicht heute, nicht jetzt. Kein Zurückschrecken vor Tropfen, die mich treffen. Nichts Flüchtiges geschieht. Sauber, so sauber soll sie sein. Sauber dann auch ich? In dieser Zeitlupe dringt die erzwungene Ruhe in die ganze Umgebung und ich sehe, wie der Stahl geschmiedet wird, aus dem meine Messer geformt wurden. Noch etwas bremse ich die Zeit. Dafür brauche ich nicht viel Kraft, bis alles stillsteht. Ein Tropfen hängt in der Luft, die gerade begonnene Bewegung verstummt, alles wird Bild. Der Saal dreht sich um mich und mich mit ihm um mich und meine Arbeit, um mich und diese schöne Frau. Ich bin der Kameramann und bestimme die Geschwindigkeit der Eindrücke für heute. Ich werde aufhören, die Menschen mit Messern zu zerschneiden, heute. Und ich spüre deutlich, wie sehr mein Werk auch ich bin.

Nichts ist zu hören, das Lied zu Ende gesummt. Ich habe den Betrug an der Zeit gewonnen – drei Stunden Waschen in nur drei Minuten. Alles wirkt wie das Wasser. Klar, ganz klar. Klar und kalt.

Da ist sie annähernd schon, die Frau. Nur eine Öffnung im Brustkorb ist mir Kratzer auf der schönen Fotografie.

Rationeller gelingt die Säuberung des Tisches, schneller, gedankenloser – kalter Stahl. Wieder Wasser, viel Wasser, auf Tisch und Boden. Den Saal fluten, damit nichts bleibt, außer dem, was ist, was da ist und bleiben soll. Kein Keim in keinem Spalt.

Ich ziehe den Saal ab, schiebe das Wasser zum Bodenabfluss. Der Kopf kennt seine Drehung, indem er meinen Blick mitnimmt, alles erblickt, zur Zufriedenheit gelangen will. Die Jahre hier haben geschafft, dass der Kopf dies allein, ohne mich tun kann. Ich wage zu lächeln, zufrieden. Handschuhe aus, Schürze ab, ich schwitze. Händewaschen, desinfizieren, trocken wedeln. Das alles geht nicht mit dem Kopf. Unglaublich, irreversibel die Dinge, die ich bisher zuließ. Man darf das nicht tun, wenn man bleiben will. Ich weiß, was heute war und noch geschieht, wird bleiben, wird Zünglein an der Waage sein, ist es schon.

Ich muss raus, gehe an ihr vorbei, schaffe es nicht, sie anzusehen, streiche im Vorübergehen mit dem Finger ihren Arm. Ersatzhandlungen. Die Gummiclogs für den Saal stelle ich gerade in der Schleuse ab, ziehe die für den Außenbereich geeigneten an. So viel Wasser war da eben, ich habe Durst, gehe hin, wo ich Wasser und Kaffee finde. Beides rinnt. Ein paar Minuten, bis Hitze und Schweiß von mir abfallen, ein paar Minuten sitzen und ich spüre die Anwesenheit meiner Handlung. Noch will ich nicht an den Kopf heran, bleibe im Aufenthaltsraum, werde unauffälliges Inventar, nehme die Farben des Mobiliars an und hoffe, dass sich niemand auf mich setzt …

10

ANNÄHERUNG

Wenn ich überhaupt ein Bonuskonto auf Arbeit besaß, so überzog ich es nicht nur mit dem intensiven Lesen ihrer Zeilen, sondern darüber hinaus auch noch mit dem Versuch, ihr, in Betrachtung jeder ihrer einzelnen Sätze, gerecht zu antworten. Mir war es derart egal, ob ich dabei erwischt würde. Hier schaltete sich mein Apparat für Angelegenheiten der Herzenswärme ungehemmt dazwischen. Wenn mein Ego in den Zeiten, in denen es sich am einsamsten fühlte, in irgendeinem Zweihäuserkaff, noch weit hinter der trostlosesten Pampa, in einem der dreckigsten Läden, von einer bis dorthinaus stinkenden Figur auch nur zwei Gramm Liebe für einen überhöhten Preis hätte »kaufen« können, dann stellte es sich ohne zu zögern dort an. Kurz gesagt, ich fühlte: Das hat Vorrang.

... nein, ich bin nicht allein ... Richtig und falsch ...

Diese Worte waren das erste Stoppschild, das ich mit mindestens dreihundert Stundenkilometern überfuhr. Die Buchstaben des Wortes »Stopp« aber waren so groß wie Wohnblöcke, sie waren zu groß.

Sie steckt in einer Beziehung, vielleicht in einer Ehe, einem auf jeden Fall problematischen Zusammensein. Das sagte sie nicht, das war mein Eindruck. Und irgendwo in den Verließen der unerwünschten Warnungen, ganz weit hinten in mir, sagte jemand: L a s s d i e F i n g e r d a v o n!

Ganz leise nur, beiläufig, mit der hinterhergeworfenen Randbemerkung: Wirst schon wissen, was du tust.

Wo war der Mann mit dem Megafon neben meinem Ohr, der Mann mit der Fünftausend-Watt-Anlage, um mir diese Worte einzubrennen?

Wie schon gesagt: Es war von Anfang an zu spät.

Ich war hier der Mann an der Weiche und hatte sie gestellt. Hatte wirklich *ich* die Weiche gestellt? Hatte hier nicht der Einsamkeitsverwalter in mir seine Befugnisse überschritten, sich ganz groß aufgebaut und den Verstand mit »Ach, das wird schon!« in die Ecke gedrängt? Ja, auch das war es, und es waren auch ihre Worte, die mir dies erlaubten, mich einluden. Ja, sie schrieb, dass sie »nicht« allein sei, und dies hatte mich wie Strom durchzuckt, gefiel mir gar nicht und sie entzog dem gleichen Satz die Amperezahl dadurch, mich wissen zu lassen, dass sie aber doch »alleine« sei. Hier war sie die Frau an der Schranke und auch sie hatte sie einstweilen gestellt.

Hatte ich, hatten wir die Möglichkeit, uns an dieser Stelle für eine andere Richtung zu entscheiden?

Zwei hungrige Kinder fanden das Versteck der lang entbehrten Süßigkeiten und probierten davon, ganz heimlich, ängstlich, mit zögerlich gierigen Fingern, als würde es das Naschwerk nie wieder geben. Sie vermuteten, dass in unmittelbarer Nähe das Regal der lebenswichtigen Berührungen, der Topf des elementaren Beachtetwerdens, die schöne Schachtel des liebevollen Kümmerns sein müsse. Nach allem sehnten sie sich so sehr und versprachen einander mit ungesprochnen Worten, sich an dieser Stelle wiederzutreffen.

Der Hebel unserer Weiche, zum Gleis nach »Dortwerdenwirunsfindenstadt« rastete ein. Ich wartete auf den vorbeifahrenden Zug, der im Schritttempo fuhr, gefühlt aber schon längst seine Höchstgeschwindigkeit erreicht hatte, und war entschlossen aufzuspringen.

Paul: Liebe Maria,
ich hatte nicht gefragt ob Du allein seist, ich hatte es voreiligerweise festgestellt. Nun ja, die Untugenden des Detaildenkers, der ein Detail nicht sieht. Deine Zeilen klangen eben genauso, wie Du Dich beschreibst – nicht allein, aber doch allein.
Woraus ich schloss, dass Du allein seist? Du hast mir geantwortet, Du hast Dir Zeit genommen. Wenn in einer Beziehung alles gut ist, dann finden Zeilen wie meine keinen Ort, an dem sie haften können.
Aber offensichtlich steckt etwas in ihnen, das Dein Gemüt bewegt. Im Gegensatz zu Dir bin ich zwar allein, aber ich bin nicht allein. Nun erzähle ich doch mal etwas mehr. Dieses Alleinsein habe ich nicht selbst gewählt, es hat sich so entwickelt und manchmal ist es gut so, ich habe meist viel zu tun. Dies bedeutet nicht, dass ich für den Menschen an meiner Seite keine Zeit hätte. Wie gesagt, ich tue viel – dies gern und freiwillig und dennoch ist es mir jederzeit möglich, alles zu variieren.
An jedem zweiten Wochenende besucht mich das schönste Wesen in meinem Leben – meine Tochter. Sie ist dreizehn, pubertiert aufs Angenehmste und findet ihren Vater toll. Und das ist auch gut so.
Meine Familie wohnt in der gleichen Straße wie ich und ist zu Fuß in nicht mehr als vier Minuten zu erreichen. Wir leben in Berlin-Treptow. Dort begann meine Kindheit, von dort nahm ich Reißaus, dorthin bin ich nach langen Jahren zurückgekehrt.
Es ist schön dort und macht im Herzen warm.
Mein Morgen, mein stiller Morgen, beginnt in den Räumen der Pathologie. Nicht erschrecken. Ich kümmere mich um alle, die das Wachstum – sowohl das körperliche als auch das geistige – eingestellt haben. Ich bin hier der, der die Autopsien

durchführt, der Angehörigen das Abschiednehmen ermöglicht, durch dessen Hände jeder Tote geht, und vieles mehr.
Geschockt? Ich hoffe nicht. Am Ende ist es ein Beruf wie jeder andere.
Spann mich nicht auf die Folter, ich möchte Dich mir vorstellen können.
Sei lieb gegrüßt – Paul

Maria: *Lieber Paul, melde mich kurz von der Arbeit …*
Trubel, Menschen, Heiterkeit.
An Dich denkend, Maria

An Dich denkend … Damit machte ich zehn Minuten vor der Zeit Feierabend, damit lief ich zum Auto, damit fuhr ich nach Hause, damit setzte ich mich sogleich wieder an den Mac, nachdem ich Pommes und Fritz abgefüttert hatte, denn sonst hätte ich nicht einen einzigen Satz in Ruhe lesen, geschweige denn in mir denken hören und aufschreiben können.

An Dich denkend … – es denkt jemand an mich. Ahnt jemand, was einer damit anfängt, der sich stets ungesehen vorkommt? Dies ließe sich so schön zwischen den Hirnrinden zerreiben und als niedergehendes Glück verstehen.

Ich suchte via YouTube noch nach der von ihr erwähnten Musik, um zu wissen, was sie melodiös bewegte, um zu wissen, worin sie schwebte, um »sie« hören zu können, nachdem ich sie »sah«.

Sie hörte die gleichen Noten wie ich und augenblicklich dachte ich: Woher kennst du mich so gut? Wenn es mir auch teilweise unbekannte Lieder waren, so sehr bekannt war mir doch das Einander-schwingen-Lassende in ihren Melodien. Ich konnte mit ihr schwimmen, mit ihr fliegen, mit ihr versinken und abstürzen. Ich fühlte, dass sie etwas hatte, das so war wie ich. Und die Technik unseres sekundenden Lebens, dieses Medium der Beliebigkeit, war mir da willkommenes Werkzeug.

Ich steckte mich in Schwitzklamotten, ging durch den Park vor meiner Tür an der Spree. Etwas entlegen ankert dort ein Schiff. Es beherbergt mehrere Sozialpädagogen und die dazugehörigen »Problemkinder«. Frühe Mütter, Schulabgänger, Lückekinder … Für Gesprächsstoff und Beschäftigung wird dort gesorgt.

Mein Begehr war die Muckibude, die Hallen der Gewichte, die Parfümerie herben Schweißes, das Odeon solistischer Schwerstanstrengungen.

Meine Güte – »Es waren doch nur zwei Tage«, sagte ich mir immer wieder, konnte aber das, was in diesen zwei Tagen sein Fieber verbreitete, nicht leugnen und fand auch kein temperatursenkendes Mittel. Wie sehr alles schon zur Nebensache geworden war, hatte ich in dem Moment erkannt, als ich feststellte, ohne Handy losgegangen zu sein. Die Nachrichten, die ich vielleicht in dieser Zeit verpasste, und die verspäteten Antworten, die ich mit Bitte um Entschuldigung geben würde, kamen mir vor wie eine nicht wiedergutmachbare Achtlosigkeit. Als wäre sie es nicht wert, besser auf die Dinge, und damit auch auf sie zu achten.

Dinge und Menschen, die gestern noch eine Wichtigkeit erfuhren, mussten sich nun mit zweiten und dritten Plätzen begnügen. Ich befand mich zwischen den Magneten der Prioritäten und Maria war der stärkere, zog, ohne dass ich es hätte beeinflussen können.

Der Mensch verfügt oft über ungeahnte Reserven, aber nicht immer. Vernichtend wird es für ihn, wenn er sich derer schon bediente, ohne es zu wissen.

Immer noch eins drauf, rannte ich nach Hause, nahm ich drei Stufen auf einmal. Das muss aufhören, murmelte schon vorsichtig etwas in mir, als ich oben ankam und sah, wie sehr ich mich investierte. Das ist zu viel gedachtes Gewicht für zwei Tage des Schreibens. Aber auf Marias Seite schienen mir die Gewichte nicht leichter. Im Gegenteil! Jedes ihrer geschriebenen Worte wog. Wenngleich sie auch mit zweierlei Maß gemessen wurden, nämlich mit dem ihren gedachten und dem meinen dafürgehaltenen. Immer schwerer wurden die Worte und in meinen Antworten legte ich noch ein Fünf-Gramm-Gewicht pro Wort nach. Es ging hin und her. Um die jetzt schon keimende Hoffnung etwas auszubremsen und der gleichzeitig entgegenstehenden Angst die Bitterkeit zu nehmen, musste ich mich mit meinem vorhandenen und meinem gewünschten Ich einbringen.

Langsam … mach langsam. Ich schloss die Tür auf, zwang mich, nicht zur Tastatur zu gehen, nicht zu sehen, ob eine neue Nachricht gekommen wäre. Es musste auch so gehen. Duschen, frische Sachen anziehen, einen Eiweißdrink machen, genießen und dann …

Aber schon beim Klarmachen dieser Abfolge leuchtete mir ein, dass dies nicht von allein geschieht. Ich brauchte Regeln. Denn da stellte sich etwas in all meine Räume und egal durch welche Tür ich auch ging, es stand immer mitten im Zimmer und sagte: »Du bist schon fast verloren, pass bloß auf.«

Aus dieser Verlorenheit konnte ich nur entkommen, wenn ich mich auf das einließ, was sie auslöste. Das war ein witziger Schicksalsbiss, auf das hinzuzufliehen, wovor ich mich fürchtete.

> Maria: *Lieber Paul, ich bin hier und auch …!*
> *Ich starre die Wände an, zähle Blätter an den Bäumen und suche. Ich suche und verdamme die gefundenen Worte.*
> *Ich sitze im Grunde schon seit einer Stunde hier und habe Worte für Dich. Aber sollen sie wirklich zu Dir?*
> *Ich habe Dichmich gelesen, zweimal, dreimal, oberflächlich, flüchtig, es war mir zu viel Rummel. Aber ich wollte Dichmich lesen, aufmerksam, sorgsam, wollte aus der Arbeit rennen.*
> *Was machst Du nur, was macht was mit mir, was mache ich und wie viel hat seinen Anteil woran? Ich kann es nicht auseinanderhalten, aushalten auch nicht. Ich bin erwachsen und … das führt zu weit. Ich kenne Grenzen, will nicht, dass*

sie überschritten werden. Das darf auch ich nicht. Aber ich spüre, dass Du keine Grenze bist. Was nur bist Du, was mich beschäftigt, auch gegen meinen Willen? Ich habe oft an Dich denken müssen. Ich weiß, dass es nicht gerecht ist, aber es ist ja da. Es ist alles irritierend, irgendwie. Ich weiß nicht womit ich beginnen soll.
Ich möchte wissen. Und doch, ich fühle mich nicht gut dabei. Du weißt warum.

Paul: *Was soll ich tun – Dich wegschicken? Dich mit Deinen Fragen stehen lassen, oder Dich fragen, warum Du sie nicht dem stellst, der neben Dir sitzt? Natürlich, das wäre die Möglichkeit, die längst viele gewählt hätten, weil es die gängigste ist. Bloß allen Ärger vom Hals halten. Ich behaupte aber, das sind nicht wir. Wenn mich etwas treibt, dann habe ich es mir nie ausgesucht. Dann war es so und eine Antwort musste her. Aber muss ich das erklären.*
Wenn ich keine Grenze bin, was dann? Vielleicht bin ich nur eine Idee, vielleicht aber auch eine alte Sehnsucht …

Maria: *Suchen und finden. Lieber Paul, seit ich denke, ist es genau das, was mich bewegt und nicht zur Ruhe kommen lässt. Ich will nicht wegrennen, tat es schon. Aber Du bist da, genau mit diesen gedanklichen Übereinstimmungen. Wie soll ich's lassen, sie ergründen zu wollen, wie soll ich es hier erklären, ohne zu verletzen? Verletze ich nicht auch schon Dich? Sag es mir. Wie?*

Paul: *Maria. Du musst nicht wegrennen. Wenn Du etwas lassen willst oder wirklich willst, dann wirst Du's tun. Geh hier lang, geh dort lang, sieh. Und Du wirst nicht weglaufen. Du solltest nur Weglaufen nicht mit Weitergehen verwechseln. Und Weitergehen kann auch bedeuten, mit den gefundenen*

Antworten wieder dort anzukommen, wo man losgegangen ist, weil man fühlt, dass man dort richtig ist.
Träume sinnvoll und begegne mir, wenn Du dann magst, mit frischen Gedanken.

Dann verzog ich mich mit meinem Handy ins Bett:

Paul: *Liebe Maria, das Bett zog mich und hat mich gewonnen. Morgen steht Schwieriges an. Ich lese Dich morgen oder wann auch immer Dein nächster Gruß mich erreicht. Schlaf auch Du wundervoll. Ich bin ja da, vielleicht irgendwo, in Deiner Nähe, wenn es Dir gefällt.*
Der Paul (dein Lächeln im Gepäck)

Maria: *Paul …*
Ich mag Berlin. Deshalb lebe auch ich hier. Hier sitze ich nun und schreibe Dir.
Wenn ich zur Arbeit fahre, geht es in eine Galerie, Unter den Linden. Dort kümmere ich mich um die ausstellenden Künstler und ihr Wohlergehen während der Verni- und Finissagen, buche neue Acts, reise durch die Welt, um neue Talente zu finden, kurzum: Mir gehört die Galerie. Vielleicht kennst Du sie: Vagance?
Ich danke Dir sehr für Deine Zeilen, sehr! Hm, Dein Bett hat Dich gewonnen. Wie gut es das hat.
Nun schlaf Du gut, ich träume mich bald zu Dir. Nicht weil ich es beabsichtige, nein, weil ich meine Träume kenne.
Du schreibst sehr liebevoll von Deiner Tochter. Schön! Erzählst Du mir irgendwann mehr von ihr? Vielleicht geht es mich nichts an, Du wirst es mich wissen lassen.
Was steht morgen Schwieriges für Dich an?! Ich war nicht überrascht, davon zu lesen, was Deine Arbeit ausmacht. Mir ging zwar durch den Kopf, dass es schon ein besonderer Beruf

ist, aber ich dachte auch, dass er zu Dir passt, weil Du auch jemand Besonderer bist.
Als ich Dich heute las, da waren die Zeilen ganz nah bei mir und mit ihnen auch Du. Und ich verstehe es nicht und dann wieder sehr. Ich wehre mich und doch, ich wollte Deine Hand greifen, sie halten, nur halten und halten, weil Du mich siehst, ohne dass ich mich Dir zeige. Du rufst etwas in mir wach. Ich bin froh darüber und habe Angst davor. Ich fühle mich so von Dir zum Leben eingeladen. Ich glaubte dieses Gefühl so sehr verloren, begraben unter Wirrnissen.
Du hast sie angehoben, diese Wirrnisse, hast Licht hineingebracht. Dafür danke ich Dir und verdamme Dich zugleich.
Mein Morgen wird entspannt. Bilder hängen, Gäste kommen, Gäste gehen, machen Bemerkungen. Ich bedanke mich und wünsche einen schönen Tag.

Paul: *Wann immer Du magst und sich Dein Innerstes traut, der wahrgenommenen Einladung zum Leben zu folgen: 030 6371488.*
Herzlichst und umarmt …
Morgen mehr. Versprochen!

11

STIMMEN

Was für Stoppschilder? Hier waren keine mehr, die ich noch hätte überfahren können. Welchen Damm hatte ich geöffnet, worauf ließ sie sich ein?

Als ewiger Gärtner der Zweifel an mir selbst schlief ich erwartungstrunken und mit skepsisbeladenen Ahnungen ein.

Am nächsten Morgen war ich wach, noch bevor Pommes mich dazu zwingen konnte. Ich trat die selbst auferlegten Regeln mit der Bettdecke fort. Als ich die Augen öffnete, drang das Rosa meiner neuen Brille ganz und gar in mich, schlich in alle Winkel, nötigte meinen Puls und pochte mich bekloppt.

Ich ließ meinen Kaffee halb voll stehen und machte mich auf den Weg zur Arbeit. Eine scheinbar unendliche Dreiviertelstunde lang dauerte die Fahrt zum Klinikum. Mein Rosafieber ließ sich nicht senken, erfuhr stattdessen immer neue Höchsttemperaturen.

Als ich an meinem Schreibtisch ankam, waren schon einige Kolleginnen da und zerredeten die Friedsamkeit des Morgens. Natürlich schaltete ich sofort den Rechner ein. Ich hoffte auf eine neue Nachricht, aber da war noch nichts. So begann ich, das mich Treibende zu wecken, setzte mich an die Tastatur.

Paul: *Liebste Maria,*
leider sind hier schon einige Menschen aktiv. Also keine Ruhe vor dem Sturm.
Schwieriges steht an. Das heißt: eine Autopsie an hochinfektiöser Leiche. Creutzfeld-Jacob, so der Verdacht … Was da bei Infizierung geschieht, willst Du Dir nicht vorstellen. Genug davon. Die Zeit ist merkwürdig. Du bist in ihr und sie umgibt mich. Ungewiss, aber angenehm. Gerad zwei Tage schreiben wir uns und gestatten eine Nähe, die im Alltag so nicht stattgefunden hätte, hätten wir uns irgendwo ganz zufällig gegenübergesessen. Möchte ich, dass dies hier weitergeht? Ich lese Dein Zaudern, weiß, was es bedeutet. Und ja, trotzdem unverfroren ja. Ich möchte nicht glauben, dass alles nur ein Zufall war. Du bist hier … es geht mir gut. Möge es auch Dir gutgehen. Ich werde mich erst heute am späten Nachmittag wieder melden können. (Ich schicke Dir endlich mal ein Bild von mir).
Bis nachher – Paul bei Dir

Maria: *Dein Foto … Du siehst nach allem aus, was du schreibst. Auf einem nächsten, anderen Foto wirst du sicher noch einmal anders aussehen? So ist das mit der visuellen Wahrnehmung. Sie ist mir in Deinem Fall nicht wichtig, denn sie unterwirft sich dem ideellen Bild von dir.*
Ich muss nun wieder ein wenig was tun. Mal ein Bild verkaufen wär mir jetzt recht.
Läge meine Hand jetzt in Deiner … wie schön mich diese Vorstellung berührt!
Panik, was ist nur mit mir los, was wirkt da, was ist da zwischen uns, was trotz allem Unbekannten so lebendig ist? Ich weiß es längst, bekomme aber die Tür, hinter der alles liegt, nicht zu.
So verstehend unerklärlich bin ich bei Dir, Maria.

Ihre Zeilen beruhigten mich einstweilen, versicherten mir, dass sie da war, nicht von mir driftete. Mit ihnen konnte ich im Saal verschwinden, aufmerksam arbeiten. Aber bald schon brauchte ich neue Zeilen.

Die Sektion strengte an, lief aber zügig. Das Reinigen und Desinfizieren aller benutzten Dinge und Plätze erledigte ich gründlich. Alles funktionierte wie am Schnürchen, denn ich wollte nach Hause.

Klamotten aus, duschen, Klamotten an, ab ins Auto und Tschüss. Auf dem Weg baute ich die nächste Nachricht für Maria. Parkplatz sofort gefunden. Briefkasten auf, nix drin, Treppen hoch, Mac an.

Paul: *Du Schöne,*
stürmt es in Dir, brausen die Gedanken, wissen sie nicht, wer sie denkt, woher sie kommen, wohin sie ziehen? Ja? Dann geht es Dir wie mir.
Ich möchte Dich wissen! Du bist so leicht in meinem Kopf und gleichsam konfus. Meine Hand wolltest Du halten, ich sie Dir geben. Was war Dein Anlass? Ist es das gute Gefühl, das man beim Händehalten hat? Zwei, die sich nicht kennen, zwei, die sich schreiben seit zwei Tagen.
Du lebst in Berlin. Es war wie eine Bahnhofsdurchsage: »Achtung! Auf Ihrer Seele hat demnächst Einfahrt der leise Zug Maria.«
Ob wir uns sehen sollten? Weißt Du es? Wir kennen uns aus Worten. Verkehrte Welt. Mir bangt vor Nichtentsprechen, Nichtgefallen, Nichtseinsollen.
Störe ich Dich gerade? Ich will nicht mehr warten. Sei hier.
Liebste Grüße DP

Maria: *Lieber Paul,*
ja … so geht es mir!! … Und ja, Du »störst«! Aber es muss sein.
Ich freue mich, dass Du gut durch Deinen schwierigen Tag gekommen bist.

Bei mir war es heute okay. Ich stelle Künstler aus, deren Werke ich mag und schätze, und an denen ich auf verschiedene Art Wohlgefallen finde. Ich kann mich also durchaus wohlfühlen in meinen Räumen. Ein Bild habe ich nicht verkauft, hatte es auch nicht vor. So etwas geschieht, Bild und Interessent finden sich. Manchmal, wenn ein Besucher die Galerie betritt, weiß ich, welches Bild zu ihm gehört.
In vierzehn Tagen werde ich einen neuen Maler ausstellen. Einen Künstler mit einer Bildkraft, wie ich sie in Deinen Worten finde. Solltet Ihr Euch vielleicht kennenlernen? Die Vernissage wird mit viel Aufregung verbunden sein. Da sind Deine Worte auf Leinwänden. Ich werde sie lesen und ich werde nicht allein sein. Ich werde traurig sein an jedem Tag mit diesen Bildern, aus dem einen wie dem anderen Grund.
»Der leise Zug Maria« … Wo nimmst Du das her? Der Sog Deiner Gedanken, von denen ich nicht müde werde, zieht mich immer wieder zu sich. Ich lese Dich, immer wieder. Ich möchte auf Dich eintrommeln, weil ich's nicht verstehe. Du machst mich schwach und widerstandslos. Geh weg und – nein, komm her. Du hast nichts in mir zu suchen und bist längst unwiderruflich da. Du bist so heilsam und ich ahne, wovon du mich heilen lässt. Du tust mir gut! Es ist so ungerecht, denn ich bin hier und bin nicht allein, will hier auch sein. Aber dann – Dein Foto, warm und tief blicken Deine Augen …
Ich will nicht, ich muss Dich sehen, um Dich hassen zu können, für diesen Aufbruch.
Liebste Grüße, Maria

Paul: *Willst Du mir von ihm erzählen?*

Die Frage nach »ihm« fühlte sich an wie ein langsamer Schnitt. Ich fragte gegen meinen Willen. Die Frage war da und stach mit tausend winzigen Nadeln von innen gegen meine Häute. Sie musste sein, diese Frage nach ihm. Er stand ja da, quer im Bild wie ein Störstreifen im Film.

Maria: *Lass mich in Ruhe. Verschwinde. Lösch dich selbst. Fräse Dich aus meinem Kopf. Ich schreibe Dir gar nichts mehr. Sieh zu, dass Du Dein Land gewinnst, damit ich das meine wieder ungestört betreten kann ... Was bildest Du Dir ein? Du weißt, dass ich nicht alleine bin. Und nicht nur das, ich liebe den, den ich hier habe. Was grätschst Du ungebeten hier rein? Du nutzt nur eine schwache Stelle aus ... Du bist ... was weiß ich ... zu viel, zu gut, es tut so weh ...*

Paul: *Ruf mich an! Jetzt!*

Das Telefon klingelte ... Ich starrte die Taste an, die ich zu drücken hatte, um unsere bisherigen Buchstaben durch einen kleinen Fingerdruck in Klänge zu verwandeln. Etwas Unausweichliches hielt mit aller Kraft die Zeiger des Momentes an. Bis mein Finger die richtige Taste erreichte, der Hörer an mein Ohr, das erste Wort über meine Lippen gelangte, floss sehr viel Wasser die Spree hinunter.

Wie bei der Faktensuche zu einem Fall, bei dem man längst alles weiß und es nur noch beweisen muss, legte sich ihre Stimme deckungsgleich zu dem inneren Bild, welches ich von ihr hatte.

Sie hätte keine andere Stimme haben können als jene, ganz leis aufgeregte, schüchterne und glasklare.

Es liegt in der Natur der Rosabetrachtungen, dass Eindrücke zu Superlativen emporsteigen. Als ich die Brille ab- und alle Lieblichkeit herausnahm, blieb trotzdem etwas in seiner Einfachheit erdrückend da – »Sanftmut«. Nach dieser Stimme konnte nur noch der Frieden kommen.

Ich hatte es schon erlebt, dass mir ein fremdes Gesicht im Vorübergehen derart gefiel, dass ich es hätte berühren wollen. Ihre

Stimme war mir so ein Gesicht. Reizend, gegen jeden Widerstand, überwand sie die Flimmerhärchen in meinem Ohr.

Der nicht befürchtete, aber mögliche Zerrton einer auf Dauer nicht aushaltbaren Stimme blieb erleichternd aus. Zu allem in mir angelegten Eindrucksvorrat von ihr, zum Grundton ihres ersten Erscheinens, zum Terzton ihres Geschriebenen fügte sich der logisch folgende Quintton ihres Gesanges zu einem Durdreiklang. Hört ihr ihn: C – E – G?

In ihrer Mail hatte sich die Vernunft zu einer ganz großen Gestalt aufgebaut. Gesund und kräftig. Aber wer ermöglicht letzten Endes, dass die Vernunft existiert? Es wird immer ein schlagendes Herz sein. Und dies meldete seine Bedürfnisse an.

»Hallo … lieber Paul.«

…

»Hallo liebe Maria.«

Ihre Stimme war wie warmes Badewasser. Wir sprachen deutlich, aber leise, fielen uns nicht in die raren Worte.

»Ich bin 'ne blöde Kuh … stimmt's?«

»Ja« antwortete ich.

»Wie geht es dir?«

»… Ich weiß es nicht … Und dir?«

»… Ich weiß es auch nicht. Ich wünschte aber, ich könnte es sagen … Ich kann dir nicht von ihm erzählen.«

Ich wartete ab, fragte nicht ungeduldig dazwischen.

»Paul … du lieber Paul, natürlich hatte ich längst den Gedanken, dir von ihm zu erzählen und andersherum genauso. Jedes Mal, wenn ich den Gedanken durchspiele, fühlt es sich an, als setzte man mir eine Dornenkrone auf, es fühlt sich an, als würde ich dich ganz offen betrügen. Paul … du bist … *so* nah. Es wird sein, sicher, aber nicht jetzt.«

Es war unglaublich, wie mich ihre Stimme packte, wie sie meine Vorstellung von ihr um ein weiteres Gut ergänzte. Gleichzeitig aber war sie mir in diesem Augenblick wie ein Zuckerbonbon im Lebertranmantel. Ich verstand ihre Dornenkrone auch für mich. Mit ihrer so schönen Stimme sprach sie über etwas so Unschönes.

»Ganz ruhig«, sagte ich leise. »Du musst gar nichts. Maria, es war nur eine Frage. Eine von vielen, die wir noch haben. Und ich glaube, wir müssen sie uns gar nicht stellen, sie fordern ohnehin ihren Platz. Ich wollte dir nur zeigen, dass es mir bei allem, was ich mir zwischen uns vorstelle und wünsche, nicht egal ist, dass du nicht allein bist.«

»Das weiß ich, Paul … das weiß ich.«

Stille … immer wieder zwischen den Sätzen …

Wir hörten einander atmen und es genügte uns. Wir mussten nicht reden, um zu wissen, dass wir stattfinden. Wir telefonierten schüchtern, wie zwei Teenager, die beide darauf warteten, dass endlich einer fragte: »Willst du mit mir gehen?«

Mit den Hörern in der Hand saßen wir immer noch vorm Internet. Wenn das Ruhige zu sehr drückte, schickten wir uns Herzen und Küsse, schrieben, wie schön das alles sei.

Dann weinte sie.

Unter alles, was wir einander sagten, mischte sich der Wunsch, uns unbedingt sehen zu wollen, sehen zu müssen, mal laut, mal leise. Wir erzählten still und aufgeregt, und was wir sagten, legte sich in die nächsten Zeilen. Ich war ein Vulkan im Bademantel. Und immer wieder die Frage nach dem Sehen. Ja, nein, vielleicht, es geht nicht anders, es ist nicht gut, wir müssen es tun … Ich weiß nicht.

Als kein Wort mehr durch die Hörer stieg, schrieb ich Maria eine Mail mit drei Punkten. Ein Ausrufezeichen kam zurück, dann legten wir auf.

Die neuen Eindrücke von uns kreisten, schufen nur eine kurze Pause. Es musste alles aufgeschrieben sein, damit wir es ein zweites, ein drittes und viertes Mal noch lesen konnten. Alles Gesagte beweisbar vor Augen, das versicherte. Ein paar Stunden später dann die nächste Mail.

Maria: *Ich möchte Dich sehen. Was brächte es mir, vernunftvoll zu verzichten? Das geht nicht mehr. Ich weiß nicht wie und wo und wann, mache keinen Plan. Und was geschieht, wenn wir uns gefallen? Ich suche doch nur Antworten, keinen anderen Menschen. Möchte Dich hassen. Ich drehe durch, es darf nicht sein und doch, ich bin ein Mensch.*

Paul: *Ich habe es befürchtet: Du hast einen Platz in mir gefunden, der mich sagen lässt »Du fehlst mir, jetzt schon.« Mist! Dein Paul*

Maria: *Mein Herz kommt nicht zur Ruhe … nun erst recht nicht mehr. Deine Stimme, ein Lalelu, so sanft und doch so stark, dass ein Einschlafen mit ihr nicht möglich ist. Wie sehr hab ich es mir gedacht, dass Deine Stimme so sein würde, wie sie ist. Da ist ein Mann zu hören und auch ein Junge. Wie klar mir das war. Ganz viele Gedanken an Dich, Maria.*

Paul: *Ich nehme Dich in den Arm und halte Dich, bis Du bei Dir angekommen bist.*

Maria: *Nein, nicht, nicht, nicht, bitte nicht. Es darf nicht sein, macht mir Angst … weil es so schön ist …*
Du bist zu viel für mich, Du reißt alles auf, es tut weh und doch ist es richtig. Ich wäre in meiner Vergangenheit ertrunken ohne Deinen Schmerz, wäre verstaubt. Und doch frage ich mich, ob ich mich unter dem Staub nicht sicherer gefühlt hätte.

Paul: *Maria, liebe Maria,*
der Tag zog sich, scheint endlos. Du fragtest: »Was, wenn wir uns sehr gefallen?« Hast Du Dir eine Antwort darauf gegeben? Ich möchte es darauf ankommen lassen, möchte, dass wir uns

treffen, um das eine oder das andere ausschließen zu können. In der Ungewissheit zu leben, wir könnten uns mögen oder nicht, würde mich wahnsinnig machen. Du hast mich betört, nicht allein mit Deiner Stimme. Nein, auch mit dem, was Du nicht sagtest, mit Deinem zarten Schweigen. Angerissen hast Du mich, als Du weintest, als Du so Vertraute und gleichsam Fremde ganz losgelassen weintest vor mir, dem Fremden.
Wer bin ich, dass Du Dich vor mir fallen lässt, dass Du keine Angst vor mir hast?
Ich möchte Dir so viel erzählen und dann möchte ich wieder gar nichts mehr sagen.
Von Dir besetzt – Paul

Wer hier in der Lage ist, seine Wünsche zu entkräften, sie zurückzunehmen und auf ein Alltagsmaß der Sympathie zurückzuschrauben, wer hier frei ist vom kleinsten süßen Gedanken, der werfe das erste Buch nach mir.

Wenige Tage, in denen wir durch die Zeit irrten, erschrocken über uns selbst und über die Geschwindigkeit, die uns nervenaufreibend dadurch mitriss, dass wir sie selbst verursachten. Paradoxa, die sich selbst bedingen.

Es war uns in keiner Millisekunde möglich, uns zu überdenken, und das Nächste, was wir taten, anders zu tun, als eben so und es immer als ein Geschenk zu empfinden, ganz gleich ob es streichelte oder stach. Wir waren ganz Gedanke an uns, sodass es das Umunsherum auf solche Weise entrückte, dass wir darin beinahe schon gestört erschienen. Wir schenkten uns einander, ohne Falschheit, als würden wir am Anfang aller noch nicht schlagenden Uhren stehen. Unser tiefstes Gemeinsames verrieten wir einander, denn wir legten es Gedanke um Gedanke, Schicht für Schicht frei. Wir legten es vorsichtig auf die Palette unserer Geschichte, als ganz eigene, kräftige Farbe. Die Farbe »Kindheit« war es, die uns ineinandermischte, denn sie glich sich aufs Partikel genau im Wort »Entbehrung«.

Wir vermissten eine Kinderversicherung, die versprach, dass wir nie allein sein würden. Dieses Bangen um Zuwendung tragen wir wie ein Brandmal.

Wir kamen aus der gleichen Erde. Unserem Nährboden hatte man etwas Substanzielles nicht gegeben, dies ahnten wir, schon lange bevor wir uns kannten. Wir ergänzten uns in keiner Faser, wir addierten uns nicht zu dem fehlenden Teil im anderen, sondern waren in der Lage, unsere Sehnsüchte zu sehen und zu stillen, ohne sie nennen zu müssen.

Als hätten wir etwas nachholen können, rasten wir völlig haltlos zurück zum Acker unserer Kindheit, zu den brennenden Sonnenstunden der Nichtbeachtung. Wir versuchten, in unsere ausgetrockneten Kinderfurchen etwas von dem aus uns selbst geschöpften Dünger zu bringen, in der Hoffnung, immer verständiger mit unserer Geschichte umzugehen. Angst war zu einem Begleiter geworden, der alles Wunderbare an uns in den Schatten seines weit geöffneten Mantels gestellt hatte. Aber dieser Begleiter war groß genug, sodass wir in unserer Kleinheit versuchten, unter seinem Mantel hindurchzuhuschen, in eine warme Zeit. Danach suchten wir, nach einer warmen Zeit im Umunschaos der Normen.

Es gelang mir nicht mehr, auch nur einen Handschlag zu tun, der frei war von ihr. Die nächsten Stunden nach dem Telefonat schnürten sich wie Gummibänder um Torso und Extremität und jede Belanglosigkeit kostete Kraft. Am Ende dieses Tages gelangte ich in eine Stunde von solch erdrückender wie zermürbender Schwere, dass ich mich auflösen wollte, um zwischen den feinstgesponnenen Fäden eines Flanelllakens verschwinden zu können. Der Tag wollte in den Tiefen trauriger Erkenntnisse und der Ohnmacht enden, ihnen nicht entweichen zu können. Gedanken, die mit uns die Treppen unserer alltäglichen Geschehnisse hinaufstiegen, endeten folgerichtig im Dachgeschoss, auf der Etage, in der wir uns dann gegenüberstanden, in der nichts als *wir* übrig blieben. Dort wurde uns der Irrwitz der Stufen sichtbar, auf denen wir uns liebevoll Leichtigkeit vorschummelten, immer aus derselben Angst des Wehtuns heraus. Jede unserer Handlungen hatte stets etwas mit dem brennenden Tiegel in uns zu tun, auf dem sich alles schmieden, aber nichts formen ließ. Wir kamen immer wieder bei uns an.

An diesem Abend übermannte mich das Uns mit seiner Unerträglichkeit. Ich weiß nicht, wie ich so tief in den Sog meiner Sehnsucht nach ihr geraten war. Nicht nur der Heute-Paul, auch der Damals-Paul, der kleine, fühlte sich zu ihr mehr als hingezogen. Beide verdoppelten die Intensität des empfundenen Fehlenden. Gegen jeden Willen bäumte sich dieser kleine Paul in mir auf, lechzte nach ihrer Zuneigung und wurde zu einer traurigen Figur, die nichts mehr aushielt, die an ihrer Sehnsucht verzweifelnd zerschmetterte. Ich wollte gehen und das auf keinen Fall. Sie sollte verschwinden und immer bei mir bleiben. Ein Titanenkampf ohne Sieg und Niederlage, ein Duell des Einsamen mit dem Zurückgelassenen, das kein Ende findet.

Das verletzte Kind schob das, was es so nötig brauchte, weg, weil es die Unerreichbarkeit zu sehen glaubte. Der kleine Paul beschimpfte Maria, doch endlich zu kommen und zu bleiben. Er war so hungrig. Er wollte, dass alles aufhört, damit es nie wieder wehtun konnte. So kurz erst »kannten« wir uns und waren mit solch einer Intensität schon dort, wo das Gras langjährigen Wissens wuchs.

Und wie zum Überdruss rief mich Maria ebenda noch einmal an. Sensorik, an die man nicht glauben will. Wie ein Kind weinte ich am Telefon, weinte ich mir das Gehirn durch die Poren und konnte mich nicht fassen.

»Paul«, hörte ich ganz leise, »Paul … Paul … hörst du mich? Ich bin gleich wieder bei dir, leg nicht auf, ich bin da …«

…

»Paul? Ich lese dir etwas vor. Ich lese es für dich. Hörst du? … Schschschsch … leise … ich bin bei dir.«

Maria begann zu lesen, mit einer Zartheit, die alles noch schwerer machte.

Wenn die herzensguten Dinge vorhanden, aber auf unbestimmte Zeit nicht greifbar sind, wenn man sie nicht anfassen und schön finden darf, dann werden sie unerträglich zu viel. Ich sah ein ideelles Seil, gespannt zwischen unseren Telefonhörern, auf dem ich zu ihr rannte, so schnell ich konnte, denn das Seil brannte wie eine Zündschnur hinter mir weg. Hundertstel Sekunden lang gefiel mir, dass der Weg hinter mir verschwand, denn bei ihr dann angekommen, gab es so kein Zurück mehr.

Die Geschichte, die sie mir vorlas, war nicht sehr lang. Und während sie las, hörte ich schon mit leisem Grollen das nächste Unwetter in mir aufziehen. Ich war davor durchzudrehen, denn ich hatte keine Ahnung, woher das Donnern kam. Was, um meinetwillen, konnte noch alles in mir aktiviert werden und wo blieb der Synapsenmechaniker, der diese ganz eigenen, aber fremdverschalteten Gedankenleitungen reparierte?

»Der große Hase legte den kleinen Hasen in sein Blätterbett, beugte sich über ihn und gab ihm einen Gutenachtkuss. Dann kuschelte sich der große Hase an den kleinen Hasen und flüsterte lächelnd: ›Bis zum Mond … und wieder zurück haben wir uns lieb!‹«

Das Bett unter mir gab nach, sog mich ein, zog mich auf die abgebrannten Felder meiner guten Sinne, meines an mir geliebten Lachens. Ich schwebte über die graue Asche meiner verkohlten Fröhlichkeit und den Schrotthaufen meiner Natur. Ich ließ kurz los und gab mich in dieser Sekunde auf. Maria hatte eine noch tiefere Sehnsucht in mir angefacht, als sie ohnehin schon da war. Sie wusste nicht, was sie mit ihrem Lesen tat. Sie tat das, was Mütter eben tun, wenn sie ihre Kinder nachts beruhigen möchten. Sie lesen ihnen eine Geschichte vor. Genau das hat sie getan. Und als sie es tat und noch bevor sie diesen letzten Satz vorgelesen hatte, klangen die Töne der Vergangenheit. Ich stellte mit einer so tief empfundenen Traurigkeit fest, dass sie die erste Frau in meinem Leben war, die mir je etwas vorgelesen hatte. Diese unschöne, im Nachhinein so nachträglich verletzende Wahrnehmung band mich noch fester an sie. Sie war in diesem Augenblick für mich der unerreichbare Heiland eines gläubigen Atheisten und viel entsetzlicher noch, sie war mir Mutter.

Die Adern traten aus meinem Hals, weil ich die Luft so sehr anhielt und presste, um einen Zustand hervorzurufen, der mich in die Lage brächte, vom Netz gehen zu können, zu zerbröseln und zu verwehen. Es dauerte, bis ich mich kurz aus den Tiefen meines Lakens sammeln konnte. Maria blieb bei mir. Ich versuchte, meine Stimmbänder für einen Satz nur zu bügeln, in dem ich mich bedanken und Maria eine gute Nacht wünschen konnte.

Danach war ich nur noch Wasser und Strom, krampfte und bog mich, so lange, bis auch der letzte Akku das Letzte von sich gab.

Als am nächsten Morgen seltsamerweise immer noch das Aufstehen funktionierte, waren die Bilder der letzten Nacht da. Ich hinterfragte sie nach ihrem Bestand, nach ihrer »Wahrheit«. Auch wenn es vielleicht nicht so sein mag, dass mir vor Maria nie eine andere Frau eine Geschichte vorgelesen hatte, so stimmte es in dieser Nacht und vielleicht auch für immer, denn ich konnte kein Foto hinter meinen Augen finden, das mir etwas anderes gesagt hätte. Nur darauf kam es an, auf das, was geblieben war.

In dieser Nacht hatte Maria mich weinen gehört und auch dadurch viel zu sehen gehabt. Sie sah, was sie hatte, sah, was ihr fehlte, sah, was sie wann bekam und an anderen Tagen vermisste. Sie verlor langsam die Übersicht. Sie traf auf altbekannte Sehnsüchte, die sich in ihr schlafen gelegt hatten vor geraumer Zeit. Dann arrangierte der Lebenslauf zweier fremder Seelen ein Sich-Begegnen und wollte, dass der eine weckte und der andere wach wurde. Und dies wechselte ohne Unterlass. Solch Weckruf versiegt nicht in den Tönen der Welt, geht dort nicht als bedeutungsloses Geräusch irgendeines Alltagsdinges unter.

12

KOPF

Das anheimelnde Licht im Aufenthaltsraum, der nicht mehr als drei mal vier Meter misst, schläfert mich ein. Indirektes Neonröhrenlicht unter den Hängeschränken mit warmem Ton, leicht gelblich. Stille kann einem hier überall begegnen, ebenso wie lebendiges Lärmen. Das Irgendwo-Dazwischen verhindert, dass ich mit dem Kopf voran auf den Tisch kippe. Aber auch das Dazwischen klingt in der Zusammenfassung seiner Einzelteile monoton. Jedes automatische Türöffnen, jeder Transponderton, jeder Gang ist mir bekannt. Warum nur bin ich müde? Bin ich müde? Oder ist's ein Umwegprozess, der mich wegtragen soll vom Saal, um die Autopsie drum rum, hinter den Tag? Signale, auf die ich hören sollte. Kann ich aber nicht. Das Gros der präparatorischen Leistungen ist vollbracht. Wer sollte jetzt den Rest erledigen und warum? Mich weniger hineinbegeben ins Machwerk, in die Frau? Der Zug war schon abgefahren, mit mir darin. Immer wieder begegnet mir etwas, das auszuhalten ist. An manchem wachse ich. Keines ist umsonst.

Die Pause war nicht gut. In der frühen Stunde wusste ich, dass ich alles so täte, wie bis hierhin geschehen. Die Fragen jetzt entstehen im Raum der Synapsen. Dichtes Gedränge an der Schranke der Axone. Wer hält die Sperre dicht, wer öffnet sie? Klar doch, immer irgendeiner meiner Anteile. Und wenn ich glaube, dass die Gedanken nur durch Arbeit unterbrochen werden können, dann weiß ich später, dass ich mich irrte, denn sie wurden durch die Tat unterstrichen. Warum sollte ich der Leiche im Saal nicht den Kopf aufsägen? Weil es keine Leiche ist wie jede andere! Ich frage und antworte in sitzender Gestalt. Wie weit kann ich noch gehen? Die Sorgfaltspflicht lasse ich jedem mir Überantworteten angedeihen. Und sprunghaft potenziert sich die Fürsorge, als ich es mit dieser Frau zu tun bekomme. Nicht nur, dass ich sie hier aufbewahre, nein, ich erkunde sie im toten Detail, im leblosen Winkel. Sollte dies mir nicht ein guter Gedanke sein, zu wissen, dass sie in meine Hände gelangt ist und kein Fremder diese Aufgaben vielleicht nachlässiger und liebloser erledigte als ich? Ja, das sollte er sein und doch scheint das Los sehr teuer in seinem ungewollten Erwerb. Bei vielen meiner Handlungsstränge benutze ich Krücken. Manches rede ich mir schön, anderes erledige ich mit wochenlanger Verzögerung, Stück für Stück, einigem Bedeutungslosen gebe ich eine Geschichte, damit mein Tun mir selbst nicht belang- und sinnlos erscheint. Ich bin ein Selbstbetrüger und weiß darum.

Zu Hause warten Staffelei, Pinsel und Farben. Ein bunter Gedanke, eine schwarze Angst, psychedelisch Abstruses wollen mich hin und wieder verlassen. Dann male ich mir die Seele aus dem Leib. Manchmal, mittendrin, gehen mir die Gedankenstriche aus; mitunter finde ich sie für ein bestimmtes Bild jahrelang nicht. Dann weiß ich wieder, wie es weitergeht, und fasse es trotzdem nicht an. Die Wäsche muss plötzlich gewaschen werden, eine Tüte Milch unbedingt jetzt gekauft werden. Ich streune um das begonnene Bild und verhindere die Fertigstellung trotz der vollendeten Vorstellung von ihm. Nichts und niemand hinderte mich je, an einem Bild weiterzuarbeiten, als ich selbst. Aber das, was es in mir verhindert, das scheint groß.

Noch zwei Überlegungen mehr und meine beginnende Lähmung verhindert den Gang in den Saal. Der Arbeiter in mir, der Rationalist, der einzig Gesunde, haut auf den Tisch. Zum Glück ist der aktiv und denkt nicht nach. Noch ein wenig Kaffee die Speiseröhre hinunter, den Geschmack zelebrierend raffe ich mich auf. Ich schürze die Röcke, folge dem weißen Kaninchen.

Transponderton, Tür auf. Schuhwerk gewechselt … und immer noch rauscht das Wasser. Es läuft erst langsam über den Beckenrand, flutet den Boden und spült mich bald in den Saal. Da bin ich wieder, tue heiter, begreife nicht, warum ich's nicht sein kann, und weiß es doch. Blödes weißes Kaninchen.

Ich begrüße sie nicht. Brabble in meinen nicht vorhandenen Bart: »Ich werde mich sorgfältig beeilen.« Ich will jetzt nicht mit ihr reden. Um in ein Geschehnis, in eine Handlung eintauchen zu können, muss ich auch wieder auftauchen, brauche ich Luft, um das, was war, verinnerlichen und sehen zu können. Da bin ich gerade. Ich atme. Die Kopfstütze ziehe ich unter ihren Schulterblättern Richtung Nacken. Jetzt stützt sie den Kopf. Das Kinn legt sich nach vorn, auf den Hals. Linkshändig halte ich das Haupt, rechtshändig setze ich die Messerspitze hinterm rechten Ohr an, ziehe über den hinteren Schädel einen glatten Schnitt bis hinters linke Ohr. Dieser Schnitt macht eine leichte Kurve in der Mitte. Dort findet man mit einigem Tasten einen knöchernen Huckel, die protuberantia occipitalis externa, die Stelle der Schädelbasis.

Mit den Fingerspitzen versuche ich, die Kopfhaut zu lösen, darunter zu gelangen, sie zu greifen und abzuziehen. Mit schiebenden Bewegungen arbeite ich mich zur Stirn, höre auf, als ich die Augenhöhle fast erreiche. Die Kopfhaut ist ein paar Millimeter dick und wässrig. Ich ziehe sie über das Gesicht und wahre es somit für mich. Kahler feuchter Knochen. Die Sachlichkeit hilft gerade. Mit einem handelsüblichen Geschirrtuch trockne ich das zu sägende Areal. Ich stelle mir die zu schaffende Sollbruchstelle vor, gehe sie mit meinen Augen ab. Vor Jahren noch hatte ich sie mit einem Edding aufgezeichnet. Oft. So oft, dass ich sie jetzt sehe. Die oszillierende Säge brüllt los, ich beginne mittig am hinteren

Schädel, arbeite mich am rechten Ohr vorbei, hin zur Stirn, immer ein paar Millimeter oberhalb der Haut. Ich greife ins bedeckte Gesicht, drehe den Kopf der Sägerichtung entgegen, einmal ganz herum.

Ich stelle mich genau hinter ihren Kopf. Schädelspalter und Gummihammer greife ich. Vier geübte Schläge …

Mir wird klar, es sind die letzten vier Schläge dieser Art. Irgendwie, ohne es beschlossen zu haben, weiß ich es. Und ich stelle mir vor, ob ich diese Schläge irgendwann wiederholen könnte. Und ja, ich kann es mir vorstellen, und nein, ich will es nicht mehr. Die Endgültigkeit einer im Innern gefundenen Entschlossenheit kommt daher wie das Öffnen der dunklen Vorhänge am Morgen, um den Tag hineinzulassen.

Eine Freiheit wird eingeläutet, die später an die Steine ihres sie beschränkenden Gefängnisses stoßen wird. Später.

Es ist annähernd das gleiche Geräusch des Nüsseknackens, das mir verrät, dass die Schädeldecke gelöst ist. Wieder greife ich vorsichtig unter den Knochen und ziehe die Kalotte Richtung Stirn ab. Das Geräusch dazu? Als wenn man einen breiten Streifen Kreppklebeband von der Rolle zieht. Die Kalotte ist mal mehr, mal weniger mit der darunterliegenden Hirnhaut verwachsen. Im Grunde sind es drei Hirnhäute. Dura mater, Arachnoidea und Pia mater. Hier geht es wieder ganz leicht und gerade weil alles so leicht funktioniert, abläuft und geschieht, wirkt es so unglaublich schwer. Ich komme mir vor wie Atlas. Meine Welt besteht aus mir, aus ihr, aus allem, was ich von ihr weiß, aus allem, was ich tat, hier tue und noch tun werde. Nicht sichtbare Gewichte.

Die erste Hirnhaut scheint gräulich, mit leicht rauer Oberfläche. Von etwas stärkeren Gefäßen wie feinsten Kapillaren durchzogen, umschließt sie das Gehirn vollständig wie das anhängende Rückenmark. Entlang des Sägerandes schneide ich vorsichtig die Hirnhaut ein. Alles löse ich vorsichtig, ohne das Gehirn zu verletzen, lege sie zu den anderen Organen.

Eine gallertartige dünne Schicht liegt sichtbar auf dem Hirn. Es ist die weiche Hirnhaut, die Spinnwebenhaut. Sie ist transparent, durchzogen von feinen weißen Fasern und durchfließt spinnennetzartig alle Furchen.

Noch immer bin ich an der Erlebnisoberfläche, atme, betrachte, sehne das Ende herbei und mich zum Horizont des Tages mit seinen Dingen.

Ich öffne alle Fenster im fensterlosen Saal, lasse Tageslicht und Luft hinein, bemale das leblose Hier mit meiner Lebendigkeit, spüre, wieder einzutauchen. Alles wölbe ich aus der Düsternis, lasse Blumen wachsen im Saal und Vögel zwitschern. Ich mache es uns angenehm in meinem Kopf.

Den offenen Kopf kippe ich leicht zu mir, das Gehirn neigt sich mir entgegen, ich durchtrenne letzte Nerven und Gefäße. Und doch weiß ich, dass sie alles Blühen und Singen wahrnimmt, weil ich es für uns denke.

Auch das bezahle ich mit fließender Kraft. Ich möchte in eine Steckdose greifen.

Der Algorithmus der Schnitte bringt mich ans Ziel. Dann halte ich ihr Gehirn auf flacher Hand, mit weitgespreizten Fingern.

Ich kenne die Anmut und Erhabenheit, aber sie streift mich eben nicht. Ich weiß, dass alles, was wir wissen, hier drin entstanden ist, selbst das Universum. Ohne unsere Betrachtungen gäbe es weder Sonne noch Mond, denn ohne uns gibt es nichts. Es wäre alles sinnlos da, existierte aber nicht.

Das Gehirn gewogen, das Gewicht notiert, vergesse ich es mit kreideschreibender Hand. Ein Spezialtablett steht bereit, ein Spezialmesser liegt dazu. In Scheiben wird es geschnitten, aufgeblättert, wie ein Lebensbuch ohne Worte. Nichts außer einem gesunden Zustand werden wir später lesen können.

Offener Schädel. Das ruft beim Vorstellen entsetzliche Bilder hervor. So wie hier, halte ich nichts dagegen, sieht es furchtbar aus. Halber Kopf. Das will ich nicht lange sehen. Ich verzichte auf weitere

Anschläge mit Hammer und Meißel in der Halle ihrer Lebensbibliothek. Ich erlaube es mir, was wäre schon zu finden? Der Normalfall sieht vor, dass der Hohlraum nun mit Zellstoff auszustopfen sei. Zellstoff. Das klingt schon unmöglich und mit dem Klang des Unmöglichen werde ich starr, weigert sich alles, es so zu tun.

Es ist so fantasiert hell, frisch und unbekümmert hier. Auf ihrer Bahre draußen in der Kühlkammer liegt ein großer Strauß Rosen. Totenblumen, die man ihr gestern brachte. Wer brachte sie? Verschwinde, Frage! Sie würden verwelkt und weggeworfen sein, demnächst. Ich hole sie, kappe die Blüten, zupfe einige Blätter, vermeide jeden Dorn. Mit rotem Laub, mit grünem Werk fülle ich den Kopf. Ein Umstand, den niemand kennen wird, der mich befriedigt, mit seiner für mich empfundenen Richtigkeit.

Die Schädeldecke verschließt das Bouquet von Blüte und Duft. Es fühlt sich vollendet an, denke ich auch beide Worte für sie.

Dann gebe ich ihr das Gesicht wieder, vernähe zuvor Aufgeschnittenes. Nichts, wirklich nichts wirkt äußerlich von Ungestalt. Nichts, wirklich nichts ist zu sehen vom Machwerk der Messer und Nadeln.

Da bist du wieder.

Nadeln, Messer, Säge, Scheren, alles zum Becken, alles reinigen, desinfizieren, trocknen lassen. Wenn die Bewegungen eines Tages Kurven machen, dürfen für mich die von mir beeinflussbaren Dinge geradlinig verlaufen. Mein Tag ist krumm, die Äußerlichkeiten stimmig, der Saal aufgeräumt.

In der angrenzenden Schleuse befindet sich die Dusche. Ich weiß dort Duschbad und Shampoo, hole beides. Und wieder: kaltes, klares Wasser. Ich hebe ihre Arme, hebe die Beine, drehe sie, mache den Rücken frei.

Alles obduktionstechnisch Erdenkliche fließt mit dem Wasser vom Tisch. Letzte Blutfäden kreischen dunkelrot davon, flüstern roséfarben zum Abfluss, verschwinden aufgelöst in Farb- und Lautlosigkeit.

Gern zöge ich die Handschuhe aus, benutzte ich keinen Schwamm, während ich sie wasche. Sie könnte »denken«, mich ekelte vor ihr. Aber Handschuhe und Schwamm sind an dieser Stelle letzte Barriere.

Sie riecht nach dem, was uns die Düfte unserer Pflegemittel sagen sollen. Sie riecht sauber, reinlich, gesund. Ich warte, dass sie aufsteht, sich anzieht und sich bedankt.

Die Autopsie ist für mich durch. Ich trockne sie ab, das ist nicht üblich, überhaupt nicht. Alles Übliche ging mir von der Hand, alles Unübliche bringe ich dazu, ich will es so, muss es so. Würde ich dabei gesehen und befragt, könnt ich's erklären, antwortete ich, dass dies die Tat guten und schlechten Gewissens gleichsam sei.

Ich hole den Hubwagen in den Saal, greife mir in der Schleuse zwei frische weiße Laken aus dem Regal. Das erste Laken breite ich über der Bahre aus. Noch einmal betrachte ich ihren Leib. Ganz anders nun. Wieder nehme ich sie hoch ... Sie legt ihren Arm über meine Schulter, ihre Hand an meinen Hals, streichelt mich. Ihren Kopf legt sie an meine Brust, sie sieht mich an, als ich sie trage, weit, bis über den Fluss. Ich trage sie vom Sektionstisch weg. Ihr Kopf aber liegt in ihrem Nacken, die Arme hängen herunter. Ich lege sie aufs weiße Tuch.

»Schlaf gut«, sage ich leise und schlage die Tuchhälften über ihr zusammen. Den Hubwagen schiebe ich an die Seite, längs zur Wand. Sie ist hier, wenn später über sie gesprochen wird.

Die Kopfstütze, das letzte Requisit, räume ich zum Becken. Reinige auch dies, desinfiziere es, wie alles andere zuvor.

Ich wische noch einmal über den Sektionstisch, alles blank, sauberer kalter Stahl. Auf ihm bin ich ihr heute neu begegnet, haben wir uns neu kennengelernt und ich verästle mich sofort in diesen Irrgedanken. Nicht wir, ich habe sie heute anders kennengelernt und dies sicher nicht auf jene Art, die wir uns beide gewünscht hätten.

Wenn durch einen Raum erwartete wie unerwartete Klänge tanzen, ist's Zeit mitzutanzen oder aufzuwachen. Das Tagewerk noch nicht vollbracht. Wie oft ich heute wohl schon aus dem Saal getreten bin, obschon das Bündel meiner Gesamtheit unentwegt hier war. Ich werkte hier und dachte dort und es war, als gehörte ich nirgends hin.

13

RING

Der Tag, an dem ich Maria begegnen wollte, schickte seinen Duft voraus. Ich trug mich mit der Befürchtung, unter all dem Zimt und der feinen Vanille, der wenigen Nelke und dem zarten Koriander, dem lieblichsten Zitronengras und wertvollsten Safran, unter der nur uns betörenden, eigenwillig schmeichelnden Rezeptur könnte sich die falsche Menge an Bittermandel, vielleicht eine Spur nur zu viel geriebener Orangenschale befinden. Als wir über ein mögliches Begegnen sprachen, hatten wir Bedenken angemeldet, dass eine winzig falsche Zutat im sonst vollkommenen Aroma ganz sensibel stören könnte. Dieser kleinste Makel würde verhindern, dass unser Duft jene Stelle im Gehirn finden ließe, die uns ein Wohlbehagen bereitete. Dabei hatten wir uns schon längst ausgekostet, als wir die richtigen Dosen und Prisen im Sprechen mit und über uns sorgsam wogen.

Andererseits sprachen wir auch davon, ob es gut sei, den anderen zu sehen und traurig festzustellen, dass er nicht dem im Laufe der Zeit gewonnenen Bild entspräche. Sodann hätten wir allen Wirrnissen abrupt ein Ende setzen und getrost die Suche nach dem Zeitort für ein Uns beenden können. Das Schreiben, Telefonieren und Sehnen würde langsam ausplätschern, in netten Grüßen versiegen und in immer größeren Abständen manchmal nur noch ganz klein aufflammen.

Aber wem machten wir da etwas vor?

Wir stellten uns dies Szenario vor, ja, und es tat weh. Wir wollten die im Innern schon lieb gewonnene Vorstellung von uns nicht hergeben.

Seit ihre wohltuende Frequenz mich das erste Mal erreicht hatte, als hörbare Silbe auf meinen phonetischen Rasen gefallen war und bunte Blüten getrieben hatte, hatte ich einen Marathonlaufherzschlag mit Fünftausend-Höhenmeter-Puls, der mich die Energie von bis dahin sechs abgenommenen Kilo kostete. Ich war sehnsuchtsschwanger und begehrensdurstig.

Maria: *Lieber Paul. Ich hab's geschafft für heute. Alles ist vorbereitet, die Vernissage wird eine gute sein, ich weiß es, spüre es und ich spüre Dich. Du schläfst schon? Ich denke sehr an Dich. Deine Maria*

Paul: *Nein, ich schlafe noch nicht. Ich habe Dir etwas herausgesucht:*

Wenn's ein Halm nur wär, der sich bewegte
auf meiner Herzenswiese,
so schaut ich zu, ohne viel Bedenken.
Nicht der Wind, nein, sondern Du
wehst durchs gespannte Feld.
Kein Zaun, kein Nichts kann je verhindern,
dass Du so nah mir kommst.
Zu keiner Zeit konnt ich mich wehren,
wollt's auch nicht, Du bist mir ich,
und nachts ein Sommerwind.
Der kleinste Ruf aus Deinem Sehnen
macht in mir ein Orchester auf.

Der Taktstock splittert mir entzwei,
zwischen Deinen ungestillten Tönen.
Kein Suchen fand je in mir statt,
nach Dir und Deinen Farben,
Du bist mir Ort und komm ich an,
scheint's als könnt ich Dich nicht finden.
Drum mach ein Licht für Dich und mich,
die Türen lass weit offen,
sei Du mir Du im schönen Schein,
lass allen Zweifel fallen.
Zu sehen, was zu sehen ist,
es nehmen und nicht sperren,
mach ich ein Platz für's Atmen uns,
hol Luft und komm zu Dir.

Hab ich in einem alten Buch gefunden und fand es so, so, so …
Dein Paul

Maria: *Nichts werde ich sagen (können) als Gute Nacht. Liebe mein. Ich spüre, ich werde gehen, bald. Nur weiß ich nicht wohin.*

Paul: *Ich weiß, Du bist irgendwo in dieser Stadt, vielleicht gleich um die Ecke. Ich könnte im Quadrat springen, bin ruhelos, aufgekratzt. Du wirst gehen, schreibst Du, bald. Nach Entscheidung klingt es, nach Entscheidung für Dich. Wie gern wär ich frei vom Gedanken, der sagt »Wenn Du gehst, dann geh zu mir«. Aber das bin ich nicht. Sag etwas.*
Großes ruft nach Dir. Ich wünsche Dir einen wundervollen Tag, eine fulminante Ausstellungseröffnung. Mein Herz kriegt sich nicht mehr ein, rennt seinem Schlag hinterher. Alles wegen Dir. Dein Paul :-)

Maria: *Maler und Gäste sind da. Die Bilder erschlagen mich, du hast dich darin versteckt. Komm nur nicht vor, es bräche der letzte Damm. Meine Tränen hier schiebe ich auf die Farben, erkläre sie mit der mich treffenden Bildkraft. Bin nur kurz das Make-up aufbessern. Es wird gleich wieder gehen, muss. Und ich sage es Dir. Ein tolles Buffet und ich bekomme davon nichts herunter. Alle sind da. Verstehst Du? Alle! Habe letzte Nacht kaum geschlafen. Es ist alles so verrückt. So nah … Deine Maria*

Paul: *Nichts davon bekommst Du herunter. Ich muss nichts fragen und weiß: Alle sind da. Alle! Vielleicht ist's auch gut, wer weiß. Unter vielen Menschen fällt der einzelne nicht so schnell auf.*
Dich im Sinn.

Ich überbrückte die Zeit, bis ich losgehen wollte, mit Nebensächlichkeiten. Ich nahm endlich die seit einer Woche trockene Wäsche von der Leine, faltete alle Hemden feinsäuberlich, legte sie auf Kante, ordnete sie akkurat übereinander in den Schrank. Selbstverständlich nach Farben sortiert. Den Überblick über alles Äußere zu behalten schien mir gerade wichtig. Ich fand immer noch etwas, was schon seit ewigen Zeiten irgendwo rumlag, auf jeden Fall nicht dort, wo ich es gerne sehen würde. Pommes und Fritz fanden alles seltsam.

Ich ging zur Bahn, fuhr los, kam an. Nur nicht hetzen, es hätte mir das Wasser überall hingetrieben. Unter den Gästen wäre ich der Typ gewesen, der nach Sportstunde riecht. Eines wollte ich auf keinen Fall: auffallen! Ich hatte keinen Plan, wollte sie nur sehen. Die Gegend kannte ich. Als ich vor der Galerie in guter Entfernung ankam, die »Lage« betrachtete, zeigte sich alles so, wie ich es erwartet hatte. Viele Menschen, lautes Gelächter, unerträgliche Leichtigkeit, anerkennendes Mienenspiel. Eine Handvoll Kellner,

Flying Buffet und Champagner. Ein Pianist am schwarzen Flügel bot mir Noten an, die mir die Nackenhaare aufstellten. Seichtes, belangloses Geklimper. Aber es passte zu allem, nur eben nicht zu den Bildern, zu Maria, zu mir.

Dann sah ich sie.

In den folgenden Minuten saß ich zwischen den Grasnarben eines imaginären Abgrundes. Mit Konfettiblumen zierte er sich und lud mich zum Abstürzen ein. So weit ich in diesen schönsten Abgrund auch sah, es gab in ihm keine Bezeichnungen mehr für das, was sich wie im Himmel zerfließende Zuckerwatte anschmeckte. Ich sah mir zu beim Sturz in diese Süße. Ich stieß an die Grenzen von allem, was mich je zwang, es bezeichnen zu wollen. Ich scheuerte mich am Putz alles Beschreibbaren auf, weil ich keine beschreibenden Worte fand. Es gab kein Nichts mehr und auch kein Alles, was mir noch hätte behilflich sein können. Ich wünschte mir ein Flüstern im Ohr, ein ganz leises nur, damit ich aus dem kleinsten Ton eine Spur von Farbe erführe, mit der ich die leere Leinwand dessen, was mit mir geschah, hätte blass bemalen können, um zu sehen, wohin ich floss. Und beinahe schäme ich mich, es doch getan zu haben, nach Worten mich ausgewrungen zu haben, um ein Bild aus Silben zu malen.

Ich spürte so erdrückend sehr, was gerade geschah, dass es nur so und niemals anders hätte geschehen können. Auch wenn sich unter allem brodelnd etwas Unbekanntes in mir aufbaute, wach wurde und mich ahnen ließ, dass es sich langsam feine Sachen anzog, um mir fürchterlich zu begegnen, ging ich weiter und weiter und weiter.

Du kannst dir Sonnenstrahlen anziehen und dich in eine klare Mondnacht fallen lassen, du kannst unterm gespannten Regenschirm einen Sonnenuntergang in dir leuchten lassen und du kannst regungslos mitternächtens im schönsten deiner je gelebten Gefühle baden … aber ich habe nie eine Postkarte, nie ein Bild, einen Film gesehen, der gezeigt hätte, was mich im Flur dieser

Lichter schweben ließ … Sie wurde mir Sonnenmondnachtuntergangsschein im Mitternachtsbad unter einem Regenschirm, bespannt mit meiner Haut. Und noch heute, jetzt, höre ich ihr Leuchten.

In dem Augenblick, als ich sie sah, wurde ich zum Bestandteil weißen Rauschens, ausgefüllt bis zum Rand und darüber hinaus fließend bis weit vor meine Wimpern, um außer ihr alles in meiner Nähe erst schwanken und dann verschwinden zu lassen. Verschluckt vom Schwarz um die Sterne, die man sieht, wenn man seine Fäuste in die Augenhöhlen presst, Sterne, die dann fort sind, wenn das Sehen erwacht.

Das dumpfe Verstummen eines nach innen gerichteten Feuerwerks sah ich auf dem warmfeuchten Boden meiner Urängste ankommen.

Der Satz »Du bist verloren«, der mich vor Tagen schon besuchte, erreichte mich durch ihren Anblick um vieles lauter, mit elektrischem Knistern, umhüllte sie ganz und stieg in mich ein wie eine nicht endende Reisegruppe Schaulustiger nach der Besichtigung ihrer Obsessionen.

Da stand sie, mit ihm, den ich als ihn zu erkennen glaubte, den ich nicht wahrnehmen wollte, der unter meine Haut nicht durfte. In den eigenen Häuten zu wohnen, muss man lernen. Das schöne Fass der heimlich in mich schleichenden Empfindungen füllte sich ohne Unterlass und war im Begriff, mich darin zu ertränken. Mich durchfloss, durch jede Geistessperre hindurch, die Erscheinung dieses Mannes an ihrer Seite. Und ich sah sein Bemühen, den für sie wertvollen Tanz seiner Elemente. Sie hatte den Platz an ihrer Seite mit ihm besetzt. Das hatte seinen Grund, auch wenn der Stuhl wackelte, denn er war nicht aus ihrem Holz. Mich noch weiter in ihm zu versteigen, unterbrach ich brutal, ich wäre sonst vergangen.

Vielleicht aber hätte ich mich viel weiter ins Meer der beiden wagen sollen, viel tiefer noch und hinausschwimmen müssen, so lange, bis mich das Meer ihrer Gemeinsamkeit, unaustrinkbar, aus seinen Wassern schwemmte. Vielleicht wäre es dann windstill in mir geworden, an einem Tag, an dem man in keinem Buch mehr den Namen Maria hätte finden können, am Tag der Ankunft an den Ufern meiner Insel. Hätte ich sie gesehen, sich in den Armen haltend – wer weiß, dann wäre es mir möglich gewesen, nichts mehr sagend, nichts als Glück wünschend fortzugehen. Ohne ein »Auf Wiedersehen«. Sie war aber da, und ich ganz da, mit starkem Herzen und schwachem Willen. Mit ihrem Freund war sie gekommen. War sie das? Er war da, tat ihr nicht weh, ließ sie in Ruhe, in ihrem großen Verlangen nach Ruhe. Doch so wie ich es sah, gab es in ihrem Land der Ruhe einen Ort, an dem das Leben seine versteckten, beinahe schon schlafenden Reigen noch tanzte. Allein die richtige Musik dazu zu spielen, hatte er weder das Instrument noch die Noten und konnte gar nichts dafür, denn sie sangen nicht dieselben Seelenlieder. Und so kam es, dass die Ruhe in ihr zu lang andauerte und unsortiert laut wurde. Da kam ihr das erste *Hallo* unserer Zeilen wie der Taktstock eines Dirigenten vor, nach dem sie nun suchte, weil er die Partituren ihrer Sehnsüchte spielen ließ. Wie konnte sie anders, als dem Klang zu folgen, der in der Geografie ihrer Einsamkeit in dies Dorf, zu ihr, unaufhaltsam floss? So sah ich sie – ohne Orchester, allein! Deshalb stieg ich nicht in ihr gemeinsames Meer, zählte ich keine ihrer Wogen, weinte ich nicht mit dem Mann, der auch ich hätte sein können. Es tat mir leid zu spüren, dass ich ihn mochte.

Ich stand da und sie sah mich nicht. Manchmal schien mir, als suchte sie etwas, jemanden außerhalb der Galerie. Manchmal rührte sie sich keinen Zentimeter in all den sie umgebenden Bewegungen. Sie schaute starr und es wäre jedem aufgefallen, der nach ihr gesehen hätte. Da stand sie scheu, ganz in sich gekehrt, als hätte sie Angst im Dunkeln und suchte vergeblich mit den Augen nach einem, der sie aus der Gefahr der Entdeckung hätte retten können. Es kamen ständig neue Gäste, Neugierige, Interessierte, Schampusschnorrer, Buffetdiebe. Alles bewegte sich. Maria tauchte immer wieder durch mein Blickfeld. Mit ihrem Freund fügte sie sich ins Getriebe der Ausstellungsmechanik. Sie fanden sich in kurzen Gesprächen, ihr Blick aber folgte ständig der Umgebung. Immer wieder suchen.

Ihr Gesicht war hell … Leuchtfeuer. Ihr Leuchten zündete mich an, entfachte das Feuer meiner Vorstellungen von ihr. Ganz fein, zerbrechlich schien ihr Gesicht, ohne dass es einen beschreibbaren Grund dafür gegeben hätte. Ein Gesicht, zu dem ich längst gegangen war, das ich mit meiner Hände Wärme mehr umspielte, als es berührte, aus Angst, es zu verletzen. Etwas ganz verwandt Bekanntes war an ihr, unbeschreiblich schön. Sie zu halten, wie man einen aus dem Nest gefallenen Vogel vorsichtig zurück an seinen sicheren Platz hebt, sann sich das Sentimentalste in mir an, tun zu wollen. Ich dachte es mir nicht aus. Es war da, machte sprachlos. Es war zu spät, sich umzudrehen. Auf der anderen Seite wäre ich meinen Gedanken zu ihr begegnet. Drehen und Wenden ohne Sinn. Ich wagte die Schritte zur Galerie hinüber, sah auf den Boden, ging abseits. Was wollte ich hier, mir die Bilder ansehen?

Sie stand da, schaute ganz still, drehte sich mit den Bewegungen der Gäste und lächelte. Was konnte ich jetzt tun?

Sie wußte ja nichts und nun war ich da, hätte sie in Bedrängnis bringen können. Wie sehr hatte ich mir gewünscht, mich in ihren Augen zu sehen. Wie sehr aber hätte ich mich mit dieser Aktion auch ins Aus katapultieren können. Der Mann neben ihr wandte sich gerade von ihrer Seite. Und wie er von ihr ging, empfand ich, dass er ihr nicht die Decke in angstkalten, unbestirnten Nächten sein konnte. Sie war ja ein Kind, das sich in ihrer Heiterkeit ein Mondlachen angezogen hatte. Das musste man sehen können, um ihr die Freiheit des Fröhlichseins lassen und geben zu können. Das empfand ich nicht aus Übermut. Ich empfand es ohne Hohn und Boshaftigkeit. Ich glaubte es.

Er sah hierhin und dorthin, machte Gedächtnisfotografien für sein Album der begleitenden Nebensächlichkeiten … Sie versuchte, es ihm gleichzutun, mit sichtbar geringem Erfolg. Und ich war der Mann, der hierherkam, um sich unter die Gäste zu mischen, um sich stumm und ungerecht auf der Alm ihres Hierseins zu weiden.

Sie löste sich aus ihrer Starre, kümmerte sich. Sie tat alles ohne Hast, im Schwung des lauen Geschehens.

Sie verschwanden aus meinem Blick. Ich wusste, wie auch immer sich die Temperaturen dieses Abends noch erwärmten oder abkühlten, dass ich hier wegmusste.

Aber ich blieb. Ich holte aus den Tiefen meiner Hosentasche einen Ring hervor. Vor wenigen Stunden hatte ich mir ausgemalt, mich hier von ihr entdecken zu lassen, unter den vielen, anonym. Den Ring wollte ich ihr zustecken, irgendwie. Und jetzt? Ich brachte es nicht fertig. Es ging nicht nur darum, sie nicht ins Wanken zu bringen. Ich wollte etwas sehen, was hier auf keinen Fall gelänge. Ich wollte uns springen sehen, durch den Feuerring unserer Gleichheit. Den wollte ich spüren und fackelnd erleben, weil ich mir nicht hätte eingestehen können, mich in allem geirrt zu haben. Der Sprung zu uns war lange vor dieser Stunde hier geschehen und der Anlauf dazu hatte an der Startlinie des uns gemeinsam bitter schmeckenden Teils unserer Kindheit begonnen. Hier nun, so wollte ich glauben, fand der Sprung seine Landung, und es war nicht verkehrt gedacht, aber auch längst nicht zu Ende. Dann war mir plötzlich nach Hollywood. Auf sie zugehen, ohne jede Rücksicht, geradewegs und unbeirrbar auf sie zu, weder Rechts noch Links beachtend, eine Schneise durch die Menschenmenge zu treiben, um sie dann vor allen auf den Arm zu nehmen und mit ihr davonzugehen, im Dunkel, das für uns Licht bedeutete. Das Leben ist kein Film und dann wieder doch. Ich war ja schon genug in das ihre gegrätscht. Scheinwerfer aus.

Das Kostbare eines Geschenkes steckt nicht in der aufwendigen Verarbeitung edler Materialien. Vor Zeiten kaufte ich mir diesen Ring aus Stahl, ganz einfach, schlicht, doch mit Charakter. Kleinste Kratzer, mikroskopische Dellen und die zeitlich gestempelten

Farben des Tragens hatte ich nicht wegpoliert. Es gibt Ringtage, es gibt Uhrentage, es gibt Jeans- und Anzugtage, Tage für jeden Stoff und jedes Utensil. Für jedes hatte ich ein Schubfach, ein Schrankabteil und den kleinen bunten Pappschub einer Spieluhr. Im bunten Schub des Klingklangspielzeuges lagen drei Ringe, zu unterschiedlichen Zeitpunkten gekauft. Zu Stunden, in denen genau dies, in genau dieser Zeit möglich war. Anderntags hätte ich keinen Ring kaufen können, weil es einfach kein Ringtag war. Vielleicht hätte ich an diesem Tag mit jemandem Pferde stehlen, gut mit jemandem Kirschen essen, den Stab über jemanden brechen können, der Vater zum Wunsch eines Gedankens sein oder einfach nur eine Idee gebären können. Aber ein Ring, egal wie selten oder schön, wäre nie Gegenstand meiner Unternehmungen an einem solchen ringlosen Tag geworden.

Wenn man keine Eile hat, dann versteht man, wie die Dinge zu einem kommen. Wenn sie warten wie ich. Aber es geschieht längst nicht mit allem, worauf ich – an mir gemessen – so urzeitlich lange warte.

Ich konnte die Spieluhr öffnen und blindlings irgendeinen der drei Ringe greifen, denn sie waren alle von gleichem Wert.

Ich hielt diesen Ring in meiner Hand, als sie durch die Menschenmenge ging, jemanden anlächelte, fröhlich schien und dicht neben mir stehen blieb.

Ich sah sie an, so nah nun und so greifbar. Niemand, das behaupte ich, kann beschreiben, was dies für ein Schmerz von besonderer Beschaffenheit ist, der in einem aufzieht und macht, dass man sich ihm immer wieder, bei vollem Bewusstsein, aussetzen würde.

Ich war dort eingedrungen, ungefragt, unangekündigt. Ich wartete darauf, dass sie mich im dichten Gedränge entdeckte, auf eine schallende Hand in meinem Gesicht. Ich blieb ungesehen. Bevor sich ein Kreis von Unverständnis für das alles hier um mich bilden konnte, riss ich die Taubheit des Momentes auf. Sie löste sich aus dem Gespräch, setzte an zu gehen, da hielt ich sie sanft an ihrer Hand und ließ den Ring los, hinein in ihre Hand, ließ mich los, hinein in sie. Das Einzige, was sich in meinem Kopf noch zu einem annähernd klar gedachten Wort hatte finden lassen, war »Ja!«. Ein in der Sicherheit seines Wissens und Empfindens weltengroßes »Ja!«. Es war weder umzuwerfen, noch zu übertreffen.

Sie drehte sich nicht um, ging ein paar Schritte irgendwohin, dann anders lang und ich ging weg.

Es dämmerte draußen, ich atmete durch, lief einige Schritte und sah zurück.

Ich sah ihr hinterher und mein ballettgeschundener und geprüfter Blick fand nichts Albernes, Schiefes oder Auffallendes in ihrem Gang. Hätte nicht wenigstens hier ein kleiner Makel, etwas auf Normalheit Relativierendes stecken können? Sie hatte ihre Hand noch nicht geöffnet.

Meine Empfindungen überhöhten sich. Ich wusste, dass der normale Maßstab hier keinen Wert hatte.

Es gab so viel zu sehen, Menschen liefen umher und trieben sich bunt durch den Raum. Aber ich sah nichts davon. Das Wesentliche der Musik nahm ich wahr, den Rhythmus. Ihm passte ich jeweils meinen Herzschlag an und ich schwöre bei allem, was ich zu geben bereit bin: Ich konnte mein Herz tanzen sehen. Der ganze Platz vor der Galerie füllte sich mit schwirrenden Bändern, tauchte durch nie gemalte Farben, klang nach einem Angekommensein in der Endlichkeit.

Ich war hier draußen und war überall. War ich endlich gefunden worden? Ich erflehte es so sehr. Etwas bebte gewaltig in mir. Etwas, was von einem ganz bestimmten Ort kam. Es kam vom Ort meiner frühesten Erinnerungen, an dem ich mit bitterlicher Kinderstimme darum bat, schnell von dort, wo man mich hatte stehen lassen, abgeholt zu werden. Der kleinste Halm erfahrbarer Liebe war stark genug, um sich daran klammern zu wollen. Und wie sehr hatte ich diesen Teil in mir gehasst, hatte ihn verwünscht, ihn ersticken wollen, damit er aufhörte, für immer aufhörte, zu rufen, zu betteln und zu weinen.

Bis hierhin war ich Gefangener meiner gedachten Häute und so endlich bereit, mit mir aus ihnen herauszuplatzen. Es war die gedankliche und gefühlte Süße, die das hervorbrachte.

Ich machte mir keine Gedanken darüber, wie es weitergehen würde. Diese Gedanken waren in tausendfacher Form wie eine überholungsbedürftige Gebrauchsanweisung zum Glücklichwerden in meinem Garten des Wartens da. Dass es weitergehen würde, stand für mich außer Frage, war keine Sache von Entscheidungen, die ich noch hätte treffen können.

Als hätte man Maria in ihre kleinsten Bestandteile aufgelöst, ein paar Opiate dazugegeben und mich mit ihr infiziert, durchströmte mich ihr Fieber ohne Unterlass.

Ich sah jeden folgenden Tag sich im Treibsand vor den Hallen des Realitätsverlustes verlieren. Ist es möglich, bei klarem Verstand wahnsinnig zu werden? Zuzusehen, wie der Alltag nicht mehr greift und doch immer noch das Einmaleins des Überlebens funktioniert?

Ich fuhr nach Hause und strotzte vor Energie, von der ich heute nicht erklären kann, woher ich sie noch nahm.

Tauchen einen solche Momente, in denen das Schöne zu viel ist, in derart liebliche Verschleierungen, dass diese die Sicht so sehr verklären und einen nicht mehr realisieren lassen, wie sehr man mit dem Haushalt seiner Kräfte schon gepokert hat?

»Ja! Sie tun es.«

Mit sechsundvierzig hatte ich verschiedenste Leidenschaften durchschwommen. Mal war es seicht und warm gewesen, nicht tief und dann auch launisch und zerstörerisch und beinahe wäre ich auch schon ertrunken, im flachsten aller Meere wie im tiefsten.

Paul: *Maria, ja, ich war da! Ich versuche keine Ausreden. Ich war da, weil ich da war, bin hier, weil ich hier bin. Wirf mir alles vor, was Dir dazu einfällt. Ich werde es hören und nichts darauf erwidern. Ich rechne mit allem, auch mit nichts. Die Fährte, der ich zur Galerie folgte, fand ich in Deinen Zeilen. Sie war gelegt und ich wollte nicht widerstehen, wollte Dich sehen. Dich zu fragen, ob ich mich mit Deinem Wissen unters Publikum hätte mischen dürfen, verdrängte ich mit der Möglichkeit, dass ich eine Antwort bekäme, die mir nicht gefiele. Ja, unfair war es, gemein vielleicht. Und dann das kurze Hand-in-Hand ... Du wusstest, dass ich es war? Es war egoistisch, aber jetzt weiß ich. Und was ich weiß, heißt: »Ja!«*

Maria: *Lieber Paul. Ja, es war zu viel, was du da tatest. Viel zu viel, unerträglich viel. Kannst Du Dir vorstellen, was Du angerichtet hast? Ich wusste, dass es Deine Hand war. Wie lange warst Du dort? Du hattest sehen können, wie ich Dich suchte auf der Fährte, die ich legte, und hoffte, Du würdest nicht kommen. Das soll einer verstehen. Aber es ist nicht schwer. Ich trug Deinen Ring in der Hand, habe ihn noch immer nicht weggelegt. Weißt Du, wie sehr ich gelitten habe, wie sehr es wehtat zu wissen, Du warst, bist hier? Und ich, hatte nicht auch ich das Recht, Dich sehen zu dürfen? Du Idiot. Ich hätte Deine Frage, ob Du Dich unters Publikum hättest mischen »dürfen«, selbstverständlich verneint. Welche Kasteiung! Aber die hast Du uns beiden nun angetan. Es war dreist ... aber auch mutig von Dir, dagewesen zu sein. Das rückte dich um so vieles näher an mich heran, du Brecher ungeschriebener Regeln. Und ich hatte keine Chance. Das halte ich Dir vor ... und verstehe es. Ja, nun sind es nicht mehr nur Deine Gedanken, denn Du hast etwas getan, wofür ich nicht bereit war. Zu spät! Für all das bekommst Du Deine Quittung. Für all das ... für ... dafür liebe ich nun auch Dich, Du Scheißkerl.*

14

SCHWEINEHUND

Paul: *Maria,*
danke, dass Du nicht »verschwunden« bist. Und wie Du mir drohst, mit Liebe und Scheißkerl und Idiot. Das alles passt wunderbar zusammen. Wie soll ich aber lieben können, wenn ich nicht weiß, woran ich glauben, worauf ich hoffen darf? Ich tue es trotzdem und ich sage es Dir nicht und ich will, dass Du es weißt, und ich nehme es Dir wieder weg, weil Du bist, wo Du bist, und nichts anfangen kannst mit ihr, meiner Liebe. Möchte gern brüllen: Komm endlich her! Es war gestern so, wie ich es im Voraus fühlte und glaubte, schon längst zu wissen – »Liebe-voll«. Im wahrsten Sinne des Wortes. Nie war ich mir sicherer! Glaub mir dies.
Ich bin so voll von Dir. Ahnst Du den Knall, der sich anbahnt? Ich muss mich sammeln, um die Worte zu finden. Und als ich sie finde, möchte ich sie nicht sagen. Zweifeln macht müde.
Was soll ich mit diesen Tagen anfangen, in denen Dein Finger in meiner Brust steckt?
Du weißt nicht, wie sehr ich an Deiner Seite bin. Pass auf Dich auf, ich hätte noch so viel mit Dir zu leben.
Was hast Du die nächsten fünfzig Jahre vor?
Dein Paul

Ich weiß, dass ich auf Arbeit war, dass ich der Pathologie mit meiner Anwesenheit, auf merkwürdige Art und Weise, eine gewisse Form von Leben einhauchte. Ich war abwesend dort, an diesem Tag, am nächsten, am übernächsten, am überüber…

Leiche um Leiche kam, Leiche für Leiche ging, Leiche nach Leiche schnitt ich auf, sezierte ich, alles im Fluss des Sich-Verselbstständigens, als beträfe mich all dies nicht, ginge es mich nichts an. Ich funktionierte. Noch war es aushaltbar. Mit keiner meiner Kolleginnen sprach ich über sie, mit niemandem. Es ging nicht. Ich konnte sie nicht teilen. Nein … nein, nein, auf keinen Fall auch nur ein Quäntchen. Über sie zu reden hätte sich wie Verrat angefühlt.

Entgegen den Hochgefühlen des schwer Verliebten blieb ich mit bleiernen Schuhsohlen auf dem wackligen Boden der Bangnis. Der Glückliche und der Zweifelnde spielten Mau-Mau auf dem Spielbrett meiner Nerven. Es gab kein berühmtes Himmelhochjauchzend, aber schon den Ansatz des zu Tode Betrübten. Unsere eingeschworene Liebe bedeutete längst nicht, dass Maria über jeden Zweifel erhaben war und ihren Freund sofort verließ. Obschon das Schöne an uns vor uns brillierte, waren auch die erwachsenen Ängste vorhanden, durchwoben mit den frühesten unserer Ängste, in denen wir uns glichen. Jeden Tag versicherten wir uns den Bestand unserer Liebe und mussten ihn tags darauf erneuern, als hätte er sich über Nacht in verschwendeten Gedanken abgenutzt.

Paul: *Liebste,*
es hat sich allmählich aufgebaut, es ist gewachsen, dann wurde es wahr und es soll so bleiben.
Wenn man die ganze Geschichte betrachtet, kann man sie kaum glauben. Wie sie begann, wie sie schön wurde – alles scheint aus einem Film, aus einem Buch. Zu gern gehe ich an ihren Anfang zurück und verweile in ihrem Beginn, mit all den Wünschen, all dem Begehren, welche bis heute ja nicht aufgehört haben zu sein.

Und nimmt man diese Geschichte für sich, dann haben auch nur wir zwei etwas darin zu suchen. Was wir in der Geschichte verloren haben, ist uns. Wir vergaßen für einen kurzen Augenblick die Welt draußen. Doch dieser kurze Augenblick war zu lang, als dass wir ihn hätten aushalten können. Denn die Welt um uns ist da und wir werden in ihr gebraucht.
Nur manchmal, da dürfen wir uns kurz vor ihr verschließen, da geht sie uns nichts an. In diesen Stunden will die Welt nichts von uns wissen und wenn doch, dann will sie uns glücklich wissen. Daran glaube ich.
Ich liebe Dich.
Liebste Maria, wenn Du mir schreibst, wenn Du mich anrufst, so lese ich mich in Dich hinein, höre ich Deinem Herzen gerne zu.
Mein Leben war ganz schön bunt, aber ich denke, ein paar weniger Farben hätten es auch getan. Ich bräuchte nicht so viel zu denken. Vielleicht wäre ich etwas dumm, aber dafür gedankenfreier. Ich wollte Dir noch sagen, dass, wenn ich Dir auf manches antworte, mir so viele Dinge einfallen, die dazugehören, dass ich die kurze klare Antwort manchmal aus dem Blick verliere.
Ich liebe Dich.
Der Tag heut war turbulent. Nun sitze ich hier, esse einen Apfel und bin unentwegt bei Dir. Was haben wir aneinander, dass wir nicht loslassen, einander nicht gehen lassen können? Trotzdem kann ich alles auf seine Weise verstehen. Es macht mich traurig, weil ich Dir nicht der sein kann, welcher ich Dir so gern in vielen Augenblicken wäre.
Und wenn Du von Dir erzählst, dann schleicht mir mehr und mehr eine Frage durch den Sinn: Wo ist der, dem Du alles erzählen müsstest? Wo ist der, der Dich in all dem auffangen sollte? Kannst Du es nicht zulassen, von ihm gehalten und beschützt zu werden? Oder ist das die falsche Frage?

Ich kann Dich sehen und muss nichts fragen und Du musst nichts sagen, damit ich begreife, was Du brauchst. Ich sehe Dich. Und ...
Ich liebe Dich.
Du wunderschöner Mensch. Ich werde jetzt die Zeilen schließen.
Lass es zu, wenn der wichtige Mensch an Deiner Seite auf Dich zugeht, zeig ihm, wie er mit Dir umgehen soll, damit er Dir der sein kann, der er Dir sein soll. Oder ist dies schon nicht mehr möglich?
Du weißt, wen ich meine. Ich bin es nicht. Und es fällt mir schwer Dir diesen Rat zu geben.
Ich liebe Dich.

Es war der Abend, nachdem ich sie das erste Mal gesehen hatte. Es war ein Tag nur vergangen und er ließ mich fürchterlich verzweifeln, weil ich die Tür nicht fand, die eine Tür, unter all den sichtbaren Türen, die der Ausgang aus allem ist.

Wir telefonierten, zogen an einander, so lange, bis keines unserer Kleider mehr an uns hielt. Wir wanden uns in Erklärungen und wussten um die Kontroversen. Wir schoben uns fort, aber immer noch mit einem hoffnungsschweren Ziehen im Schieben, immer mit dem flehenden, ganz einfachen Wunsch, uns behalten zu dürfen, zu können, irgendwie.

Die Nacht war schwer und nicht die erste meiner Nächte, in der es mir nicht gelang, die aufgewühlte Seele zu trocknen und in warme Tücher zu betten.

Wie ein sich selbst generierendes Arboretum der überlaufenden Gedanken wuchs ich ständig selbst aus mir hervor. Ich pflanzte am Morgen die Buchstaben, düngte am Mittag die Silben, goss am Nachmittag die Worte und erntete am Abend fertige, prächtig blühende Sätze. In der Nacht stieg mein innerer Doktor, ohne mich daran zu beteiligen oder gar zu fragen, durch die Furchen, brannte die zurückgebliebene Spreu nieder und brach mir den Acker auf, dass er am Morgen bereit war für die neue Saat und mich geradezu nötigte, junge Triebe anzulegen.

Mein innerer Doktor war krank, auch das kommt vor. Das Bedürfnis, mich Maria mitzuteilen, ihr Ernsthaftigkeit wie Leichtfüßigkeit in ihrer Unbeweisbarkeit dennoch zu beweisen, ließ mich nicht los. Jeden Tag stand der Schreiber in mir aufs Neue auf, stellte sich ans Schreibpult, dachte nach und legte am Abend unaufhaltsam los. Ganz gleich, welchen Trick ich anwandte, der Schreiber ließ sich nicht dazu bringen aufzuhören. Der Arme hatte über die Jahre, für den Auftraggeber, der ich war, Stapel von Notizen in seinem Herzen gesammelt und sah nun die Zeit gekommen, aus den Worten Marias das Herzblut zu filtrieren und in Tinte für seine Antworten zu verwandeln.

Er füllte Band um Band. Maria versuchte, die lauten Worte zu hören, versuchte, Schritt zu halten und zu antworten, und war am Ende dem Tempo meines kranken inneren Doktors und seines Kumpels, des Schreibers, nicht gewachsen. Sie fühlte sich gedrängt, fühlte, dass sie nicht hinterherkam, obwohl sie es so sehr wollte, und fühlte, dass sie stehen bleiben musste, um durchatmen zu können.

Wenn sie mir nicht jeden Tag antworten könnte, so hätte dies nichts zu bedeuten, sagte sie, beziehungsweise hatte ja immer alles etwas zu bedeuten, denn wir traten, ohne es zu merken, in ein Hamsterrad. Manchmal warteten wir einander ab.

Wenn sie also nicht antwortete, in dem Maß, wie ich es vorgab, und es war ein Übermaß, dann war sie doch ganz nah bei mir. Dies ließ sie als Pfand im Schoße meines feinsten Anzuges zurück.

Ich versuchte, den Schreiber an den Hemdsärmeln zu ziehen, packte ihn später am Nackenhaar – ohne Ergebnis. Die Worte Marias wurden weniger und als der Schreiber merkte, dass er nicht mehr genügend Tinte aus ihnen substrahieren konnte, stach er sich in die eigenen Venen.

Ich war die Bleimine in einem Zirkel, auf einer täglich gleichen, aber immer neuen Bahn. Ich sprach mit Ratio und wir waren uns einig. Nur Doktor und Schreiber schienen sich gegen uns zu verbünden. Der eine durch seine kranke, der andere durch seine müde Art. Mein Verstand und ich versuchten herauszufinden, welchem »Auftrag« die beiden anderen folgten. Wem waren sie hörig geworden und warum? Wir hatten eine Ahnung und diese Ahnung brauchte einen Arzt.

Da waren wir schon vier, mit einem unbekannten Fünften.

Nun hatte ich mich nicht nur mit der schwierigen Konstruktion des Verhaltensbaues zwischen Maria und mir auseinanderzusetzen, sondern musste mich, und dies zwingend, ernsthaft mit diesen vier Persönlichkeiten und dem Unbekannten in mir beschäftigen.

Ich weiß, hier möchte man gerne aussteigen und auch ich hätte es gern getan. Ich war völlig bei Verstand, dies machte es ja so »verrückt«.

Die Tage flossen durch mich hindurch und zehn Hände gaben ihr tägliches Werk hinein und die Gedanken von fünf Köpfen, nein, von sechsen, denn Marias gesprochene wie geschriebene Worte waren ja auch das Ergebnis etwas Gedachten, das täglich zu mir getragen wurde.

Dann reichte es plötzlich, waren die in äquatorialer Länge gesagten, geschriebenen, gedachten und empfundenen Worte zu viel. Ich hatte nichts mehr zu sagen, nicht an dieser Stelle. Es war nicht mehr zu denken, was zwischen uns brannte, und auch das dazufantasierte Löschwasser blieb ohne Wirkung, verdampfte schon im Fall. Hatte ich jemals etwas so Großes erlebt, das verhinderte, dass ich Luft bekam? Nach dem Einatmen wollte ich immer noch mehr einatmen, ohne dazwischen auszuatmen. Es stockte der Sauerstoff an den Wänden des ihn begrenzenden Tankes. Was hier tobte, gehörte nicht mehr zum Begriff »Liebe«.

Ich musste raus aus der Wohnung. Jeder einzelne Gedanke flog wie ein Flummi an die Zimmerwände und kam im Überschall heftig zurück. Ich musste nicht mehr Gedachtes gegen Handlungen tauschen, denn ich hatte schon überall blaue Flecken.

Es war am Abend, ich verpackte fast jeden Gedanken und jeden Verstand. Feine kleine Päckchen, unantastbar verschlossen. Ich ließ sie stehen wie Geschenke am Vormittag zu Weihnachten und verließ die Wohnung. Ich war frei in dieser Stunde. Ich ging die Treppen hinab, lief etwas schneller die Wege und Straßen zum Bahnhof, rannte die Treppen zur Bahn hinauf und hetzte mich zur Galerie. Oh ja, ich schwitzte. Und wie ich schwitzte, als ich mich durch Menschenmengen der Dämmerstunde in der wachen Stadt schleuste. Eine ungeheure Aufregung trieb mich auf etwas zu, was geschehen sollte. Ich wusste nicht was. Aber ich rannte darauf zu. Hauptsache es geschah endlich etwas, was auch immer es sei. Auf dem Mittelstreifen machte ich halt, wie vor Kurzem, zu ähnlicher Stunde. Ich wusste nicht, ob sie noch da sein würde.

Die Bilder waren beleuchtet. Ansonsten luxleere Stille. Und dann, nach einer Weile, entdeckte ich die dunkle Silhouette Marias, weit hinten im Raum. Ich blieb stehen, wo ich stand, sie blieb sitzen, wo sie saß. Ich spürte, dass sie mich sah. Vielleicht waren es drei Minuten, vielleicht eine viertel Stunde, die verging. Zeit, meine imperiale Währung für Empfindungen, ließ mich nicht im Stich, bewegte mich sekundenrichtig auf den Eingang zu, als auch Maria aufstand und losging, um die letzten Lichter im Laden bis morgen Abend zu vertrösten.

Ich hatte nichts dabei, außer meinem Schweiß und meiner Hitze. Maria stand im Vakuum von allem, was sie bis hier verstanden hatte. Sie stand mit dem Rücken zu mir, als sie wusste, dass ich, ihre Illusion, auf sie zuging.

Es gab kein Reden, denn es gab nichts zu sagen, nichts zu erklären. Maria atmete tief. Je näher ich auf sie zuging, desto tiefer. Fast schon war es ein Hyperventilieren und ich wollte sie halten, um sie zu beruhigen, wollte sie halten, um sie zu fassen, sie in kurzer Berührung ein Leben lang zu wiegen. Zum ersten Mal war ich ihr nicht nur geistig nah oder flüchtig wie zur Vernissage. Ganz deutlich spürte ich die Pfeilspitze des kleinen Kerls mit Flügeln, bei jedem neuen Eindruck, den ich von Maria gewann. Ich sagte: »Hallo«, sie flüsterte: »Hallo«. Ich fasste sie an und war zu Hause. Jedes auch nur angedachte Wort erübrigte sich durch die Übersetzung in seinen Tast- und Geschmackssinn.

Zwischen all den Gemälden legten wir uns hin und bauten uns auf, wurden wir zu Farben und Pinseln. Wir malten ein Bild von uns, quer durch alle Räume der Galerie, und wussten um dieses Öl in unseren Feuern. Wir malten und malten ohne Unterlass und ließen keinen Farbton aus.

Ich sah sie an, reduzierte mich ganz darauf, Auge zu sein, das jeden Wesenszug, jede kleine Mimik, die Farbe ihrer Augen, den Schwung ihrer Lippen, die Form ihrer Augenbrauen, die Beschaffenheit ihrer Haut und alles zwischen den Blicken zu Sehende aufnahm. Nichts sollte mir entgehen.

Wie es begann, was mittendrin geschah, wie es endete, wüsste ich wohl wiederzugeben, könnte es beschreiben, haargenau! Denn das kann ich. Ich bin auch Sektionsassistent. Eine Begebenheit zu obduzieren folgt keinen anderen Regeln als denen im Saal. Ich könnte alles sezieren und, wer weiß, vielleicht tat ich dies schon längst. Ich könnte sagen, wo sie kleine Leberflecken hat, welche Gestalt sie haben und wie viele es sind. Ich könnte ihre Haut beschreiben, wie es niemand kann, könnte die Anzahl ihrer kleinsten Härchen nennen, weil ich sie gezählt habe, und die schönste ihrer entblößten Linien aus dem Gedächtnis zeichnen. Ich kann Menschen auseinandernehmen, ihnen die Haut Schicht für Schicht herunterpräparieren. Ich weiß, wie ich sägen muss, um an das Gehirn zu gelangen, weiß, wie man Gelenkpaare voneinander löst, weiß, wo sich das Herz befindet und wie man es herausnimmt. Aber in einem, in einem würden sich beide Beschreibungen elementar gleichen: Nie, und wirklich nie gelänge es mir, weder in Bild noch Wort, die Seele zu erfassen!

Man lebt am intensivsten, wenn man Schönheit erkennt, und intensiver lebte ich bis dahin nie.

Ich konnte der sein, der ich war. Ich liebte ohne Worte, ich liebte mit meinen Händen, meiner Zunge, meinen Augen, meiner Haut. Es war ein Lieben, das ihr und mir entsprach, wir waren die Häute, die uns passten. Sie genoss ihr Nehmen und ich ging auf im Geben. Das war für mich, mit ihr im Angesicht, Vollendung.

Ihr Körper, der bis zu diesem Abend aus Buchstaben und Tönen bestand, war jetzt begreifbares Wunder und sein Geschmack der Zauber dazu.

Was geschehen war, hielt mich im Wort »Sehnsucht« der Länge, der Schwere und der Bedeutung nach, unlösbar mit schönsten Frauenhänden fest. Und als die Minute der letzten Umarmung kam, peitschte dieses Wort auf mich ein.

Sehnsucht.

Wortlos verschloss Maria die Galerie, wortlos gingen wir ein paar Schritte, Hand in Hand, bis zu ihrem Auto.

War es das, was wir noch von uns wissen mussten? Wir sahen unseren Hunger, wir aßen und tranken und hatten wieder Hunger. Ein Hunger, den nur wir stillen konnten, den niemand anderer hätte befriedigen können. Wir waren endgültig voneinander besetzt.

Sie fuhr fort.

Ich sah ihr hinterher, sah sie langsam verschwinden. Als sie am Ende der Straße fast nicht mehr zu sehen war, kam ein kleiner Junge auf mich zu, der so aussah wie ich, und ich erkannte ihn genau. Er nahm meine Hand und sagte: »Jetzt fährt sie fort. Sie fährt fort. Sieh doch. Und wir wissen nicht, wann und ob sie wiederkommt. Sieh doch, sie fährt fort … halt sie fest, halt sie auf, sie kann doch jetzt nicht gehen. Nicht jetzt. Nie. Bitte!«

Er flehte mich an, der Junge an meiner Hand.

Als ich nach Hause kam, hatten Pommes und Fritz meine sorgfältig geschnürten Pakete zerfetzt und aufgerissen. Gedanken und Verstand plus Widersacher waren wieder frei.

Ich lief dreimal in der Woche meine zehn bis fünfzehn Kilometer. Über die »Kopf-Steine« der Straßen ohne Pflaster, über die Wurzeln der Waldwege hetzte ich mich, mit meinen Insassen, als würde sich das Tempo durch die Addition der Gedanken stetig erhöhen.

Auf dem Schiff stemmte ich »meine« Gewichte, gerade so, als gelänge es mir dadurch, etwas vom Bitteren im Süßen von mir zu stoßen, es herauszuschwitzen und es dann als böse Medizin jemand Ungeliebtem in den Hals zu wünschen.

Die Waage unter meinen Füßen belog mich nicht und digitalisierte mir acht verlorene Kilogramm in drei Wochen.

Immer wieder telefonierten wir, stundenlang und drehten uns in den Kreisen unserer Kreise. Aber niemals kam ein Zweifel an dem auf, was uns verband. Dieser Basisschmerz verheiratete uns, ohne jeden Geistlichen. Dass wir um diese Basis wussten und sie mit einigem Abstand betrachten konnten, machte möglich, dass wir uns auch als Mann und Frau erkannten. Wir konnten zueinanderfinden, ohne uns zu bemitleiden. Aber die Barriere von etwas scheinbar nicht Lösbarem blieb zwischen uns.

Unser Schmerz war das Brot, unser gegenseitiges Erkennen die Butter, und wir selbst waren der wohlmundende Belag dieser schönen Speise. Dies wäre unser ehrliches Mahl, wenn nicht ein Dritter, ebenso angstvoll und hungernd, mit am Tisch gesessen hätte.

Ich laugte mich aus, bis ich nur noch als Salzwüste zurückblieb. Auch wenn der Schreiber schrieb, so ließ er Maria im Unwissen darüber, denn er schickte nichts mehr ab. Das war der Rat des kranken inneren Doktors. Was soll eine junge schöne Frau mit einem ausgelaugten Mann? Und ich schrieb und schrieb und schrieb … und behielt das Geschriebene bei mir.

Maria fand nicht mehr nach Hause, denn sie war in den Winden des Aufbruchs aus sich herausgeweht worden. Sie brauchte dringend Antworten, doch wo sollte sie ansetzen zu fragen? Sie begann bei sich und geriet in die Fänge ihres inneren Doktors. Dass dies nicht gut war, dafür war ich humpelndes Beispiel. Sie sah sich an der nächsten Straßenecke um, suchte nach der nächstbesten, auch nur im Ansatz furchtnehmenden Antwort. Am meisten fürchtete sie sich vor sich selbst und davor, immer mehr zu zerreißen. Ich fragte mich immer wieder: Wenn da so viel zwischen uns da war, der Tisch zum gemeinsamen Mahl gedeckt war, Wetter, Licht, Musik, Worte, Haut und Sinne stimmten, warum packte sie dann nicht längst ihre vierzehn Sachen und nahm Platz an ihrer eigenen wundervollen Tafel mit den mit Herzenswärme zubereiteten Speisen? So schwer ich es mich auch fragte, ich fand keine Antworten.

Manchmal leuchtete mir Maria ganz klar die Pfade aus und ließ jedes Gefühlsdetail erkennen und verstehen, manchmal fehlte ihr die Kraft, auch nur ein Streichholz zu entzünden. Dann blieb es dunkel.

Die Fragen um uns vergingen nicht, stellten sich immer wieder selbst hinten an und erschienen dann vorn mit gleicher Montur, aber anderem Gesicht.

Es wurden mir zu viele Fragen in Menschengestalt und etwas schrie erschütternd laut nach Ruhe, nach Ausstieg, sagte mit deutlich lesbaren Buchstaben: Ich will das alles, halte es noch aus, aber … ich kann nicht mehr.

Sie war in meinem Leben, aber nicht an der fassbaren Seite meines Lebens.

Aufs Minimum reduziert, nur noch durch Kriechstrom schleppend in Betrieb. Ich konnte nicht mehr. Und dass ich immer noch konnte, ein hoffentlich letztes Mal noch konnte, bewies mir der Mann an der Mauer, gegen die ich völlig entkräftet und atemlos schlug. Und der Schlag traf mich jedes Mal selbst, mitten ins Gesicht des Aushaltbaren. Dieser Mann da an der Mauer, mein Schweinehund. Der, der mir mit weißen Handschuhen die Leiter der Hoffnung hinhält, damit ich ein letztes Mal noch darauf hochklettere, um über diese Mauer hinwegzukommen. Ein weiteres Mal über etwas hinwegkommen oder eine nächste Mauer zu entdecken, vor der ich mit Entsetzen erschrecke, als ich merke, dass ich mich schon auf den Weg zu ihr gemacht habe.

Mittlerweile kannte ich das Spiel des Schweinehundes, der an jeder dieser Mauern stand, Besserung versprach und mich oft darum betrog. Dieser Mann sieht in seinen Versprechungen so unverschämt gut aus, dass es einem unmöglich wird, ihm zu widerstehen.

Im Weitblick auf diesen Parcours und den Mann mit der Leiter, dem ich nicht mehr traute, der mir nach und nach alle Sicherungen durchbrennen ließ, griff ich langsam, aber zusehends nach meinem eigenen Netzstecker. Und das Hirnrissige daran war, dass ich mich selbst zu diesem Military sattelte, auf mich selbst stieg, um dieses Mordturnier zu bestreiten. Einzig der anfangs noch gesunde innere Doktor legte mir zu diesem Ritt ein paar Zügel an, die er aber stetig lockerte und irgendwann aus den Händen verlor.

Ich schlief, ich wachte, ich arbeitete, ich lief, ich trainierte, ich dachte und machte … Und alles war eins, unterschied sich weder in Ausführung noch Wirkung und sang ruhig, fies und perfide: »Ich bring dich langsam um.«

In mein reines Wasser sickerten Pfuhle und Moraste. Ich sah klaren Verstandes zurück auf die ungeliebten Wiederholungen, die Müllhaufen meines Beziehungsscheiterns, sah, wie sie mich einnahmen mit ihrem Gift des Versagens.

Ich wollte das alles nicht mehr und auch nicht schon wieder. Es gab keine ruhigen Nächte mehr, nur völlig ausgezehrte.

15

DEMONSTRATION

Mit dem Gefühl, nirgends gebunden zu sein, kann ich fliegen, wohin ich will, und weiß, egal wo ich lande, ich lande immer bei mir. Das Gleiche geschieht mit meinen Gedanken, wenn sie nicht auf Widergedanken stoßen, auf Worte und Blicke anderer Menschen. Ich schicke die Sätze aus meinem Kopf los, sie schwirren, irren, lösen sich scheinbar in den Wolken auf und kommen als Regen wieder bei mir an. Gedanken und Gefühle – die rastlos Reisenden, die sich dafür verbürgen, mich nie zu verlassen. Auf ihre unbeständige Beständigkeit ist Verlass. Wenn sie auf mich niederprasseln, schießen sie mir unter schlechten Umständen ins Genick, brechen mir aber doch nur Herz und Beine. Nichts und niemand erreicht mich in diesem gefährlich seelenlosen Raum.

Irgendeines meiner inneren Geschwister weiß, ich will diese Arbeit nicht mehr tun. Deshalb lässt es mich so aufgehen und zerfließen, so eindringen in jedes Detail. Ein letztes Mal noch, eine Dernière mit der Frage, was das alles hier drinnen mit dem Leben draußen zu tun hat.

Ich höre, fühle, sehe dies. Ich erde mich damit, finde Halt in dieser Blase auf dem graugefliesten Boden, behalte die Schwerelosigkeit in mir. Nichts Verletzendes kann mich gerade greifen.

Schlag mir ins Gesicht und ich als alter Atheist weiß dir dennoch die Bibelseite zu sagen, auf der steht, dass ich sagen soll: »Tu's noch mal.« Es macht mir nichts aus. Ich löffle von meiner Suppe. Habe ich etwas bei ihr gelassen, ihr vorsorglich etwas von mir auf ihren Weg zur anderen Seite mitgegeben? Könnt es sein, dass mich später dort doch irgendwas erwartet? Wer weiß schon genau, was sein wird … Es ist seltsam, sich mit Versicherungen für etwas einzudecken, von dem niemand sagen kann, wie die Auszahlprämie sein wird. Die Religionen dieser Welt wissen dies, verwalten das Ungewisse und lassen es sich mit Leben und Geld bezahlen. Aber nein, ich zahle nicht auf das Konto von religiösen Ideen ein. Das müsste mir mal einfallen.

Kurz gelingt es mir, die Klausur zu verlassen, das Rückgrat aufzurichten und zu bemerken: Alter, du hast doch nicht alle Latten am Zaun. Dann bin ich froh zu wissen, dass ich das klar sehen kann, und gestatte allen Umständen, weiter auf mich einzuwirken.

Die große stählerne Organwanne stelle ich auf den Sektionstisch, ein weißes Tablett daneben, einen Schwamm, Scheren verschiedener Größen, eine Sonde, Messer und Pinzette.

Zeit für frische Handschuhe, Schürze und Gedanken. Zugedeckt liegt sie auf der Bahre, nichts rührt sich gerade in mir. Gar nichts! Ich werfe alles ab, lasse auch sie in meinen Gedanken fallen. Ich habe ihr vor langer Zeit Fragen gestellt, nicht viele. Fragezeichen können eine Weile, wie lang sie auch immer dauern mag, brennen. Die Zeit solcher Weilen kommt mir stets zu lang vor. Der Pedant grätscht dazwischen, korrigiert: Es kommt mir nicht so vor, es ist so. Mit der Lupe betrachtet, dauern auch fünf Sekunden zuweilen zu lang. Zu lang keine Antworten. Jetzt liegt sie da, zugedeckt, und mit ihr meine Fragen, zugedeckt. Wird es auf lange Sicht endlich gut sein? Pah, was weiß ich denn. Aber ja, im Augenblick einfach ja. Soll sie doch gehen und meine Fragen mitnehmen.

Ich scanne die Fliesen an Wänden und Boden. Nirgends ein Blutklecks. Trotzdem wische ich noch einmal durch den ganzen Saal, gehe mit Desinfektionsmittel über alles. Die Endgültigkeit eines Entschlusses tut ihre Arbeit. Nach mir wird jemand kommen. Der bekommt alles sauber, aufgeräumt und … gerade, denke ich, weiß ich.

Sie hatte nichts Infektiöses, was zu beseitigen wäre. Sie hatte nichts. Ich bin kein Pathologe, ich weiß es trotzdem. Ich weiß, dass wir in einer halben Stunde nicht wissen werden, woran sie starb. Wir nicht. Ich höre auf mit Putzen, werde es nachher sowieso erneut von mir fordern.

»Ich bin so weit fertig. Wir könnten dann starten«, telefoniere ich mit Frau Dr. Möbius. Treffpunkt Saal.

Ein paar Minuten bin ich noch allein. Saubere Handschuhe zum zigsten Mal. »Nein, nicht deinetwegen«, schicke ich diesen Gedanken unter das weiße Tuch. »Dass wir uns kennen, weiß niemand. Es zu erklären fiele so schwer, dauerte wahrscheinlich länger, als es dauerte, könnte mit einer weißen Jacke enden, deren überlange Ärmel auf dem Rücken zusammengeschnallt werden.«

Geräusche hinter der Tür zur Schleuse. Möbius ist da, mein etwas idiotisiertes Grinsen auch.

»Hallo«, begrüßt sie mich.

Das gebe ich auf gar keinen Fall zurück und grüße ganz lasch mit einem »Hi«. »Hallo« geht nicht mehr, ist besetzt. Und ein wenig ärgert's mich, weil es mitunter anstrengend ist, jedes freundliche Hallo zu umgehen.

Ärmelschoner, Handschuhe, Schürze hatte ich bereitgelegt. Möbius liest noch mal quer durch die Erklärungen der Klinikärzte, während sie alles überstülpt und mich fragt, ob es richtig sei, dass sie keine Vorbefunde habe.

»Es ist richtig.«

Die kleine Assistenzärztin macht sich an ihre Arbeit. Witzig, wie viel Wissen in solch einen kleinen Menschen passt. Stelle mir das Gegenteil dazu vor. Mann, groß, kräftig: »Ich Tarzan, du Jane …«

Organ für Organ nimmt sie aus der Stahlwanne. Eines nach dem anderen zerschneidet sie, eröffnet Gänge, Höhlen und Gefäße, legt sie wieder zurück. Zwischendurch sinniert sie, atmet tief und guckt mich an. Sie sieht, was ich weiß.

»Nichts …«

»Nichts … Ich weiß.«

»Was soll ich dem Oberarzt sagen?«

»Das, was ist. Nichts. Ist das so schwer?«, wage ich voller Leichtigkeit zu fragen, mische ich mich als Assistent ein.

»›Nichts‹ soll ich sagen?«

»Sie sollen gar nichts. Sie können nur ›Nichts‹ sagen. Erfinden Sie nichts.«

Darwin, bin ich drauf.

»Das geht nicht. Ich kann dem Oberarzt nicht ›nichts‹ sagen.«

»Dann sagen Sie nur ein Wort.«

»Und welches?«

»…«

»Ach Mann …«

Dr. Kliwi ein »Nichts« als Diagnose anzubieten ist ein Wagnis. Die kleine Möbius ist Assistenzärztin, muss ihre Diagnosen mit dem Oberarzt besprechen, darf sie nicht allein unterschreiben.

Ich wische alles sauber, wringe den Schwamm aus, bereite den Arbeitsplatz für Kliwi genauso vor, wie ich es für Möbius zuvor tat. Dann rufe ich Oberarzt Dr. Kliwi dazu.

Die Kleine steht über die Organe gebeugt, sucht, findet nichts. Kopfschütteln und ein »Dann ist es so«.

»Gibt's was?«, fragt Kliwi, als er mich ginsend entdeckt. Möbius schaut fragend mit.

»Nein, das ist es ja«, gebe ich zurück.

»Warum dann so vergnügt?«

»Weil es ein guter Tag bis hierhin war.«

»So etwas gibt's hier?«, fragt Kliwi zynisch und verschmilzt mit meinem Grienen.

Kliwi ist gut drauf, merke ich. Das hätte mich gestern noch entspannt, mir eine lockere Antwort ihm gegenüber erlaubt. Das ist mir jetzt egal. Vorgesetzter, Chef, was auch immer – einerlei. Mein entrücktes Lächeln bleibt. Ohne Hochmut, nicht pampig, ganz freundlich in seiner Einfachheit. Etwas klamm ist das Erkennen der Endlichkeit: »Zum letzten Mal mache ich das hier jetzt.« Das bestimme ich zwar so und doch … Wie es schon klingt: »zum letzten Mal«, »nie wieder«. Wie kräftig dieses Wissen in mir mit seinen Muskeln spielt. Yeah. Abstand, Alter, du weißt, wie's geht.

»Na dann mal los, was haben Sie gefunden?«, fragt Kliwi.

Möbius antwortet perfekt, nämlich gar nicht. Das ist noch besser, als »nichts« zu sagen. Sie schaut einfach zu Kliwi und wartet auf seinen Blick.

Dr. Kliwi hebt schon im Atem die Stimme an, als er sich zur Assistenzärztin wendet und dann stockt. Die Kleine hebt nur die Schultern.

»Ich habe keine Ahnung …«

Die gute Laune Kliwis bleibt zwischen uns. Beide nehmen noch einmal Organ für Organ zur Ansicht. Drehen, Wenden, Aufklappen, Durchtasten … Nichts.

Keine Diagnose, das ist für niemanden ein berauschendes Ergebnis. Es legt sich als kleines Frustrat zu all den anderen täglichen Niederlagen. Und wenn schon, diesmal habe ich eben keine Antworten.

»Was steht noch mal in der Erörterung?«, fragt Kliwi.

»Herzbeschwerden«, antworte ich.

»Was jetzt, Herzbeschwerden, das ist alles?«

»Ja. Mehr steht da nicht.«

»Und sie ist hier im Krankenhaus gestorben?«

»Ja. Sie arbeitete hier …«

»Was heißt das, sie arbeitete hier … Ist sie während der Arbeit gestorben oder als Patientin?«

Kliwi bohrt weiter. Je weiter er bohrt, desto mehr drängt er mich in die Rolle des Boten. Werde ich nach den Auskünften auch sterben? Es kommt mir gerade so vor. Ich will nicht lesen, nicht wissen, was sie hierher brachte. Ich denke »Kann Möbius jetzt nicht übernehmen?« und mache weiter, als wär es mir zugedacht.

»Beides. Sie fühlte sich nicht gut, man gab ihr einen Platz. Das Herz machte wohl Beschwerden. Es wurde abgehört, untersucht, für schonungsbedürftig und behandelnswert empfunden. Kurz darauf starb sie, ohne nennenswertes Ereignis.«

Stationschefin in der HNO-Abteilung war sie, mit drei Minuten alter Krankenakte.

Ich schließe die Augen. Ich will nicht mehr, sende ein Stoßgebet und es kommt an. Über sie zu sprechen, ohne von ihr zu reden, ist, wie absichtlich aus einer leeren Flasche zu trinken. Will nicht sagen, dass ich sie kenne, will auch nicht nichts sagen. Wie sollte ich von dieser Maria hier sprechen können, ohne von der anderen Maria dort zu erzählen? Ich mache den Mund auf und es fallen unsortiert Buchstaben auf den Boden.

Dr. Kliwi baut sich auf.

»Es hat nichts damit zu tun, dass wir etwas übersehen haben könnten. Das kann auch durchaus sein, aber ich wüsste jetzt nicht was. Für eine toxikologische Untersuchung gibt's keine Verdachtsmomente. Manchmal muss man eben an Stellen, wo nichts zu finden ist, sagen, dass nichts zu finden war. Dr. Möbius, Sie entnehmen alle üblichen Proben, großzügig. Dann sehen wir weiter.«

»Dr. Kliwi, werden Sie gleich bei der Besprechung mit den Stationsärzten dabei sein?«, fragt Möbius.

»Mmh … ja, ich werde hier sein. Aber stellen Sie ruhig den Fall vor. Es ist Ihre Arbeit.«

Möbius ist erleichtert.

»Ich rufe die Ärzte an. Wann in etwa sollen sie hier sein?«, murmle ich.

»In fünfzehn Minuten etwa.«

Ich befinde mich fast schon außerhalb dieser Autopsie. Regularien, Abläufe, die schnell hintereinander ineinandergreifen.

Kein Platz für nebenklagende Bilder. Ich telefoniere, bitte den Arzt, in fünfzehn Minuten etwa bei uns unten im Saal zu sein.

Wieder Handgriffe, Gänge und Aufgaben, die zur Routine gehören, muss mit meinen Gedanken bei ihnen bleiben. Wischen, reinigen, kontrollieren. Weiße Tabletts nebeneinander auf dem sauberen Sektionstisch. Alle Organe lasse ich abtropfen, lege sie möglichst blutfrei auf, tupfe mit dem Schwamm nach. Das Ordnungsprinzip, der Ästhetikanspruch.

Der letzte behandelnde Arzt ist da, bringt in den Fall involvierte Kollegen mit. In der Schleuse bitte ich sie, Saalbekleidung überzuziehen und dann hereinzukommen.

Möbius steht am Tisch, Kliwi dicht hinter ihr.

»Guten Tag … haben Sie etwas finden können?«

»Guten Tag. Bevor wir dazu kommen …«, beginnt Dr. Möbius, »erzählen Sie uns doch bitte etwas über den Verlauf des Falls.«

Der Stationsarzt, der Letzte, der sie behandelte, der sie noch lebend sah, beginnt.

Und als er beginnt, verlasse ich den Saal. Der Zeitpunkt ist günstig, die Fachleute unter sich. Kommen, Bleiben, Gehen … Was spielt es für eine Rolle. Woher, Warum, Wohin … Und wenn ich's wüsst, was dann? Ich weiß, dass ich nichts wissen muss. Will nicht dabei sein, wenn Dinge und Tatsachen erläutert werden, die ein Bild aufbauen könnten, das noch lange an mir zerren würde. Ich war durch diese Autopsie und durch mein vehementes Wollen heute dichter bei ihr, als es je ein anderer Mensch war. Das fühle ich. Würde es etwas zu erfahren geben, was sie mir noch näher bringen könnte? Was erführe ich denn schon, was die Situation auf eine lebenslang gute Form brächte? Nichts!

Hörte ich den Ärzten zu, hinterließen sie mir womöglich Fragen, zu denen ich nie eine Antwort erhalten würde. Was hätte ich dann auch noch fragen können? Wie sie sich in letzter Zeit gab, ob sie eventuell einen Mann erwähnte? Jede mögliche Antwort darauf würde mit sich bringen, dass es etwas gegeben haben müsse.

Vielleicht verhielt sie sich sonderbar, vielleicht war zu spüren, dass sie jemanden suchte, vielleicht aber war sie einfach nur wie immer … Wenn mich Ungewissheit auch meist sehr beunruhigt, so gestatte ich sie mir hier, weil sie einfacher zu ertragen ist als jede Antwort.

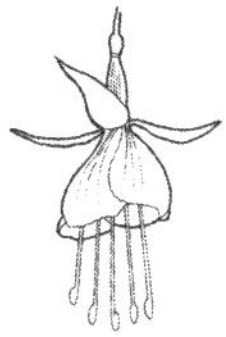

16

RIECHEN

Paul: *Liebe Maria,*
das Gewitter ist vorbei! Die Wogen glätteten sich im wenigen Schlaf. Ich wurde geweckt vom Plätschern schaukelnder kleiner Boote im Fluss vor meinen Fenstern.
Gewitter tun ihr nötiges Werk. Sie kommen und manchmal müssen sie mich treffen, um im Vorübergehen meine inneren Unwetter mit sich ziehen zu können.
So muss es wohl geschehen sein. Die Liebe bewegt so manches und hin und wieder macht sie bekanntermaßen blind. Heute Morgen aber sehe ich sehr klar. Ich möchte Dich mitnehmen zum Anfang unserer Reise, als wir noch unbetrübt waren. Wir tauchten ein in uns, ohne zu wissen, wo sich die Wasseroberfläche, die Luft zum Atmen befindet. Ein Kinderabenteuer. Wir sind hineingesprungen ohne Plan, ohne Ziel, aus purer Begeisterung von uns. Aber wir werden zu diesem Anfang nicht wieder zurückfinden.
Ich möchte für Dich da sein können. Aber wie? Ich bin hier, Du mit Deinem Freund dort.
Schöne Maria, ich glaube, dass uns eine kleine Besonderheit umgibt, die sich in unserem Zusammensein zu dem steigern

könnte, was uns entspricht und guttut. Es wäre schön, würde dies endlich geschehen. Ohne Verzweiflung, ohne Angst, ohne Druck. Aber gerade wir sind nicht mit Blindheit geschlagen, sind auch nicht taub, wissen, dass es nicht so gehen kann, solange Du Dich auf Irrwegen befindest. Ich weiß nicht, wie lange ich Dich auf diesem Weg begleiten kann. Ich möchte Deine Aufregung sein, Deine Liebe.
Ich bin müde.
In gewohnter Innigkeit, in Liebe und mit schönsten Wünschen für den Tag.
Dein Paul

Maria: *Ich will dich nicht verlieren!*
Immer wieder stößt du etwas an. Ich merke deine Zweifel, das fällt nicht schwer, wenn es auch die eigenen sind. Du weißt, dass es nicht sein wird, nie so sein wird, so unbeschwert wie zu Beginn. Aber, lieber Paul, war es das je – unbeschwert? Du kamst zwar ungebunden, aber nicht frei von Last. Und ich? Sieh mich an! Ich kam weder ungebunden noch frei von Last. Was also hat uns die ganze Zeit zusammengehalten? Last! Und Du weißt, welche Last ich meine, die Koffer und Taschen alter Tage, die in ihren Farben längst verblassten. Nur das Gewicht dieses Gepäckes ist geblieben, dinglos, manchmal mehr als krankmachend. Und wie unfair es ist zu spüren, zu wissen, dass wir daraus entstanden, dass dieser Teil ein wesentlicher Grund für unseren Magnetismus ist. Nur zu verständlich also, dass wir gerade dadurch aneinander festhalten. Wir haben unsere Päckchen und scheuen nicht die Mühe, einander beim Tragen zu helfen, weil wir hoffen, dass das Gewicht durch unseren Umgang immer leichter wird. Wer weiß, vielleicht gelänge uns das auch. Aber die Zeit macht es momentan nicht leicht, meint es nicht gut mit uns.

Wenn Verzweiflungen den Tag bestimmen (und das tun sie, mach mir nichts vor), dann sollte etwas geschehen. Nur was, lieber Paul? Ich spüre eine maßlose Ungerechtigkeit in allem und allen gegenüber. Ich weiß, dass ich mich bewegen muss, irgendwohin, erst mal weg von allem. Nur, es fällt so schwer, scheint mir unmöglich. Ich finde nicht den Platz, an dem ich ungestört hören kann, wer ich bin. Du hast mir von Anfang an unwissend geholfen, mich auf den Weg zu machen. Du hast so sehr geholfen, dass ich jetzt nicht mehr weiß, ob es allein mein Weg ist. Du bist so sehr dabei, zu sehr dabei (auch weil ich es will). Ja, ich weiß … Wenn ich Dich lese, uns sehe, dann kann ich mich nicht hören. Verstehst Du das? Natürlich tust Du das, Du …
Liebster Paul, ich will Dich sehen, mit Dir reden. Nicht am Telefon, nicht per Nachrichten. Siehst Du eine Möglichkeit? Wie wär es Mittwoch? Vielleicht in der Stadt, in einem Café? Paul, bist Du noch da? Lass uns bitte etwas Machbares finden. Niemand hält dies hier aus. Auch wenn alles so sehr ehrlich ist, hat diese Konstellation niemand verdient. Aber dann springt es mich an, in diesem Augenblick und sagt, dass ich Dich nicht hergeben will. Es nicht kann. Lass uns reden. Mittwoch. Bitte.
Deine Maria

Paul: *»Meine Maria« …*
welch schönes Trugbild. Denn Du bist es nicht. Nicht so, wie ich es verstehe, wenn jemand sagt: dein! Auch Du verstehst etwas anderes darunter, wünschtest Dir, Du könntest ganz mein sein, aber das kannst Du nicht. Nicht mit Haut und Haar. »Dein« ist ein Begriff ohne Einschränkung, sollte es sein. Du weißt, dass es stimmt. Ich weiß, Du bist traurig darüber. Mein »Dein« und Dein »Dein« unterscheiden sich. Täten sie es nicht, ergäben sie ein »Uns«. Ja, ich weiß, auch das haben

wir. Aber es findet auf verschiedenen Ebenen statt, wird nicht mit Leben gefüllt. Jetzt nicht.
Was Dich anspringt, verschont auch mich nicht: Ich will Dich! Immer noch, immer wieder. Trotz allem, ich versuche es zu schaffen, mich den »Gegebenheiten« anzupassen. Mittwoch ist gut, ich werde mir frei nehmen. Sag mir wann und wo.
DEIN Paul

Nur dieses leise Knacken im Kopf, welches verrät, dass der Stolz gebrochen ist, blieb aus. Ich rang so sehr darum, dass sie kommen und bleiben mochte. Ich selbst brach mich und verlernte den aufrechten Gang, in der Hoffnung, vielleicht etwas krumm, in ihrem Lebensschoß bleiben zu können. Und mein gebrochener Stolz demütigte sich obendrein selbst, indem er zusätzlich einen um den anderen Widerstand auf der Leiterplatte meiner Hierseinsberechtigung langsam und leidvoll durchschmoren ließ. Bis auf einen Widerstand, einen letzten.

Wenige Tage, bevor wir uns treffen wollten, stachelte der Mann an der Aushaltemauer mit der Hoffnungsleiter in der Hand mich erneut an durchzuhalten. »Halte durch bis Mittwoch, halte durch, bis ihr gesprochen habt«, säuselte er einlullend auf mich ein.

Dann wollte ich durchhalten. Dann wollte ich sehen, was geschehen würde, wenn wir uns trafen. Ich wollte sehen, ob wir uns, in der Entspanntheit des Nicht-beobachtet-Werdens, Hände und Gedanken reichen konnten oder ob wir die Dinge zu verschieden betrachten würden, ob wir mehr eigene Zähler als gemeinsame Nenner hätten. Dies schloss sich aber geradezu aus, wenn ich alles Rückliegende betrachtete. Diese Überlegung sollte mir das Kissen sein, auf das ich meinen Kopf gern gelegt hätte, um ihn bis zum Treffen nicht mehr zu gebrauchen. Er war voll und qualmte munter und rege kleine Rauchschwaden aus sich heraus, die vom allmählichen Absturz der Festplatte kündeten.

Das Überlebens-Einmaleins zählte sich selbst, einsam, immer wieder von vorne durch. Es wusch mich, zog mich an, gab mir zu essen und bewegte mich von hier nach da und zurück.

Warum aber qualmte es, warum hatte ich das Gefühl, um mein Leben zu denken, was bannte mich so frenetisch an die Vorstellung eines Zusammenseins mit ihr? Es war die Angst vor der einen Ablehnung zu viel. In kürzester Zeit hatten wir so viel Herzblut getauscht, dass es kein ganz eigenes Blut mehr gab. Wir begaben uns aufs Spielfeld der Abhängigkeit voneinander.

Ich erreichte den Point of no return in Laufschuhen.

Ich joggte am frühen Sonntagabend die Straßen entlang, durch meine mir bekannte Umgebung, sah, wie sie sich entfremdete. Alles Gewohnte war an seinem Platz und doch – alles sah anders aus, bereitete mir nicht mehr das Gefühl des Zuhauseseins.

Ich lief weiter und weiter und schneller und im Wald angekommen, geschah das Gleiche. Tausendmal war ich dort schon durchgelaufen und nun erkannte ich keinen Strauch mehr, keinen Baum, keinen Ast.

Diese Fremdheit hüllte mich schlagartig, aber angenehm ein. Mit einem alle Geräusche verschlingenden Tinnitus ohne Ton sprang ich aus schnellstem Schritt ungebremst in einen Zeitlupenlauf. Das Phänomen der alle Zeit in sich tragenden Sekunde brachte die Sehnsucht nach meinem Ende mit sich. Ich löste mich auf in Erinnerungen. Ich hörte, dass es nun Zeit wäre, dem zu begegnen, der ich auch war. Ich begegnete unergründlich einem meiner traurigsten Erlebnisse, das ich selbst verursachte.

1989 verließ ich, noch vor dem Mauerfall, die DDR. Der gestellte Ausreiseantrag war genehmigt worden, ich hatte plötzlich sehr viel zu erledigen, zu besorgen und zu entsorgen. Ich hatte Hund und Katze, würde vorerst bei Verwandten unterkommen, das war klar. Aber die Katze konnte nicht mit, es ging einfach nicht. Und im Zuge dessen entsorgte ich also diese Katze. So brutal es hier steht, so brutal fährt es mich noch heute an und verursacht weiterhin

Dellen seelischen Ausmaßes. Selbst hier, jetzt, ich gebe es zu, trifft es mich, gerecht, wie ich glaube.

Keiner in meinem tierliebenden Umkreis hatte einen Platz für sie. Eines Morgens, überdrüssig vom Berg der zu erledigenden Dinge, verließen mich die Ideen einer möglichen Unterbringung der Katze. Ich wog sechsundfünfzig Kilo, trug Klamotten, die überall hingen, und konnte nicht mehr. Und niemand, wirklich niemand wollte das kleine Tier haben. Alle Weitsicht verloren, steckte ich sie in einen Korb, ging zum Tierarzt, erklärte den »Sachverhalt« und gab dies kleine Leben ab … Die Tierärztin zog eine Spritze auf, ich ging, mit leerem Korb.

Ich gab ein Leben ab … und es war nicht meins … und manchmal wünsche ich, es wäre meins gewesen. Sieht man die Schwere meines Handelns, so wie ich, dann weiß man auch, dass es kein schwereres Wort gibt als das Wort »Schuld«.

Ich hatte mir eine Schuld aufgeladen, die ich bis heute nicht ablegen konnte. Eine Schuld, die mir bis heute niemand losreden konnte, die mir in ihrer Bewusstheit immer schwerer wiegt, die die Zeit nicht mindern will und der ich mich ergebe, wenn sie zuweilen mit aller Kraft auf mich einschlägt. Und dann verlange ich nach noch vielen härteren, kräftigeren Schlägen, weil ich es verdiene, weil ich hoffe, so den Schmerz der Wehrlosigkeit selbst zu erleben. Aber ich weiß, ich mache es nie wieder gut, nie wieder … Arme kleine Katze – tu mir weh!

Pause.

Also begegnete ich im Wald dem, der ein Leben weggab, das nicht das seine war. Ich fühlte, das meine nun geben zu wollen, auch für das andere, das kleine. Und ich begegnete nicht nur ihm. War heute Zahltag? Hatten sich heute alle nicht erfüllten Sehnsüchte versammelt, alle längst vernarbten Wunden wieder aufgerissen, alle Ängste und Urängste zu einem Chor zusammengefunden und sich vom Dirigenten der Verzweiflung Takt und Ton vorgeben lassen? Ich verlangte nach der Rechnung, verlor mich nicht im

Zusammenrechnen meiner Fehlbarkeiten und hielt die Summe, unterm Strich aus Schorf, zwar für nicht angemessen, aber für eine mögliche Lösung, in doppeltem Sinne. Ich war erschrocken, verfiel aber nicht in Panik, lief noch langsamer, nicht mehr ich.

War dies hier die Tür, die wir nicht sahen, war dies meine Tür »Notausgang«?

Ich fühlte mich plötzlich leicht und dann fremd- und doch selbstgesteuert, völlig reflektiert in meinen Makeln.

Noch einmal erschrak ich kurz, aber ohne Aufruhr meiner Lebensgeister, als ich ganz bewusst Ausschau hielt nach einem Baum. Nach einem Baum, mit einem Ast, dick und kräftig, meine Schuld an meinem Versagen fangen und tragen zu können.

Ich lief und lief, lief sogar durch mein eigenes Arboretum und suchte. Auf dieser Suche hatte ich alles so weit hinter mir gelassen, dass ich es nicht mehr sehen konnte. Familie, Freunde, Kinder, Tiere – das alles war nicht mehr da, konnte mich nicht aufhalten und nicht mithalten im Aufwiegen gegen den eigenen starren Willen der Erleichterung. Nur Maria, sie blitzte klein dazwischen, schwach. Der innere Doktor war derart krank geworden, dass er den Rest des mich ausmachenden Pauls angesteckt hatte. Kein Appell, nur der eine, der des letzten Widerstandes, sagte mir: »Warte noch, bitte, bitte warte noch. Warte noch bis Mittwoch, dann wirst du darüber entscheiden.« Das war die kleine Flamme Maria und ihr kleines Blitzen, das mich mit dem lockte, was ich am meisten entbehrte: Wärme.

Dann hob der Dirigent der Verzweiflung vehement den Taktstock, fuchtelte das Nestchen der Wärme entzwei und rief: »Mein zweiter Name ist ›Hoffnungslosigkeit‹ und, mein Freund, der Tod ist nicht das Schlimmste, was dir passieren kann.«

Wieder stand ich vor dem Notausgang und die Aussicht auf diese Möglichkeit befreite mich von jeder Angst. Ich suchte weiter nach einem Baum und überlegte eine Zeit, in der niemand stören würde. Etwa zwei Meter Fallhöhe rechnete ich zu meinen eins siebzig dazu, suchte weiter in etwa vier Metern Höhe nach meinem Diener. Auch wenn es sich so zeigte, nahm ich es nicht als Wink des Schicksals und Zeichen der Fügung wahr, dass ich nicht einen geeigneten Ast finden konnte. Die einzig in Frage kommenden Äste befanden sich in nicht ohne Leiter erreichbarer Höhe, so als wäre das Forstamt hier durchgegangen, eben genau mit dem Ziel, den Wald suizidfrei zu gestalten. Und bei aller Herzzerrissenheit verließ mich auf seltsame Weise mein Mutterwitz nicht. Ich entschied mich für einen Laubbaum. Ich hatte noch immer keinen gefunden, der meinem gedachten Zwecke hätte dienen können, aber ein Laubbaum sollte es sein. Ich mag Tannen und Fichten einfach nicht. Den Witz erkennend, glühte mein letzter Widerstand rotbackig im Erfolgstaumel.

»Bis Mittwoch, Galgenfrist.«

Ich hatte keine Angst zu gehen. Den Schmerz, den ich daließ, der mich selbst nicht mehr träfe, gab ich den Spatzen zu fressen. Denn sie wissen nicht um ihn und fliegen dann, satt, einfach weiter, wie sie sind. Dass es ein »Nach mir« gab, wusste ich und auch um meine mögliche Hinterlassenschaft. Dies Wissen steckte im letzten Widerstand. Ich wollte hingehen, wo ich herkam, im Nichts verschwinden, so, als hätte es mich nicht gegeben.

Es gehört für mich zu den kaum aushaltbaren Dingen, auf etwas ungewiss lang warten zu müssen. Oder im Kehrschluss: lange auf etwas Ungewisses zu warten.

Ich wusste, dem würde ich so oder so am Mittwoch ein Ende bereiten.

Die drei Tage bis Mittwoch trugen mich wie ein Schal den Eigenduft seines Trägers. In diesen drei Tagen rief ich sie nicht an, schrieb ich keine Nachricht. Zu viel Ballast. Maria schrieb mir jeden Tag einen kurzen Gruß, auf den ich ebenso kurz antwortete.

Mittwoch nahm ich frei. Ich gab mir immer noch Mühe mit mir selbst und lachte über diese Kuriosität, im Hinblick darauf, dass ich an diesem Mittwochabend vielleicht für immer gehen wollte. Was auch immer an diesem Mittwoch geschähe, ich wusste, es würde mich zerreißen. Die nächtliche Begegnung in Marias Galerie, das Lieben im Dunkel, ließ eine alltagstaugliche Betrachtung nicht zu.

Wir wollten uns treffen, bei Tageslicht, mit Zeit. Würde ich Zügen an Maria begegnen, die ich nicht erkennen konnte, als wir uns verschlangen, die die Mühe und Leidenschaft, mit der ich mir ihr Bild malte, auswischen würden, so zerbräche ich an dieser Enttäuschung. So unwichtig diese Nebensache im Hinblick auf das Essenzielle war, so da war sie aber. Sie schmuggelte sich dazwischen. Es genügt manchmal eine kleine, immer wiederkehrende, ungelenke Geste, eine sich wiederholende unschöne Marotte, etwas Unästhetisches wie gedankenloses Schmatzen, eine Sammlung von Kleinigkeiten, die aber zusammengenommen ein Zusammensein unmöglich machen. Würde sie mir aber mit allem begegnen, was schon da war, und es gipfeln lassen in Unterstreichungen, dann zerbräche ich an der für den Alltag notwendigen, nicht erreichten Erreichbarkeit.

Sollte ich alles absagen, resignieren? Welche Fragen klopften aber dann an meine Tür? Schreiber, Doktor, Mann an der Mauer – alle würden ihr Teufelswerk bringen und ihren Veitstanz dazu aufführen. Ich hätte auch sie dann vielleicht ins Café bestellen können, denn ich wusste, sie wären noch an diesem Abend gekommen – ganz gewiss.

Ich rief Maria an, vergewisserte mich, ob es bei Zeit und Ort bliebe, und erfreute mich groteskerweise ihrer Stimme, die mich nicht nur sofort einnahm, sondern sich gänzlich in mir breitmachte. Ich war sozusagen »eingestimmt«. Irgendwo, in einer dunklen Ecke, rotteten sich alle Widersacher in mir zusammen, als wären sie schon immer die dicksten Freunde gewesen, und dachten sich: »Na ja, schaun wir mal.«

Unumständlich erklärte mir Maria, aus Sorge, ich könnte das Café nicht finden, noch einmal den Weg. Unumständlich konnte ich dem folgen. Immer wieder waren wir wie der linke und der rechte Schuh eines Paares.

Als wir auflegten, war noch zu viel Zeit übrig, wie sie das immer ist, wenn Ungeduld mit im Spiel ist. Ich traute dem Frieden nicht, den ich mir eigentlich wünschte und der nun alles beschwichtigend und relativierend die Situation beherrschte. Wer klug mit dem Feuer spielt, der tut dies mit einem Eimer, am Wasser.

Nicht dass ich irgendetwas spielte, aber ich nutzte die Ruhe in meinem Kopf und die Anwesenheit von Ratio, um Vorsichtsmaßnahmen mich selbst betreffend parat zu haben. Zu wissen, dass ich vorhatte, mich jedwedem Schmerz in dieser Nacht zu entziehen, war das eine. Aber selbst zu verhindern, es in die Tat umsetzen zu können, das paradoxe andere. Ich suchte im Internet nach einer in der Nähe meines Wohnortes befindlichen Klinik mit angeschlossener Psychiatrie. Der letzte Widerstand war schlau und packte vorsorglich eine Tasche …

Ich hatte ein Gefühl von »Ich kann jetzt machen, was ich will, brauche keine Angst vor Fehlern zu haben, denn ich kann es heute Nacht beenden«. Dieses Gefühl führte mich ganz zu mir zurück, ich konnte sein, wer ich war. Und ich war nie purer, ehrlicher, nie mehr so ich wie von da an. In meiner eigenen Aufgeregtheit war es mir trotzdem möglich, ganz ruhig zu bleiben. Ich stand auf dem Bürgersteig und lächelte liebevoll ernst, als sie am verabredeten Café auf mich zukam. Alle erwachsene wie kindliche Ernsthaftigkeit schmückte ich mit meinem feinsten Lächeln und deckte den Tisch meiner Erscheinung damit.

Keine Welt gab es um uns herum, als wir uns in die Arme nahmen, in die wir so gut passten. Wir hielten uns lange, ganz lange, wortfrei, angstfrei, rücksichtslos in jeder Hinsicht, nur übervoll von uns. Wir sahen uns an, ich sah den Puls an ihrem Hals deutlich schlagen. Sie schluckte schwer, mit trockenem Mund, und sagte: »Endlich.«

Als sich mit Gewissheit ihr Gesicht unauslöschlich in mein Gedächtnis eingebrannt hatte, nahm Maria mich noch einmal in ihren Arm, drückte mich fest an sich. Unvermittelt, pur, ganz gewogen in ihrer Natur hielt sie mich. Ich schloss meine Arme um sie, meine Hand hielt sanft ihren Nacken, streichelte behutsam ihr Haar und als sich dessen Duft an mich wand, um alles Starre in mir aufzuweichen, sprach sie, was ich dachte, und ich hörte sie ganz leise sagen: »Ich kann dich riechen.«

Etwas Eindringlicheres kann man kaum von einem Menschen behaupten. Es entscheidet sofort, ohne Umwege, über alles oder nichts. Wenn der eine das tut, was das Innere des anderen gerade erwartete, werde ich es immer als *das* Gemeinsame verstehen, auch wenn es der Zufall brachte oder der Moment es bedingte. Es gibt Ahnungen, in denen ich fast schon genau weiß, was der andere jeden Moment tun wird, weil ich es ebenso täte. Und wenn die Dinge dann tatsächlich so geschehen, dürfen sie mir dann nicht als das Verbindende vorkommen, als das, was das Du und Ich zu einem Uns zusammenbringt? Wenn der eine tut, was der andere ahnt, wenn beide tun, was beide ahnen, was bleibt dann noch zu wissen übrig?

Wieder sah ich sie an, noch einmal mehr, und verlor mich in ihrem Sehen … ich küsste sie … wir küssten uns … scheu, zart und vertraut, als hätten wir es schon immer so getan, mitten auf dem Bürgersteig, mitten im Leben, scheißegal.

Wir sprachen anfangs kaum. Die Gegend, das Café, die Menschen – alles Randerscheinungen. Wir waren Tinte und Löschblätter zugleich, schenkten uns einander, sogen uns auf.

Es war schön, Maria zu sehen. Ich sah sie an, sah in ihr das Zuhause, was ich in mir vergebens suchte. Etwas projizierte alles restlos in diese Frau. Wir erzählten, befragten uns über die seienden Dinge und kamen über die Zeit zu unserem ersten Wort, zu unserem Anfang. Wie schön es auch sein mochte, es blieb ein Möbiusband. Ein schönes Möbiusband, das zu verlassen wir nicht willens noch imstande waren. Alles, was wir sagten, war uns völlig klar.

Wie gut hätte es getan, hätte jeder von uns auf eine vertraute Person zurückgreifen können, der wir unsere Geschichte hätten erzählen können. Eine Betrachtung von außen, ein Wort, eine Einschätzung, ein Grad, eine Richtung. Jemand, der uns einen Schubs gab. Aber unser Irrwitz wirkte auch dem entgegen; aus Befürchtung, in eine Richtung geschubst zu werden, die uns nicht schmeckte, sprachen wir mit niemandem. Was bis hierhin gediehen war – und das wussten wir –, konnte man nicht mehr erklären. Es hing zu viel schon zwischen den Ästlein im Baum unserer Gemeinsamkeiten. Das alles hervorzuholen, um es wirklich betrachten zu können, schien unmöglich. Der Versuch, sich jetzt jemandem mitzuteilen, hätte Verwirrung gestiftet und Unverständnis für jeden, der die Geschichte nicht von Anfang an begleitete.

Was für uns wichtig war, mochte für andere unbedeutend sein. Wir befanden uns in den tausendfach beschriebenen Anfängen von dem, was man Liebe nennt. Es gab innere Stimmen, die uns beflügelten, genauso wie sie uns warnten. So sehr es auch hin und her ging, es gab nichts, was lauter war als das Gefühl, zueinander zu wollen, und dennoch geschah es nicht.

Wir sprachen viel über uns, selbstverständlich. Wir wagten in der begrenzten Zeit sogar, Alltägliches zu erwähnen, uns auch über Worte zu unterhalten und wie »komisch« es sei, wie oft man einen Satz mit »Ist es nicht komisch, dass …« beginne, obwohl man eher »Ist es nicht seltsam oder merkwürdig« meinte, denn dabei hatten wir uns schon so manches Mal ertappt. Wir verstiegen uns in Gedanken und Gefühlsdetails. Ich erklärte ihr, dass ich gern etwas anderes, viel Bedeutungsvolleres als »Ich liebe dich« zu ihr sagen würde, dies aber nach Abzug aller Haupt- und Nebensächlichkeiten das wäre, was übrig bliebe. Weiter erklärte ich ihr, dass ich gerade deshalb nichts anderes in mir finden könne. Nur der Alleinklang dieser drei Worte störte mich, wie ein tausendmal gehörtes Lied. Es gäbe etwas, sagte ich ihr, das anders klingt, mich aber um einiges mehr erreicht. In »Ich habe dich so lieb« lag für mich genauso viel und noch etwas Weicheres und Lieblicheres. Für mich war dies echt, aus nicht erklärbarem Grund.

In unserem Gespräch ließen wir uns treiben, fuhren aber auch weit hinaus. Auf dem Teich unseres Umganges miteinander ruderten wir im Boot der Vorsicht aus Balsaholz. Und wir benutzten Hände statt Paddel, um den Teich nicht zu zerschneiden.

Als die Stunde sich anschickte, uns zu sagen, dass wir gehen müssten, fiel ich aus dem Boot. Es war nichts gewonnen, nichts geklärt. Nur das Magnetfeld um uns mit neuem Strom beliefert, der uns einzelnen Figuren aber fehlte. Ich fiel ins Wasser, weil es am Ende keine Antworten gab, keinen erreichbaren Horizont. Marias Existenz blieb wie ein Stigma, das ich selbst hervorrief. Es hatte mich ausgebrannt. Worauf ich hoffte, blieb aus.

Bis Mittwoch hatte ich gewartet.

17

NOTSTROM

Noch einmal entschied ich mich für das vermeintlich Richtige. Nachdem Maria und ich uns für diesen Tag trennten, zwang mich der Rest meiner Vernunft nach Hause, zu meiner gepackten Tasche, zu meinem Auto.

Von hier an lief die Vernunft nur noch mit den letzten Tropfen Diesel in meinem Notstromaggregat. Schweigend, noch ganz in den Eindrücken der letzten Stunden und von einander, verließ ich meine Wohnung. Als ich die Tür ins Schloss zog, als ich die Treppen hinabging, fühlte es sich hinter mir an, als würde jemand mit um sich wütender Kraft die stärksten Äste aus dem Nest herausreißen, das bis dahin mein Zuhause war. Ich hörte es auseinanderbrechen, zerfallend in seine Einzelteile, und ich wusste, es würde ein langer Weg, es wieder aufzubauen. Ich drehte mich nicht um und sah auch auf dem Treppenabsatz nicht hoch zur Wohnungstür. Ich hatte Angst, ein schwarzes klaffendes Loch zu sehen.

Mein Überlebensautomatismus setzte mich ins Auto. Als ich startete, schien ich völlig neben mir zu sein, als zweite Figur, als »neues Ego«, das sich gerade kennenlernte. Ich konnte mir bei allem zusehen. Ich war dabei, ich war nebenbei. Ich ließ geschehen, was die Vernunft mir abverlangte, ich folgte. Wir schlossen die Türen und fuhren los.

Ich fuhr über die längste Straße Berlins, das Adlergestell, raus aus der Stadt, Richtung Südost. Die mäßig belebten Spuren ließen mich unangerührt und leichträdrig durchkommen.

Es war nicht kalt, es war Mittwoch. Eigentlich eine Sommernacht ohne Wunsch; lau, still und friedlich. Und diese Nacht passte so in ihrer Erscheinung nicht zu mir, war das gegenteilige Bild dessen, was in mir kämpfte, was mich beinahe schon aufgegeben hatte. Ich erkannte, dass dieser eine noch funktionierende Widerstand kurz davor war durchzuglimmen, und ich wusste, was dann geschähe …

Die Verabschiedung von Maria verschwamm in den kleinen Wellen der sich ankündigenden Angstwogen. Ich bin kein Freund emotionsschwülstiger Beschreibungen und liebestriefender Gemälde. Und doch erfahre ich eine sprachliche Gratwanderung, die mal hierhin, mal dorthin kippt, unter der Last dessen, von dem ich glaube, es mit einfacheren Worten nicht beschreiben zu können. Den Versuch wäre es wert, ein Buch zu schreiben mit dem Titel *Ich liebe Dich* und die folgenden Seiten leer und weiß zu lassen. Ein weißes Blatt ist ein Geschenk. Es lässt Raum für die eigenen Vorstellungen. Wie viele Seiten dieses Buch wohl haben müsste?

Tauchst du einmal nur in deinem Leben, mit den Zehen nur, ins warme Bad solch dagewesener Augenblicke, wie ich sie bis hierhin mit Maria erlebte, dann wirst du wissen, dass auch du all die Worte von Liebesschwüren und Sehnsuchtsschwere in dir trägst. Wenn eine Liebe nach dir gegriffen hat, die ohne Lüge, ohne Spiel und Zweck, nur um ihretwillen einen unverrückbaren Platz in dir gefunden hat, dann wirst auch du die Worte wählen, von denen du unliebend heute denkst, dass du auf ihnen ausrutschen würdest.

So baute sich vor dem Café das historische Bild dessen in uns auf, was wir als letzten Kuss kennen, mit all seiner Anmut und seinen Wehklängen. Dieser Kuss geschah schon vor Hunderten von Jahren so und er wird niemals, solange wir noch in der Lage sind zu fühlen, vom Aussterben bedroht sein. Wir bewegten uns auf unserem ganz eigenen Terrain, bevor wir eine neue Zeit beschrieben, von der wir nicht mehr wussten, als dass wir in ihr stattfinden würden. Der letzte Kuss schmeckte nach jenem Most, der in den feinen Trauben wartet, die an den schönen Hängen unserer Begegnung wachsen. Ich weiß, ich kenne meine Worte … aber sie schmecken. Und so geschah er, dieser letzte Kuss, an den ich mich erinnere.

Den Weg zu der Klinik, die ich mir am Vormittag herausgesucht hatte, kannte ich. Meine Oma starb dort vor vielen Jahren. Ich hatte sie bis zu diesem Tag noch nicht loslassen können, war aber auch so zerfressen von mir, dass ich sie an diesem Abend nicht mit diesem Ort in Verbindung brachte. Und dort wollte ich nur noch ankommen, mich abgeben, nichts mehr sein müssen, vor allem nicht menschgewordene Gedanken. Was in meinem Kopf umherstieg, Dauerläufe veranstaltete, mich zerfraß, das war von mir nicht mehr zu steuern.

Es wird 23 Uhr gewesen sein, die Baumärkte waren also nicht mehr offen. Mir ein vernünftiges Seil zu besorgen war unmöglich. Vielleicht aber hatte hier auch ein großer Anteil dessen, was versuchte, sich mir versöhnlich zu nähern, seine leisen Wünsche im Spiel. Ein starkes Seil ließ sich immer irgendwo auftreiben oder an einer Baustelle stehlen. Einen Zurrgurt hatte ich im Kofferraum und wusste es. Noch konnte ich wählen. Zwei Optionen nur.

Es war nicht weit bis zum Klinikum. Ich fand einen Parkplatz, stieg aus und mit langsamen Schritten näherte ich mich dem Haupteingang. Bis auf die Rezeption war alles dunkel. Eine ältere Dame saß im kleinen Lampenlicht, sah mich kommen, schenkte mir ihre Aufmerksamkeit und fragte, wie sie mir helfen könne.

»Ich weiß nicht«, antwortete ich, »Sie haben hier eine Psychiatrie?«

Es kam mir noch nicht einmal der Gedanke, dass es mir egal sei, ob sie mich nun vielleicht etwas schräg ansehen würde, und mir kam auch nicht in den Sinn, mich zu fragen, ob ich mir nun blöd vorkommen müsste. Ich war kurz vorm Ende, vor einem gedanklich nicht erfassbaren Ende. Ich wusste, ich brauchte Hilfe. Aber sie sah mich nicht schräg an, sie sah mir an, was nicht zu sagen war. Sie schickte mich mit ruhiger Stimme wieder raus, um das Haus herum, zur Notaufnahme. Da sollte ich mich melden. Die Gegend nahm ich nicht wahr, ging den beschriebenen Weg, kam vor der Notaufnahme an.

Das, was dem noch tickenden Teil in mir zu Hause eingefallen war, hatte er eingepackt. Ein paar Boxershorts und Strümpfe, Zahnbürste, ein Shirt, mehr nicht. Was wusste ich denn, was mich erwartete? Was ich erhoffte, wusste ich hingegen ziemlich genau: Ruhe, unendliche Ruhe, für immer. Vielleicht ein paar Tabletten zum Wegdämmern. Ja, für so lange Zeit wegdämmern, bis mir der Grund, der mich herkommen ließ, nicht mehr einfiele. Dass dann auch Maria verschwunden sein würde, wüsste ich nicht. Ob ich nach solchen Tabletten fragen könnte?

Minutenlang stand ich still, auf selbem Fleck, bewegte mich nicht. In dieser Ruhe entsteht Hospitalismus, entsteht das Hin-und-her-Wiegen der Elefanten von einem Bein aufs andere. Ein Mantra durchfloss mich ohne absehbares Ende, so wie das warme und leise, aus der Tiefe kommende Tuckern eines Schiffsdiesels:

»Ich geh hier nicht weg, ich geh hier nicht weg, ich geh hier nicht weg, ich geh …«

Still stand ich und im jähen Stopp der Gedanken an das Alltägliche tobte Unruhe in mir, Unruhe, die mich hätte rennen lassen bis in meine Sommerfelder. Doch ich sah den Weg nicht, auf den ich mich hätte begeben können. Die Fragmente von Bildern, Empfindungen, Berührungen und Worten des zurückliegenden Tages nahmen mir die Sicht. Sie hatten mich so tief getroffen, sie hatten mich gefunden, ich hatte mich in ihnen verloren. Ich war im Irrgarten des Zwischenmenschlichen gefangen.

Die Notaufnahme war nicht besetzt. Es machte mir nichts aus, ich ging nicht weg, einfach nicht weg.

»Ich geh hier nicht weg, ich geh hier nicht weg, ich …«

Ich stand vor der großen Glasscheibe der Aufnahme, blickte starr auf das, was eben da war, ich bewegte mich noch immer nicht. Es gab für mich in diesen Minuten, wie lange sie auch dauerten, nichts zu denken. Das Gedankenfass war übergelaufen, wurde Sekunde für Sekunde mit dem Gefühl des nicht mehr Aushaltbaren neu genährt. Ich fand den Zugang nicht, nicht den Ort oder den Seelenhahn, mit dem ich dieses Tropfen hätte abstellen können. Ich wusste, wie sehr Gedanken, vor allem die ganz eigenen, einen sprichwörtlich zerfressen können. Und das Zerfressen beginnt immer im Innersten.

Ich weiß nicht, wie viel Zeit verging, bis mich jemand entdeckte und um Antworten bat. Aber diese Fragen gingen an mir vorbei. Meine Hand griff nach meiner Brieftasche, fand die Karte der Krankenkasse und reichte sie durch die kleine Öffnung der großen Scheibe. Dies musste eine Antwort gewesen sein. Wie durch Watte erreichte mich:

»Zehn Euro …«

Die hatte ich gerade so noch dabei. Ich wurde nicht gefragt, was ich hätte, wohin ich wollte, was mir fehlte. Ich sagte nicht mehr als: »Ich geh hier nicht weg.«

Die Frau hinter der Glasscheibe öffnete den Durchgang und führte mich in ein Behandlungszimmer.

»Bitte setzen Sie sich und warten Sie hier.«

Ich nahm die Möbel wahr, den Schreibtisch, den Arztschrank. Alles modern und maßgefertigt. Ich sah es so, wie man Luft atmet. Ich sah alles und es ging mich nichts an. Ich sah es mit Augen, ohne Verstand. Eine Stimme mit ausländischem Akzent berührte mich: »Warum sind Sie hier?«

Ich konnte nicht antworten, meine Stimme trotzte, wollte keinen Laut von sich geben. Das war ja alles nicht ich, oder doch, ach Mann, Scheiße.

»Sie müssen schon mit mir reden, ich weiß sonst nicht, was ich mit Ihnen anstellen soll«, drang der ausländische Akzent wieder zu mir.

Eine lange Pause beherrschte den Raum, dunkel war es draußen und die dunkle Stille saß mit mir auf dem Stuhl. Da fühlte ich mich unendlich geborgen und wohl.

»Eine Frau. Eine sehr schöne, sehr wundervolle Frau«, konnte ich sagen, »deswegen bin ich hier.«

»Und was ist mit dieser schönen Frau?«

»Sie ist da, in meinem Leben, und doch nicht da und, ach … ich habe keine Worte, keine Kraft. Ich möchte schlafen, endlos schlafen. Kann ich, darf ich? Bitte, lassen Sie mich schlafen.«

Ich sollte mich auf eine Liege legen, nicht zum Schlafen, das wusste ich. Vorher noch das Hemd aus wegen der Kurzuntersuchung, selbstverständlich. Sie tastete und klopfte.

Es gäbe so viele Frauen, sagte sie und recht hatte sie und ich solle mir doch eine Asiatin zulegen, die wären treu und so. Und auch wenn sie hundertmal recht hatte – alles, was sie sprach, was sie von sich gab, schien mir wie aus Langeweile Erbrochenes, war Mist. Aber es war dann auch nicht einmal mehr das, denn es kam durch tausend Siebe gefiltert ganz dicht nur vor mir an, streifte mich kurzzeitig, blass nur nervend.

»Hier, nehmen Sie die Tablette.«

Ich haderte etwa dreißig Stunden lang, dann nahm ich die Tablette.

Gehorchen gehörte zu den unwillkürlichen Reflexen und die funktionierten auch ohne mich, wenn auch stark verlangsamt.

»Die Station ist voll. Es wird Ihnen nicht gefallen. Vielleicht bekommen Sie ein Bett auf dem Flur …«

Der Flur interessierte mich nicht, nichts interessierte mich. Ganz leise war ich mit mir, ganz leise brachte man mich in ein anderes Haus.

Eine Treppe stiegen wir hinauf, vor einer dicken Glastür blieben wir stehen, bis man uns öffnete. Ich kann heute nicht mehr sagen, wer »uns« war. Ich war das bis ins I-Tüpfelchen ausgeklügelte Gegenteil dessen, was man hinlänglich und den Gehalt der Worte nicht achtend als »neben sich stehend« bezeichnet. Katatonie birgt eine gewisse Ähnlichkeit zu dem in sich, wie mir zumute war. Meine Haut hielt mich fest und all den Unrat, der zu mir gehörte.

Ich wurde an das Ende eines Ganges geführt, in dem mehrere, hintereinanderstehende, frisch bereitete Betten mit Plastefolien überzogen standen. Ein moderner Flur, viel Holz, viel Glas, dicke Fenster, die bis zum Boden reichten. Eine spanische Wand stellte man auf, dies registrierte ich noch und dass man mir deutete, mich schlafen zu legen. Die Tablette tat ihr Werk, die Spule des Denkens lahmte, blieb stehen. Der Tag, das Wir und Ich kamen zum Erliegen.

Das erste Mal auf einer Gaga-Station ... War ich auch gaga geworden? Die letzte Zeit hatte mich gehetzt, die Moderne macht es möglich und ich bediente mich ihrer Möglichkeiten. Wie sollte ich denn noch, außer zu einem besonderen Anlass oder Zweck, Briefpapier benutzen können? Wie sollte ich das Warten der Postwege erdulden, wenn ich doch wusste, dass es einen viel schnelleren Weg der Mitteilung gab. Mich auf Altmodisches zu disziplinieren erlaubte mir die Schnelllebigkeit nicht und auch nicht mein Drang, auf eine Antwort einfach nicht längere Zeit warten zu können. Aber genau dies sind die Dinge, die einen kaputt machen.

Der Tank vom Überschallauto war leer. Ich war eingestiegen und losgefahren, ohne den Wagen zu kennen. Gut – Kupplung, Gaspedal, Gangschaltung, das war klar. Aber es gab auch einen Bremsschirm. Doch den hatte ich erst hier gefunden.

Ich wachte im lichten Tage auf. Direkt neben meinem Bett, im Flur, die Tür zu einem Bad. Ich machte mich fertig, wie es eben ging, setzte mich auf die Bettkante und überließ mich dem, was kommen mochte. Es kam lange nichts und es störte nicht. Ich hatte keine Eile mehr, keine Gedanken.

Aber es gab eine, die sich immer wieder zeigte, die immer wiederkam und da war. Unter keinen Umständen wollte ich, dass sie von meinem Aufenthalt hier erfahren würde. Vom Wunsch in schwarzer Gestalt, vom Raben, der mich vor Tagen schon väterlich unter seine großen Schwingen genommen hatte, erzählte ich ihr ja auch kein Sterbenswort. Der Wunsch war der meine, hatte mit Maria nichts zu tun. Sie fand »nur« die »richtigen« Worte, war der Flötenton in Hameln, der das Wunderbare, aber auch die Ratten in mir weckte.

Wie erzählt man einer jungen Frau, die man in ihrer Gesamtheit begehrt, die aus verschiedenen, aber nicht einfach ablegbaren Gründen nicht bei einem sein konnte, dass sie einem so sehr fehlt, dass man deshalb in Befriff war, sich aufzulösen? Was bliebe in einer Frau zurück, der man dies erzählte? Würde sie sofort alles stehen und liegen lassen und sagen »Darauf habe ich gewartet«?

Ich rief Grita in meinem Taumel an, lieferte Fakten ab und bat um Weiterleitung. Für Administratives war ich nicht zu gebrauchen, das gehörte in eine Welt, in der ich gerade nicht stattfand. Ich konnte die gute alte Freundin beruhigen und ihr vergewissern, schutzummantelter Draht im kleinsten meiner Stromkreisläufe zu sein, mit immer noch altem, aber aktivem Widerstand, reduziert auf die minimalsten Bedürfnisse.

Ich sah mir nicht mehr ähnlich, aber hätte ich mir ähnlich gesehen, hätte ich mich am Morgen nicht bei Maria gemeldet. Ich versuchte, Reiz- und Schlüsselwörter zu vermeiden.

Paul: *Guten Morgen. Die Sonne lacht. Geh raus in den Tag und lach auch Du. Ich wünsche Dir alles Liebe!*

Maria: *Was wir gestern sprachen, hatte nur den Sinn, ausgesprochen zu werden, wenn dies denn ein Sinn sein kann. Keine Richtung haben wir gefunden. Du nicht, ich nicht. Ich kann nicht gehen, nirgends hin, will nichts entscheiden, weil es für mich keine Frage von Entscheidungen ist. Aber genau das verlange ich im Grunde doch von mir wie von Dir. Auch Du schaffst es nicht, mich zu verdammen, mich zu meinem Freund (und gerade weiß ich nicht, ob es einen Unterschied in dieser Bezeichnung für euch gibt) zu jagen, zu sagen: »Lass mich in Ruhe.« Du quälst Dich. Versetz mir doch diesen Schlag. Ich kann es nicht. Ich habe kaum geschlafen, bekomme schon wieder nichts zu essen hinunter … So sehr fehlst Du mir. So sehr bin ich verzweifelt. So sehr weint meine Seele … Wie soll ich in der Galerie arbeiten können, zwischen all den Bildern, die mit Deinen Worten gemalt sind? Ich habe diesen Maler gefunden, nicht gesucht. Die Worte gestern, nicht geschrieben, Finger an Finger, nicht zu dicht (als wenn es überhaupt noch dichter ginge), sie klingen in mir nach, so sehr. Und immer tiefer siehst Du, gehst Du … Ich kann Dich nicht hassen und will Dich nicht lieben. Das versteht doch kein Menschenkind mehr. Tief berührt von Dir und Deiner Seele, Deine Maria*

Paul: *Ich bin bei Dir, so sehr ich es vermag. Dein Paul*

Maria: *Danke. Ich danke Dir so sehr. Bist ein Geschenk für mich! Muss jetzt in die Galerie. Deine Maria*

Ich hörte nicht die kleinen Regsamkeiten, das kleine geschäftige Tun auf der Station, die bereits ihren Betrieb aufgenommen hatte. So hörte ich auch nicht die Schwester, die plötzlich vor mir stand und mich dennoch nicht erschreckte, da alles nur mit Verzögerung bei mir ankam. Das gefiel mir und ich übte mich darin, mir den Namen des Medikaments einzuprägen. Ich folgte der Schwester langsam, als sie mich zu einem der Aufenthaltsräume führte, sah nicht nach rechts und nicht nach links, weil rechts und links gar nicht da waren. Ich platzierte mich weit hinten, abseits der »Verrückten«, suchte nichts und niemanden, wollte, dass diese Ruhe blieb. Und ich durfte »Verrückte« denken, ich stellte mich ja hinten an ihre Schlange an. Aber ich war nicht verrückt, im Gegenteil. Es gelang mir selbst nicht, mich auch nur ein Stück zu verrücken, heraus aus dem Kreis, in dem der Teufel tanzte, sich die Katze in den Schwanz biss. Ich war an einem Punkt in mir angekommen, an dem es einfach nicht weiterging.

Mit Nebel im klaren Verstand, aber mit Hirnratten im Labyrinth der Entscheidungsfindung drang eine Frage der Stationsschwester zu mir, die erste Frage, die ich seit meinem Eintreffen bewusst wahrnahm: »Hat von Ihnen noch jemand was auf dem Herzen?«

Mein erster Tag auf der Station einer psychiatrischen Tagesklinik. Ganz ungebremst stieß mir diese Frage an den Kopf. Die Mehrzahl der hier Untergebrachten war im Frühstücksraum versammelt.

»Hat von Ihnen noch jemand was auf dem Herzen?«

Ich schüttelte ganz für mich den Kopf, nicht aus Verneinung, nein, aus völligem Unverständnis über diese absurde Frage. Als ich registrierte, dass ich diese Frage für mich nicht so stehen lassen konnte, mich innerlich darüber aufregte, wusste ich, dass ich nicht bekloppt war, nicht, wie die anderen, hierher gehörte. Ich brauchte ja nur eine beaufsichtigte Auszeit, ein paar Tabletten fürs Erste vielleicht und gute Sätze mit Ankunft und Platz in den Hallen der Beständigkeit. Der innere Doktor würde sie schon finden, ihm selbst war am meisten an seiner Genesung gelegen.

18

PAUSE

Ich gehe raus, lasse die Doktoren sprechen. Habe Durst. Gleich hinter der großen Milchglastür der Raum mit den Kühlkammern. Hier brennt immer nur eines von zwei Deckenlichtern. Ich entsorge meine benutzten Handschuhe und die Schürze und sooft ich den Saal verlasse, sooft wechsle ich hier die Schuhe. Hier werden die Toten zurechtgemacht, in den Sarg gelegt. Kein Tor zu einer anderen Welt, nur Übergang.

Die nächste Tür mit großer durchsichtiger Scheibe führt durchs Archiv. Hinter ihr entdecke ich eine Menge Arbeit, die auf mich wartet. Der kurze Weg vom Saal zum Aufenthaltsraum birgt immer etwas in sich. Blitzschnelle Verarbeitung des Wahrgenommenen oder Zeit für neue Gedanken, manchmal beides zusammen und dann eine daraus entstandene Erinnerung. Diesmal nehme ich Berge aufeinandergestapelter Pappen wahr, auf denen Objektträger liegen. Sie müssen ins System eingeordnet werden. Auch mein Job. Hunderte Pappen, jede einzelne mit Platz für vierundzwanzig Objektträger. Sie haben sich angesammelt in kürzester Zeit, wachsen täglich, wenn ich mich nicht darum kümmere. Nummeriert muss ich jedes einzelne kleine Glasteil einsortieren, in große metallene

Schubfächer. Mit denen gibt es Schränke en masse. Jede Nummer muss stimmen. Es scheint einfach bei Fall eins zu beginnen und am Ende des Jahres irgendwo bei Fall zwanzigtausend aufzuhören. Jede Nummer hat Unternummern, Sonderzeichen, Buchstaben. Ein einziger Fall kann durchaus sechzig Objektträger haben. Nach drei Stunden Sortieren machst du Zahlendreher, irgendjemand hat aus Versehen eine ganze Reihe falsch beschriftet, aber ich weiß es nicht, weg ist der Fall. Es sind ohne Übertreibung Millionen von kleinen Gläsern. Einmal falsch wegsortiert, sind sie nur durch Zufall oder nie wiederzufinden.

Jeder Berg jeden Tages wäre zu bewältigen, wenn man mich ohne Murren ließe. Man hat immer etwas Wichtigeres für mich zu tun. Irgendwann werden aus dem Berg Berge, Gebirge, vor denen ich angesichts ihrer Größe und ohne Sherpas verzweifle. Eine sachliche Verzweiflung, enervierend, aber lösbar. Monoton, Stunde um Stunde jeden Tag jeder Woche, jeden Monats, jeden Jahres vorsortieren und einordnen. Am Ende des Jahres noch einmal alles umsortieren, um Platz zu schaffen für die nächsten etwa zwanzigtausend Fälle. Als ich die Stapel sehe, weiß ich plötzlich, dass ich gar nichts mehr muss. Aus »muss« ist »müsste« geworden. Mein vor niemandem außer mir abgelegter Schwur, dass nichts bleiben würde, wie es war, legt sich wie Staub auf alle Pappen und deckt sie damit zu, weil ich weiß, dass es für mich hier kein Morgen mehr gibt.

Ich lache an den großen Stapeln vorbei, raus auf den Flur, visiere die manuell zu betätigende Automatiktür an, der Summer ist schon eine Viertelewigkeit kaputt. Etwa fünfzehn Meter liegen hinter mir, fünf noch vor mir bis zum Aufenthaltsraum. Nur zwanzig Meter also schaffen es manchmal, dass ich ganz woanders bin. Ich will hierbleiben, bis die Ärzte wieder verschwinden, und begrüße meinen mittlerweile alten Kaffee vom Morgen. Dass er alt geworden ist, kommt mir entgegen, ist mir Sinnbild dessen, wie viele Jahre ich heute Vormittag im Saal verbracht habe. Ich koche keinen neuen Kaffee, kippe ihn nicht weg, trinke ihn kalt.

Während ich im Kopf nachschmecke, ob und wie mir kalter Kaffee schmeckt, klingelt mein Telefon. Ein Bestatter fragt, ob wir mit der heutigen Sektion schon fertig seien und er die Leiche abholen könne. Ich antworte: »Moment« und frage mich, ob ich das so möchte. Ich kann's entscheiden.

»Heute noch soll sie abgeholt werden«, sagt er.

Der Gedanke springt mir ein paar Mal durchs knöcherne Dach … »Heute noch« … und ich würde da sein. Dabei sein. Zog nicht alles, was ich heute wollte, und alles Geschehene des Tages dies als willkommenes Fazit mit sich? Hatte ich mir das nicht zwangsläufig aufgebrummt? Ich könnte sie tatsächlich verabschieden, mich verabschieden, ohne sie hier in der Kälte zurückzulassen, wenn ich hier morgen nicht mehr erscheine. Ich hänge noch einen Augenblick fest, im nicht ausgesprochenen Wunsch, gerne ein paar Minuten mit ihr allein zu sein. Dann antworte ich, dass alles so gut wie erledigt sei, er in einer Stunde etwa hier sein könne.

Ich lege auf, trinke noch einen alten Schluck.

Neonlichtbrummen … ich bin ruhig. Es scheint, als wäre vieles aus dem Heute auf den zwanzig Metern vom Saal bis hier auf der Strecke geblieben. Ich fühle mich gut, sehe mich hier, sehe sie dort, als hätten wir nie etwas miteinander zu tun gehabt. Da ist plötzlich ein Abstand, als ginge es um nur eine von vielen Sektionen.

Ich will durchdrehen. Gerade als die Gedanken geordnet und annehmbar scheinen, sie den Anschein haben, als führten sie zu einem Umgang mit ihr, frei von Melancholie, da haut das Gewissen dazwischen und gestattet mir nicht, mich gut zu fühlen.

»Halt doch endlich mal die Fresse«, brülle ich meinen Kopf an. Ich versuche, mich an einem anderen Gedanken festzuhalten, suche einen Punkt, der mir dieses Querfeldeindenken erklärt und es verhindert. Katzen sollen beruhigend wirken. Gut, denke ich an Pommes und Fritz … Klappt nicht.

Ich denke an einen Mann, der hieß Schrödinger. Er stellte sich eine Katze in einer Kiste vor. In der Kiste gab es auch einen instabilen

Atomkern, der nach seinem Zerfall durch eine Konstruktion ein Giftgas freisetzen würde. Aber niemand wusste genau wann. Ab einem bestimmten Zeitpunkt also war die Katze beides, nämlich tot und lebendig. Was sie tatsächlich sei, darüber bestimmte der, der die Kiste öffnete und mit seiner Betrachtung den Istzustand verkündete.

Wer will da schon die Kiste öffnen, will schuld am Tod einer Katze sein? Mein Gedanke, an dem ich mich festhalte, ist der zu wissen, dass zur gleichen Zeit alles möglich ist. Damit beruhige ich mein Gewissen.

Ich habe mir in den letzten Stunden einiges erlaubt, vielleicht zugemutet, und ich kann den Unterschied zwischen dem, was ich wollte und dem, was ich musste, nicht finden. Er steckt in der Kiste. Eine Melange des freiwillig Auferzwungenen.

Ich verschränke die Arme auf dem Tisch und lege meinen Kopf darauf. Zwei-, dreimal atme ich tief durch. Meine Ohren machen nach außen dicht, hören innen laut das Füllen der Lungen, das Herz. Meine Augen sind offen, sind zu nah an der Tischplatte, als dass ich Muster oder Strukturen erkennen könnte. Sie werden müde und verführen mich zu einem Nickerchen …

Doch dann wird es hell um mich herum. Jemand hat das große Licht eingeschaltet. Ich warte, aber niemand spricht mich an. Also lasse ich meinen Kopf, wo er ist. Der Chef kann's nicht sein, das hätte ich gehört. Bei dem hätte ich vielleicht noch gezuckt. Es passiert nichts, kein Ton, kein Geräusch. Entweder hat jemand viel Zeit oder es ist nur ein technisches Problem und es wird gleich wieder lullerig.

Ich versuche, an der Tischkante vorbei auf den Fußboden zu sehen, um mich zu orten. Aber da ist kein Fußboden mehr, da ist nur Licht.

Ich hebe meinen Kopf und stöhne: »Maaaann, muss das jetzt … sein?«

Es gibt keinen Raum mehr, keinen Tisch, kein Neonlichtbrummen, keinen alten Kaffee. Nur gleißendes Weiß. Ich sitze in einem alten Sessel und das Weiß meiner Arbeitskleidung lässt sich vom hellen Licht um mich herum kaum unterscheiden. Mir ganz dicht gegenüber sitzt ein Mann im gleichen alten Sessel. Das glaube ich jedenfalls. Die Arme auf den Lehnen, ein Bein über das andere gelegt, lächelt er süffisant. Er trägt Sachen, die ich so und in dieser Kombination noch nie gesehen habe. Der linke Schuh passt nicht zum rechten, ebenso wenig wie die Strümpfe zueinander. Hose, Hosenträger, Gürtel, Hemd, Mantel, Schal. Alles aus merkwürdigen Stoffen, die organisch, lebendig wirken. Sind die Schnürsenkel etwa Regenwürmer? Er sieht kunterbunt aus, aber keinesfalls lächerlich. Sein Gesicht ist gerade eben noch Mann, da ist es schon wieder Kind, dann Baby, Mädchen und dann wieder Greis. Es wechselt ohne Unterbrechung.

»Hare Hare, Hare Krishna«, singt er kurz, mit ernstem Gesicht, und wartet. Dann lacht er aus allen Nähten. »Ha, kleiner Scherz …«

Das Alter und das Geschlecht seiner Stimme wechseln mit denen der Gesichter, aber nicht dazugehörig. Ich kann weder lachen noch antworten.

»Ich sehe dir schon eine ganze Weile zu … Freundchen. Dir … euch allen. Du machst und tust, grübelst hier, grübelst da, suchst Sinn und Antworten. Na ja, wie viele andere eben auch. Nach euren Begriffen machst du ja auch alles gut. Fein, fein. Mach dir also keine Gedanken. Ich wollte dich nur mal kennenlernen.«

Er beugt sich vor und reicht mir die Hand. Ich bleibe, wo ich bin.

»Ach komm … nimm schon. Was soll passieren? Wir sind doch Kumpels. Ich sehe, wie es in dir ackert. Allein die Anstrengung deiner Gedanken um mich könnten dich schon umbringen. Ich hab es in der Hand, dein Herz. Denn gerade bin ich dein einziger Gedanke. Ich bin dein Herzinfarkt. Also wenn ich wollte … Aber wie hast du irgendwann so schön gesagt ›An Herzversagen stirbt man nicht‹? Stimmt! Wenn nicht an irgendeinem Siechtum oder irgendeiner Pest, was natürlich ich euch alles beschert habe, dann bringt ihr euch mit Fragen um. Warum dies, warum das. Euer Dasein und der Sinn. Ich sage dir etwas: Begnüge dich damit, hier zu sein, und mach! Oder lass! Es ist beides dasselbe.«

»Was?«, frage ich ihn leicht verzweifelt und hoffe, dass er der ist, der die Antwort hat. »Was?«

»Was?«, äfft er mich nach. »Was?«

»Ja, was?«, frage ich lautstark nach. »Was, was, was?«

»Das ist doch egal, ihr macht es doch sowieso. Es gibt keinen Sinn! Sieh doch mal. Welchen Sinn hätte denn die Frage nach dem Sinn? Die Antwort ergäbe kein Resultat, sondern diente nur eurer Beschäftigung damit. Denn ihr könnt einfach nicht wahrhaben, dass ihr ohne Zweck auf die Welt gekommen seid. So oder so geschieht alles, was geschieht. Und es reicht völlig. Der ganze andere Schmus ... Bete ein Kreuz an, häng dir einen Stern um, bastel dir einen Sichelmond aufs Dach oder krakel dir sonst was für niedliche Symbole ... pfff.«

Ich lehne mich zurück und versuche zu entspannen, aber es ist nicht drin. Es ist so hell, dass ich die Widerworte, die ich vielleicht fände, nirgendwo festmachen kann. Da ist nichts, was mich von ihm ablenken könnte. Von ihm, von ihr, von ...

»Was willst du von mir?«, will ich wissen. »Du bist doch nicht einfach so hier. Was ist? Soll ich mitkommen ... oder was?«

Als ich es frage, sackt die Amperezahl in meinem Stromkreislauf zusammen. Meine eigene Frage weist auf einen heimlichen Gedanken hin. Ich will die Frage anders stellen, frage ihn: »Darf ich heute mit dir gehen?«

Er denkt still darüber nach, fokussiert mich.

»Willst du das?«, fragt er dann und quetscht mit einer Handbewegung in der Luft kurz, aber heftig mein Herz.

»Lass das!«, ziehe ich mein Gesicht zusammen und werde aus Gleichmut frech. »Ich weiß es nicht. Manchmal ... Du nörgelst und lachst. Stehst du da nicht drüber? Du stehst doch auch über dir, sieh dich doch an. Wie du aussiehst!«

Während sein Körper im Sessel ruht, taucht blitzartig, ohne jede Bewegung sein Gesicht ganz nah vor meinem auf. Er flüstert: »Obacht, Schulz, ich kann auch anders … Buuu.«

Dann ist er wieder bei sich, ist amüsiert, lacht.

»Aber wer hat uns all diese Fragen gegeben? Sein, Nichtsein, Dasein, Dingdong und Poltergeist? Warst du das?«

»Vielleicht … Womöglich lebtet ihr sonst tatsächlich ewig. Aber darauf kommt es doch gar nicht an.«

»Aber …«

»Ksss, nicht dazwischenreden … Ihr wiederholt euern Quatsch ohne Ende. Ihr seid so blöd. Also echt mal.«

»Aber …«

»Hör auf! Ich rede, ich diskutiere nicht. Mit eurer Sinnsuche geht ihr mir schon manchmal auf den Geist … ein wenig. Aber sei's drum. Glaubt, woran ihr wollt. Mi casa es su casa«, lächelt er verwegen, aber nicht bösartig.

Trotzdem will ich wissen, was er will, hier, von mir.

»Noch mal: Willst du, dass ich heute mit dir komme?«

»Quatsch. Nee, lass mal. Du hast doch schon getan, was ich will. Soll denn alles, was du gemacht hast, für mich oder die Katz gewesen sein?«, grinst er und zeigt mir seine strahlenden Zähne. »Was ich will? Genau das, was du gerade kläglich versuchst: entspannen. Okay, ich weiß, mein Auftritt wirkt nicht gerade wie ein Joint. Soll ich noch mal kommen, es ein wenig dunkler machen? Alles ganz traurig und schwarz, ja? So wie ihr mich seht und erwartet? Huuu … Das Licht blendet ein wenig, was? Aber so bin ich. Hör zu: wegrennen, annehmen, wegrennen, annehmen … Es ist nichts von beidem, wenn *du* tust, was *du* willst. Und heute hast du dir diesen Kick verpasst. Deshalb halte ich dir immer noch meine Hand entgegen.«

Was soll's, denke ich, und: scheiß drauf.

»Na dann … auf gute Zusammenarbeit«, reiche ich ihm meine Hand.

Mein Bein zuckt unwillkürlich und haut gegen den Tisch. Ich sitze schlagartig gerade. Es ist dunkel. Nur das kleine Neonlicht brennt und brummt, vor mir steht der Kaffee. Ich greife schnell nach ihm, denn ich brauche etwas Begreifbares.

19

PILATESBALL

Nur kurz wurde ich einem Arzt vorgestellt und der stellte sich vor, dass ich zunächst eine Woche bliebe. Ein paar Gruppen sollte ich besuchen, mit Therapieplan und dann sähen wir schon weiter.

Zwischendurch immer wieder die Hand am Handy, meinem was weiß ich schon wievieltem Ich. Ich stellte es auf lautlos in der Furcht, man könnte es mir abnehmen.

Eine Weile stand ich im Flur, wusste nicht, wo ich sonst hätte stehen können. Nach Sitzen war mir nicht zumute, denn es fühlte sich an wie »sitzen bleiben«.

Wieder kniete ich mich in alles Gedachte, Gesprochene und Geschriebene, bis ich darin verschwand. So war es ja auch, ich war gar nicht mehr da. Nur langsam war es mir möglich, mich umzusehen, meine Umgebung wahrzunehmen. Ich war so weit noch beisammen, dass ich wusste, wo ich war. Es steckte Neugier in mir – ich war in einer Klapsmühle. Ich sah mir die vorbeihuschenden Gestalten an, ließ meinen Blick auf ihnen ruhen, ohne sie anzustarren oder mich überlegen zu fühlen. Aber dass ich hierhergehörte, einstweilen, war mir klar. Es gab tatsächlich murmelnde Gestalten, ganz überglücklich wirkende und ganz still sitzende, mit starrem Blick aus dem Fenster. Niemand lief im

Nachthemd umher, niemand tänzelte den Flur hinab, niemand war irgendwo festgebunden. Andererseits interessierte es auch niemanden, ob man barfuß umherlief oder seltsam gekleidet war. Das Einzige, was zählte, war das Achten aller Ichs, die hier unterwegs waren.

Man fand ein Zimmer und in diesem Zimmer ein Bett für mich. Das war's im Grunde. Es fanden in der kommenden Woche, die ich blieb, keine therapeutischen Gespräche statt.

Madeleine, ein blonder kleiner Quirl von etwa dreißig Jahren, sprach mich an. Sie erklärte sich bereit, mir zu zeigen, wie hier wie, wo, was langging. Essen, Rauchen, Fernsehen, Abhauen und so.

Ich fühlte kurz so etwas wie Normalität. Hier. Haha! Aber ja, ich nahm das Angebot an, war gespannt und hoffte, dass mir dies hier in irgendeiner Weise etwas brächte. Allein zu wissen, dass ich hier unter Beobachtung stand, schützte mich vor mir selbst. Aber die Angst blieb. Als ich verstanden hatte, wie man hier abhauen konnte, rechnete ich mir aus, wie lange ich wohl nach Hause bräuchte und zurück. Das lag im zeitlichen Rahmen des Machbaren. Ich düste los, um mir noch Wäsche und Krimskrams zu holen.

Ich bog in meine Straße ein, stellte das Auto ab und sah zu, ungesehen in meine Wohnung zu gelangen. Nicht einfach, wenn die Mutter direkt gegenüberwohnt. Hätte sie mich hier gesehen, wäre ihr dies zu Recht seltsam vorgekommen. Auf ihrem Plan der Normalitäten stand in dieser Stunde, dass ihr Sohn eigentlich auf Arbeit sei. Diesen Plan wollte ich auf keinen Fall durchkreuzen und damit Fragen hervorrufen, die zu beantworten ich nicht den kleinsten Nerv gehabt hätte. Mich zu erklären hatte ich so oft schon in der Not gestanden und war stets daran gescheitert. Und auch in Notlügen hätte ich mich nicht wälzen wollen … aber müssen, um nicht zu beunruhigen. Unbehelligt kam ich in meine Wohnung. Autokinoleinwandgroß überraschte mich plötzlich wieder das Problem, meine Mutter nicht unnütz in die Angelegenheit zu involvieren. Aber die Kater mussten gefüttert werden!

Fürs Erste tat ich dies, machte ihr Klo sauber. Sachen und Krimskrams waren schnell in Tüten verstaut. Schneller als ich hierher gefahren war, raste ich zurück. Ich wollte wieder ins fremde Nest. Dieser ungewohnte Ort begegnete mir mit Sicherheit. Das tat gut. Und an allem, was guttat, hielt ich fest.

Ich räumte meine Sachen in meinen Schrank. Zum ersten Mal nahm ich meinen Mitbewohner wahr. Er lag auf der Seite, das Gesicht zur Wand, nicht zugedeckt, in Straßensachen, wie man so sagt.

Grita meldete sich. Rapport: Der Arbeitgeber sei informiert, die Mutter auch, die Kater würden versorgt.

Ein paar Hürden weniger, die mich Anstrengungen biblischen Ausmaßes gekostet hätten. Ich hatte für kaum noch etwas Nerven, am allerwenigsten für mich. Ich war beruhigt, in der Klinik zu sein, und froh, dass es Grita gab.

Und zum kleinen Glück gab es auch Madeleine. Sie brachte mir einen Zettel mit Terminen. Muskelrelaxation, therapeutisches Schreiben, Musiktherapie und gymnastisches Turnen. Ich lehnte mich sofort auf und sagte: »Ich bin doch nicht verrückt.«

»Doch«, lachte Madeleine, »bist du, und wie. Und du gehst mit.«

Wie im Einzelnen jede Stunde im Lauf der Woche ablief und wirkte, verliert sich in Nebensächlichkeiten. Allein die gewonnene Sicht, in dieser morddurchdrungenen Zeit etwas gefunden zu haben, das mich davon hatte abbringen können, ganztägig finster zu denken, war mir sehr wertvoll. Es war also möglich, meine kontrahierenden Insassen mit verschiedensten Beschäftigungen zu bemogeln, indem sie sich mit den für sie typischen Thematiken auseinandersetzen mussten. Das war der Anfang dessen, was einen jeden in mir langsam an seinen ganz eignen Platz zurückführte, ohne dass sie einander wieder massiv im Wege stehen würden.

Einzig das gymnastische Turnen kommt mir noch so vor, als hätten alle Therapeuten hinter dem großen halb durchlässigen Spiegel gewartet, um sich mal über uns lustig zu machen und sich halb tot zu lachen. Ich lache mit ihnen, im Angesicht meiner eigenen witzigen Figur. Ich sehe mich noch heute barfuß neben einem großen Gymanstikball in Bonbonfarbe stehen. Hätte mich Madeleine nicht gezwungen mitzugehen und wäre sie nicht auch dageblieben, um mein kopfschüttelndes Lachen mit ihrem kopfschüttelnden Lachen aufzufangen, dann wäre mir etwas entgangen. In aller Dämlichkeit, in der ich mich sah, die mich nicht ganz dicht erschienen ließ, steckte aber etwas sehr Ernstes. Innerer Doktor, Schweinehund und Schreiber, großer und kleiner Paul – sie alle lachten sich gesund und kaputt auf diesem albernen Ball. Aber sie verstummten kurz, als man ihnen vorhielt, wie schlecht sie manchmal mit sich umgingen. Ich lache noch heute über Menschen mit großen bunten Pilatesbällen. Ich darf das. Aber ich werde mich an alles erinnern, wenn der Ball wieder auf mich zurollen sollte.

Mein Mitbewohner trug seit drei Tagen dieselben Sachen. Er schlief darin, er lebte darin, darin lebte schon etwas. Ich musste raus.

Es waren immer nur Minuten, in denen ich mich nicht selbst aushalten konnte, aber diese Minuten kamen oft. Ich ertrug diese Sehnsucht nicht. Die Sehnsucht nach diesem Zuhause, unter dem ich etwas anderes als nur vier Wände verstand. Ich streunte durch Flure und Räume. Setzte mich hier- und auch dorthin, ging weiter, blieb stehen. Der Tag segelte davon.

Madeleine fragte mich, ob ich mitkäme, Tischtennis spielen.

»Jep«, sagte ich und riss mich von nichts los.

In der Schleuse warteten wir, der Türsummer summte, wir waren frei. Am Stück durften wir eine Stunde draußen toben, in der Gegend, nicht weit weg bitte. Und dann wieder melden.

Wir liefen fünf Minuten bis zur Platte, die anderen Kloppis waren schon da.

»Chinesisch?«

»Chinesisch!«

Wir fegten um die Platte, als gäb's kein Morgen mehr. Ich wollte nicht rausfliegen. Rausfliegen bedeutete Pause. Pause war Möglichkeit zum Denken. Denken war der Griff zum Schmerzmittelschrank. Rausfliegen bedeutete Platz für Schmerzen schaffen. Ich strengte mich an, richtig an.

Wir alle rannten um die Platte aus Beton. Einer, achtzehn Jahre alt und schon lange bedenkenloser Kiffer. Eine andere, siebenunddreißig Jahre alt mit arbeitsbedingtem Burn-out. Wieder eine andere fünfundzwanzig Jahre alt, schizophren. Sechsundvierzig Jahre, ich.

Wir spielten Chinesisch. Chinesisch und Ferienlager. Wir tranken, schwitzten, spielten, tranken, schwitzten. Niemand kiffte, niemand burnte, niemand teilte sich, niemand ichte. Wir waren in unserem tiefsten und persönlichsten Zuhause. Die Stunde war fast rum, »Mutti« rief, wir mussten rein.

Am Abend kam Grita vorbei. Sie fragte nichts, denn sie sah mich ja. Und wir kannten uns schon so lange. Aus der Schule, immer noch und immer wieder. Als wir Teenager waren, gab es eine Luft um uns, die zu brennen vermochte, ein Funke nur hätte genügt. Diese Luft, so beschlossen wir unausgesprochen vor Jahr und Tag, füllen wir in Luftballons. Große, bunte Ballons in einem Himmel ohne Haken und Spitzen. Dort fanden wir uns in jener Freundschaft, von der Harry Sally versprach, dass es sie nie geben würde. Wir verschwenden keine Gedanken an »was wäre wenn«. Sie brachte mir eine Zeitschrift mit. *Männerlifestyle* mit einem Rückblick auf den großen Hemingway und seinen Selbstmord. »Lifestyle«, das war der erste Brüller, der mich seit Langem erreichte.

Dann ging sie, irgendwann, und ließ den Abend rein. Es gab keine Tabletten, keine rosa Pillen oder blaue, keine. Ich schlief ein, wachte auf, schlief ein, wachte auf …

… und erlag dem morgendlichen Fehlstart. Hirnstarre. Ich war aufgehoben, aber nichts änderte sich. Wie auch? Mein Denken reichte nicht über das Sehen der eigenen Problematik hinaus und ich fror damit ein. Immer wieder holte mich das Mantra des »Ich kann nicht mehr« und »Wie soll ich's aushalten?« ein. Es holte mich so oft ein, dass ich es kaum mehr ertrug. Ich schwamm in meinem eigenen Sodbrennen. Die Platte leierte und leierte und hatte einen gewaltigen Sprung, an dem der Arm der Gebetsmühle immer wieder hängen blieb. Und alles war mobilisiert, dass ich nicht entkommen konnte. Ich hätte brechen können, vorzugsweise meine ganzen Ichs erbrechen mögen, bis zum Grund unter meinen Fußsohlen. Und sicherheitshalber noch eine Psychochemotherapie hinterher, um auch ja zu gewährleisten, dass nicht mehr eine einzige Zelle des Widerlichen in mir war.

Im Zwischenraum von Unerträglichstem und ganz klaren Momenten lauerte ich auf den ruhigsten Gedanken und hielt manchmal den Film an dieser Stelle an. In diesen Minuten saßen meine Verrücktheiten ums Lagerfeuer und wärmten sich. Alle konnte ich dann sehen und dachte nur: bekloptes Volk.

Ein paar Tage mit Tischtennis, Pilatesball und Bongotrommeln waren rum, da besuchten mich mein Bruder und meine Mutter. Sie besuchten mich nicht irgendwo, das war uns klar. Wir gingen nach draußen, suchten Schatten, suchten einen Kaffeeautomaten, fanden beides. Was und wie viel gab es zu sagen, gab es mitzuteilen, an Verstehbarem weiterzugeben? Was von mir konnte ich ihnen denn erklären? Wo sollte ich ihnen raten, eine Treppe in meinem Bau zu finden, auf der sie gehen konnten, um den Weg zu verstehen, den ich hierher hatte gehen müssen? Ich hatte eine so tiefe Herzlichkeit für beide, hätte sie ihnen gern wie ein Geschenk gegeben. Aber diese Milde versteckte sich wieder unter den zwanzig Matratzen. Nicht von ihnen verstanden zu werden ließ mich immer wieder den Schritt zurücktreten, den ich gern doppelt zu ihnen gegangen wäre. Ich fand nie einen Anfang. Ihre Türen standen immer offen, traurigschön. Wir drei waren es nicht gewohnt, uns mit sensiblen Worten und Feinfühligkeit zu begegnen. Es war aber alles da. Und dass es da war und doch immer zugedeckt blieb, machte mich rostig. Sie stellten die naheliegendste aller Fragen »Wie geht es dir?« und ich kann sie bis heute nicht beantworten.

Meine Mutter fragte mich dann, was man mit mir anstellte, damit es mir bald besser ginge. »Im Grunde nicht sehr viel«, antwortete ich ihr, »es bräuchte alles seine Zeit.«

Wieder machte sich die Verzweiflung darüber in mir breit, dass ich es ihr nicht erklären konnte. Ich brauchte doch nur eine gewisse Zeit, in der es nichts gab. Nichts, gar nichts! Ich konnte mir jedes weitere Wort sparen. Mein Bruder schlug plötzlich mild dazwischen: »Er braucht so viel Zeit, wie er braucht, und bleibt so lange hier, wie er hier sein muss.«

Damit war das Gespräch beendet.

Es war Freitag und es wurde darüber nachgedacht, mich noch länger dazubehalten. Am Montag sollte es entschieden sein. Am Sonnabend sollte ich mal nach Hause fahren, acht Stunden, und kosten, wie es schmeckt, außerhalb des Kuckucksnestes.

»Nach Hause«? Wenn ich eins hatte, und das stellte ich mehr und mehr infrage, dann hatte ich es verloren.

Maria, an ihr maß ich das Aushaltbare. Und es war kaum noch zu messen … nicht auszuhalten, dieses ganz bestimmte »mit Ihr« und das ungewisse »ohne sie«.

Dann meldete sich eine alte Freundin auf dem Handy: *Na, wie geht's?*

Nicht gut …, schrieb ich zurück.

Wir warfen uns den Ball hin und her und dann wusste sie, wo ich steckte. Pause.

Wat is'n?

Nüscht … bin bei 'ner Freundin …

Unterhältst du dich nicht mehr mit »Psychopaten«?

Doch … sonst hätte ich ja gar keine Freunde mehr …

Das war Trost.

Sonnabend. Es tat mal gut herauszukommen, aber ich musste mich dazu zwingen, dass es guttat. Es geschah nicht so selbstverständlich, wie es müsste. Ich fuhr zu meinen zwei Zimmern. Neugier, Angst, Puls … viel.

Etwas wirr der Gang durchs gemietete Dach überm Kopf. Hier die Waschmaschine, dort der Kühlschrank – wohin mit der Schmutzwäsche? Nicht dorthin, wo Wurst und Käse zu finden waren, fiel mir ein. Ich packte neue Dinge zusammen. Eine Schermaschine für Sarah. Sarah ist nie allein, nie. Dass es so etwas gibt, das glaubte ich schon, bevor ich es sah. Nun sah ich Sarah, nicht allein, sie hörte Stimmen, den ganzen Tag, immerzu. Sie brach zusammen, wir waren da, nichts half. Vielleicht Haare schneiden, dachte sie, griff die Schere. Ihr wichen Büschel für Büschel.

»Sarah, ich mach das grade«, sagte ich zu ihr.

»Ja, mach das«, sagte sie zu mir.

Schermaschine für Sarah.

Einen Stein für Ingo. Ingo liebte Steine, Kugeln und Dunkelgrün. »Dunkelgrün ist sehr gut, Schwarz ist gut. Aber Dunkelgrün ist sehr gut. Dunkelgrüne Kugeln am besten.«

Ich hatte einen Stein für ihn. Sehr gut. Einen schwarzen – nur gut. Zusammen vielleicht »gutgut«.

Schwarze Socken habe ich. Schwarz, nur gut. Socken für mich, schwarz, sehr gut, die packe ich ein, frisch.

Der DVD-Spieler muss mit. Wir wollten abends einen Film sehen. Sehr gut. Alles passt in Tüten und Taschen. Das Leben in die Tasche, das Leben aus der Tasche, manchmal kommt's von allein.

»Na dann mal los«, raffte ich mich auf, um in den Garten meines Bruders zu fahren. Es war heiß.

»Sicher?«, fragte der innere Doktor.

»Nein«, sagte ich, »nicht sicher, aber los.«

»Sicher?«

»Ja, sicher.«

Alle Fenster im Auto auf, Herz zu. Nicht denken, bitte! Nur fahren, nicht denken. Das funktionierte bis zum Garten. Und er war da, wie verabredet, und seine Kinder und seine Frau und dann auch ich. Wir drückten uns herzlich, mein Bruder lachte. Das stand ihm gut. Mir tat es gut, ich lachte auch, aber es klemmte sofort in seiner Untersagung.

Heißer Tag, die Sonne brannte, die Haut brannte, der Herd brannte drinnen das Essen warm. Gut roch es, machte Appetit und machte eine Gedankenlücke. Ich hatte nicht aufgepasst, ich dachte. Denken verboten! Ich dachte an das Fehlen.

Nachmittags klingelte das Handy. Maria. Ruhig war sie, leise, so leise. Ich möchte sie beschützen, manchmal, ganz leise.

Wir sprachen zaghaft, sie wusste nichts von der Klinik. Ich sagte nichts. Nichtwissen tut nicht weh. Ahnen dagegen schmerzt sehr. Also auch nichts ahnen lassen.

Wir sprachen von uns, von Sonder-, Wunderbarem und davon, es nicht leben zu können, noch nicht, nie nicht, vielleicht nicht, irgendwann, vielleicht.

Stille am Telefon, das Uns saß zu schwer auf der Leitung. Ich fragte nach ihrer Arbeit, fragte weg von uns. Sie erzählte, dass sie in ein paar Tagen Richtung polnische Ostsee fahren würde, mit ihren Mädels zum Hockeyspielen, ausspannen von der Galerie, von mir, von sich. Aufmerksam hörte ich zu und spürte, wie eine Idee in mir zu einem Plan heranwuchs. Ich hörte weiter zu, erhaschte wenige Details.

Und dann will sie mich plötzlich sehen, sofort am besten. Wir sprachen wieder von uns. Wir finden uns schön, erzählten wir leise weiter. Wir schlussfolgerten uns wie ein Naturgesetz.

Dann erzählte ich von einem »Freund«, dem es nicht gut ginge. Alles für mich zu behalten fühlte sich an, wie einen verwelkten Strauß zu gießen. Ich wusste, dass ich sie belog. Ich erzählte, dass ich diesen Freund besuchte, erzählte von den Dingen, die er bräuchte.

Wir fühlten uns wohl im Gespräch, kein Arg störte. Wir lagen ganz in uns. Ich verließ den Garten. Mit dem Gedanken, die Kater für diesen Abend noch zu versorgen, stieg ich meine Treppen hinauf. Die Zeit bis zum Abend war gut. Gut, aber schwarz.

»Gut« hielt bis zum frühen Abend an, »gut« ging, »schwarz« blieb.

Am Sonntag sollte ich wieder raus. Wieder acht Stunden. Das wollte ich aber nicht, diese acht Stunden raus, und auch der Sonntag wollte mich nicht. Aber ich ging raus und fuhr wieder zu meinen zwei Zimmern, meinen zwei Katern. Ich telefonierte mit Maria – zwei Stunden.

Da hatte das Wohlbehagen von gestern Zeit gehabt, sich aus dem Staub unserer Wiederholungen zu machen, und hatte statt seiner die immer wieder quälende Schwere zurückgelassen, die Schwere, aus der Ambosse geschmiedet werden. Wenn das Quälende sich im Kreise dreht, dann nimmt es Tempo auf und bricht irgendwann aus der Bahn.

Sie wurde ganz klein am Telefon und weinte. Weinte, weit weg von mir, wo ich nicht war. Ein kleiner Mensch weinte so bitterlich und ich war machtlos. Ich war hier. Hier hatte ich trockene Tücher, trockene Wärme, warme Hände, warme Arme, wärmen könnendes Ich.

Ich wollte ihr dies geben und sein, weil auch ich dadurch zur Ruhe käme. Ich war ganz stark in meinem Schwachsein, ich brach aus.

Ich erzählte ihr vom Abschied im Café und von meiner Weiterfahrt zur Klinik, um mich vor mir zu schützen. Ich erzählte ihr vom Raben, vom Schreiber, vom Schweinehund und auch von der Ratio. Ich erzählte ihr alles, wie es mich zerrieb. Meine Stimme überschlug sich, die Adern traten mir aus der Stirn und ich warf ihr die Wahrheit hin, wieder in der Hoffnung, etwas bewegen zu können. Ich riskierte, dass sie sich nun erst recht von mir entfernte. So völlig desolat und gebrochen will man keinen Menschen an seiner Seite haben. So »verwirrt« kann man niemanden lieben, dachte ich. Dass auch sie geschwächt und kraftlos war, wusste ich, und dass sie erst recht weder Kraft noch Willen hatte, jemand so »Kaputten« sich ihrer eigenen kaputten Welt nähern zu lassen, glaubte ich. Ich redete mich weiter um Kopf und Kragen, dachte, dass es jetzt nichts mehr ausmachte, dass nun eh schon alles verloren sei.

Als ich aufhörte, war es kurze Zeit still ... Ich dachte, das war's.

Maria weinte jetzt noch bitterlicher. In ihrem Weinen sagte sie, dass sie lange Zeit schon etwas gespürt, es aber nicht angesprochen hatte, um nicht noch mehr aufzureißen. Sie sagte, dass mich dies alles nun noch mehr an sie riss, dass sie es so gut verstünde.

Wieder legte sich jene Vergangenheit über uns, in der wir wehrlos gewesen waren, nicht über uns selbst hatten bestimmen können. Wir waren zu klein damals, zu schwach, zu mundlos. Wir waren doch Kinder und man hatte uns stehen gelassen, mit großem, gelebtem Unverständnis über die Geschehnisse, die uns niederdrückten. Aber diese bestimmte Zeit in unserer Kinderzeit, so kurz sie auch gewesen war, so friedlich gewaltvoll, sie vermochte, alles bis heute aufzuwiegen und uns damit zu belasten.

Da war so viel Unaussprechliches, noch gar nicht ans Tageslicht Befördertes, das uns zugrunde lag, das wir trotzdem schon sahen, in den kleinsten unsrer Wimpernschläge. Wir sahen das Klammwerden unserer Augen, lange bevor sie wagten, sich weinend zu äußern. Das verband uns, verbindet uns mehr als jene Gemeinsamkeiten, die wir in anderen Beziehungen hatten, haben, haben könnten. Wo steuerten wir hin? Wir hatten keine Ahnung, kein nennbares Ziel, nicht einmal einen Plan. Dass ich die Wahrheit erzählte, ihr sagen konnte, wie klein ich im Augenblick war, führte sie dazu, mir zu sagen, dass sie mich nun gerade noch mehr liebte. Wir blieben in diesen Minuten, wo wir waren, fürchteten die Ewigkeit dieses Zustandes, ohnmächtig, und sammelten uns zu vertrocknender Liebe. Jeder in seinem Nest aus Angst. Sie hier, ich dort, ohne Aussicht auf eine Vase, in der unser »Schön« wachsen und blühen könnte.

Wir fanden an diesem Tag keinen Trost für uns, im Gegenteil. Das Annehmen unserer Leidenschaft füreinander machte es noch schwerer.

Am Montag dann stand fest, dass ich die Klinik am Mittwoch verlassen würde. Mittwoch raus – was würde sein? Raus am Mittwoch, schon übermorgen also.

Ich räumte meinen Waschkram aus dem Bad, die Klamotten aus dem Schrank, das Leben wieder in die Tasche. Ich wollte noch bleiben und wollte raus. Ich musste raus, musste wissen, was ich wollte, und wusste es nicht. Ich würde neu beginnen, von vorn beginnen, alt, in den Begegnungen mit ihr. Ich hoffte, ich würde mich fangen.

Frühstück mit den Kloppis. Ich hörte Teller und Bestecke klappern, mein Herz klapperte auch, alles klapperte. Deshalb Klapper!

Ich setzte mich zu Madeleine. Wir aßen, wir redeten, wir tranken Kaffee, den letzten Stationskaffee. Ich klaute die weiße Tasse, ganz weiß. Aus ihr trinke ich, wenn ich mich schuldig fühle.

Madeleine sagte: »Und du suchst dir keinen Baum mehr. Hörst du? Das war 'ne blöde Idee.«

»Nein«, antwortete der Zyniker und dachte boshaft: Es gibt ja noch Brücken und Hochhäuser. So zu denken bedeutete nichts weiter. Der Witz aber sagte mir, dass ich die Siebenmeilenstiefel ins Leben noch gar nicht ausgezogen hatte. Sie waren schmutzig, schwer als solche erkennbar. Aber ja, ich hatte sie noch an. Dennoch war ich weit davon entfernt, mit ihnen auch nur wenige Schritte in die richtige Richtung gehen zu können.

Manchmal hilft Ruhe gegen das Wachstum unerwünschter Dinge. Hier hatte ich sie im Ansatz gefunden.

So sehr ich auch Sorge um das fehlende Schutzgebäude hatte, so sehr hatte ich für diesen Tag auch Eile fortzukommen. Ich hatte einen Plan, den ich um alles in der Welt verwirklichen wollte.

20

ALKA-SELTZER

Nach dem Frühstück bestellte mich der leitende Psychologe zu sich. Ich setzte mich in die Reihe der Wartenden und dachte mich weg. Als ich drankam, nahm ich abwesend in seinem Büro Platz, das nur durch eine Glastür vom Flur getrennt war. Ich war mit vielem beschäftigt und alles, was meine Aufmerksamkeit verlangte, war mir sofort Ameisenhaufen, ohne Anfang und Ende. Doch diese Glastür irritierte mein Verständnis für etwas ganz Bestimmtes. Sie veranlasste mich, den Sinn von Persönlichkeitsrechten und ärztlicher Schweigepflicht zu überdenken, denn vor ihr warteten andere Patienten, die jedes Wort mitverfolgen konnten.

Kurz sah ich den Psychologen an, wusste, dass die Atmosphäre nicht stimmte. Ich war nicht in der Lage, schnell ein Vertrauensverhältnis herzustellen. Im gleichen Raum war ein Mitarbeiter mit irgendwelchen Dingen beschäftigt, was zusätzlich verhinderte, dass ich mich konzentrieren konnte. Schon die Frage, ob das, was er tat, so wichtig war, dass er es unbedingt jetzt, bei einem Arzt-Patienten-Gespräch, erledigen musste, belästigte mich. Wie es mir ginge, hätte ich gern beantwortet. Aber so war es unmöglich, es ging nicht, nicht ehrlich.

Erstaunlich viel war über die wenigen Tage meines Aufenthaltes zusammengetragen worden. Er redete nicht lang und schon gar nicht um den heißen Brei. Der Schritt, hierhergekommen zu sein, sei ein richtiger gewesen, dies aber nicht der richtige Ort für mich. Für mich wäre es besser, der Sache tiefgründiger nachzugehen. Er drückte mir den Entlassungsbrief in die Hand.

Ich schlappte durch die Flure zu meinem Zimmer. Mein Mitbewohner lag immer noch auf seinem Bett, immer noch in Straßensachen, in gleicher Lage. Ich habe ihn nie von Angesicht zu Angesicht gesehen, wüsste nicht, je einen Ton von ihm gehört zu haben. Welche Einsamkeit wohnte in diesem Menschen, die ihn dieses Vegetieren aushalten ließ. Wenn ich solche Gestalten sehe, bekomme ich Angst vor der Macht, die in uns wohnt.

Ich wollte nicht gehen, ohne ihm wenigstens meine Stimme dazulassen.

»Na dann, wer auch immer du bist, hab bald eine bessere Zeit«, sagte ich und blieb noch einen Augenblick stehen. Ich war erleichtert, als er blieb, wie er war. Kein Mensch tat sich vor mir auf, dessen Mirakel ich dann versucht hätte, verstehen zu wollen. Ich griff nach meiner Tasche und verließ das Zimmer.

Ein letztes Mal stand ich vor der dicken Glaswand, schaute in den Aufnahmebereich und nickte freundlich und verabschiedend hinein. Der Summer summte, die Tür ging auf. Ich hatte mich von allen verabschiedet, ging fort, ohne mich umzudrehen. Die Dinge, die Menschen, die sonderbaren wie die einfachen und unkomplizierten, begleiteten mich ohnehin.

Mit schwerer Tasche ging ich los. Sie war voll mit Leben, mit Ingos Dunkelgrün und Sarahs Schermaschine.

Es war noch mehr Morgen als schon Tag, aber ohne den Anstrich von Frühe. Mann, klingt das kompliziert, es war um neun. Aber genau das war der Takt, nach dem ich tickte. Die Regsamkeiten des Alltags verschonten mich noch. Die Hitze schickte ihre züngelnden Boten schon voraus und kündigte heiße Stunden an.

Der alte Ford stand ganz in der Nähe, hatte weder Klimaanlage noch sonst welche Extras. Das Flirren der Luft über dem Autodach ließ nichts Gutes ahnen. Ich öffnete mit langen Armen die Fahrertür, um dem entsteigenden Mief zu entgehen. Fenster runter, alles auf, was ging.

Diese leisen Augenblicke einer Zigarettenlänge kamen mir in den Sinn, einfach so. Ich wartete genauso lange, ohne Zigarette.

Diese Pause ließ zu, dass ich mit dem Blick über Straßen, Menschen, Tiere, Bäume, über vieles glitt. Alles hatte einen Namen und ich kannte ihn. Dies nannte man Kastanie und das einen Pudel, jenen dort einen großgewachsenen Mann und das da einen kaputten Zaun. Aber ich bewegte mich nur wie unter Glas durch den Raum.

Die Fahrt zu meinen zwei Zimmern dauerte nicht lang. Zwei Zimmer im Dreißigerjahre-Bau, direkt an der Spree. Ich wusste, sie gehörten gemieteterweise mir. Abgezogene Dielen, im Bad ein Fliesenboden, in der Küche Terrazzo, niemand wohnte über mir. Die letzte Wohnung unterm Dach, einem Flachdach, da kam die Hitze auch gern von oben zu mir. Wie schon vor ein paar Tagen konnte ich alles an den Plätzen vorfinden, an die ich ein jedes irgendwann beim Einzug gestellt hatte. Aber es stand alles wie ins Bild gerückt da. Bei der kleinsten Neigung würde alles aus dem Fenster rutschen. Alles war mein, aber nichts gehörte mir.

Fremder in den eigenen vier Wänden.

Nur Pommes und Fritz waren mir so vertraut wie der Geruch meiner Haut. Ganz groß sahen sie mich an, erwartungsfroh, mit Anlauf zu ihren Fressnäpfen.

Ich sah all das Mobiliar, den großen Plasmafernseher, die über vierhundert DVDs und das Regal mit mehr als nur zwei Büchern darin. Im anderen Zimmer steht die große Staffelei, liegen Ölfarben ohne Ende, finde ich Pinsel aller Größen und verschiedenster Qualität, zwei Gitarren, ein Saxofon, eine komplette Tätowierausrüstung. Das alles ging mich nichts an, rief nicht nach meiner Aufmerksamkeit. Ich wusste nicht, was ich hier sollte.

Ich glitt durch die Tage, die Tage durchzogen mich, lähmten die Dinge, die ich sonst eigentlich tat.

Die hinlängliche Meinung, dass Arbeiten einen ablenken könne, prallte brachial an mir ab. Weder zog es mich zu meinen Farben, Instrumenten, Geräten noch Büchern und erst recht nicht an meinen Arbeitsplatz. Ich verschwendete nicht einen Gedanken daran, mich zu fragen, wie die Arbeit in der Pathologie ohne mich wohl vonstatten ginge. Mich interessierte nicht, ob sie einen Ersatz hatten, wie viele Sektionen ich schon verpasst hatte, ob jemand meine Arbeit genauso erledigte, wie ich es tun würde. Früher störte mich schon die Tatsache, dass ein anderer während meines Urlaubes die Sachen beschriftete, die ich sonst das ganze Jahr mit meiner Handschrift versah. Auf allen Dingen die gleiche präzise Handschrift vorzufinden bedeutete für mich Ordnung. Die fremde Hand zerstörte diese Einheit und verdrängte mich damit. Und dass man mich verdrängte, mich wieder »stehen ließ«, das duldete der kleine Junge aus dem Wochenheim in mir nicht. Es ist erstaunlich, in wie vielen Alltagssituationen dieser Denkmechanismus aktiviert wird und wie schwer er es einem machen kann, wenn man nicht von ihm weiß. Dieser Empfindungsprozess veranlasste mich nach meiner jeweiligen Rückkehr aus dem Urlaub, alle nicht von mir beschrifteten Etiketten abzureißen und alles neu zu beschriften. Das konnte eine Woche dauern, aber ich tat es. Ich musste es tun, sonst wäre ich noch immer im Wochenheim.

Ich war krankgeschrieben und hatte Zeit. Aber diese Zeit war mit so vielem versetzt, dass sie nicht nutzbar war. Es klebte immer irgendetwas an meinen Schuhen, meinen Fußsohlen, meinen Händen.

Als ich das letzte Mal mit Maria telefonierte, hatte sie davon gesprochen, mit ihren »Mädels« zum Hockeyspielen an die polnische Ostsee zu fahren. Den Ort »Hel« hatte ich mir gemerkt, irgendwo in der Nähe von Gdansk. Sie beschrieb ihn abseits und still gelegen. Dort würden sie ein paar Tage bleiben. So etwas wie Trainingscamp, Sonnenstunden, Alltagsausgleich. Rasenhockey in der Ferne. Kein Termin könnte rufen, ans Meer laufen, freier Himmel.

»Hel«, wie einfach er sich merken ließ. Die phonetische Verwandtschaft zu »HAL«, dem emotionalen Computer aus *Odyssee im Weltraum*. Eine Maschine, die fragt: »Werde ich träumen?« Verknüpfungen, die entstehen, ohne außer ihrem Klang miteinander zu tun zu haben. Ich hatte zwar keinen Schimmer, wie ich das finanziell rocken sollte, aber das war mir egal. Der Wunsch, bei ihr zu sein, stellte sich über alles. Ich wäre wahrscheinlich auch mit nur zwanzig Cent losgefahren und hätte schwarz getankt. Essen und Trinken wird eh überbewertet. Dem immer noch anwesenden Schweinehund war es auf seine einzigartige Weise möglich, alle Hindernisse auf die Ebenen hinunterzubügeln, auf denen alles gelingt.

Google: Berlin–Hel, etwa 599 Kilometer. War das weit? War es eine Frage? Selbst wenn und die Antwort »Ja, es ist weit« hieße – was spielte es für eine Rolle? Am Ende der Hinreise stünde etwas Ungewisses, etwas liebevoll und von Sehnsucht Programmiertes. Und auch die Fahrt zurück schmeichelte mir damit, dass einfach nur viel Zeit verginge. Zeit bis zu dem Tag, an dem ich aus all meinen Unwettern aufwachen würde. Vielleicht neben ihr.

Nebenbei, aber mit Entsetzen stellte ich fest, dass der Alltag um mich herum überhaupt nicht funktionierte, hingegen irrwitzige Unternehmungen detailliert planbar waren. Ich kramte unermüdlich durch den Geräteschuppen meiner Ideenfindung und suchte alles Nötige zusammen. Das Auto: stand vor der Tür. Benzin: würde schon reichen. Dort schlafen: Schlafsack, Isomatte, Rücksitzbank. Essen und Trinken: das letzte Geld. Egal.

Paul: *Du Liebe, ich hoffe, alles läuft nach Plan und Dir geht es gut. Einen lieben Gruß. Dein Paul*

Maria: *Lieber Paul. Sind vor einer halben Stunde angekommen … Im Grunde sind wir okay. Die Fahrt mit dem Zug und dann mit dem Bus war erträglich. Ich fühle mich krank, weiß, dass etwas krank in mir ist. Es ist nicht der Körper, aber genau dieser reagiert. Welche Chance hat auch der Geist, nach einem Pflaster oder Hustensaft für seine Gedanken zu verlangen? Bin letzte Nacht oft aufgewacht … Könnte nur schlafen! Hoffe, dass es mir morgen besser geht … Wir freuen uns alle aufs Spielen. Ich denke so viel an Dich, zu viel, und umarme Dich ganz liebevoll. Deine Maria*

Paul: *Lass mich Dein Hustensaft sein, Dein Pflaster, Dein Schal, Deine Schmerztablette. Und die Mädels, fühlst Du Dich gut zwischen ihnen? Können sie etwas auffangen? Hoffentlich geht es Dir bald besser. Ihr seid »okay«, das ist gut. Ich bin auch okay, auch gut. Gibt's für morgen einen Plan bei Euch? Bin bei Dir. Dein Paul*

Maria: *Für morgen haben wir nichts geplant. Vormittags Training und ganz viel Schweiß treiben. Hoffentlich schaffe ich das physisch, es fühlt sich nämlich nicht so an. Später zusammen etwas essen und dann einfach in den Tag hineinleben und schauen, was er mit uns vorhat … Ich wünschte, er brächte ein wenig Gesundheit mit. Wäre es jetzt eine gute Gelegenheit für Dich, in die Galerie zu gehen? Du könntest die Bilder wirken lassen. Liebste Gutenachtgrüße für Dich! Dich werde ich wohl nie los! Deine Maria.*

Paul: *Wo kann ich hingehen, wo Du nicht wirkst? Schlaf auch Du gut. Und nein, nix mit Loswerden. Dein Paul, ganz müde.*

Es war noch früher Vormittag. Meine Gedanken rotierten darum, den richtigen Zeitpunkt zu finden, Maria eine SMS zu senden. Auf keinen Fall zu früh. Das wäre zu auffällig gewesen. Wo sie an diesem Tag nach dem Training sein würden, was sie unternähmen, wollte ich herausbekommen.

Da war er wieder, der zündelnde Schweinehund, der an einer Überraschung werkelte, die ich mir im Grunde nicht leisten konnte. Der Schweinehund stand nicht nur an den Mauern dessen, was ich überstehen sollte. Und nicht nur, dass er mir mit der Leiter in der Hand hinüberhelfen wollte. Nein, er baute die Mauern auch selber auf. Ich war in einem meiner Elemente. Das kannte ich von mir, daran rieb ich mich gern. Dies ließ ich alles so geschehen, weil sonst nichts geschehen wäre. Maria zu überraschen war eine zwittrige Unternehmung. Ich hoffte, uns eine Freude zu machen, und wusste, dass uns das Treffen aufwühlen würde, aber gleichzeitig auch beruhigen. Ich brauchte ihre Anwesenheit.

Paul: *Hallo Du. Geht es Dir ein wenig besser? Wenn Du kannst, hab einen wundervollen Tag. Dein Paul, Dich umarmend.*

Maria: *Selber Du! ... Und gleich springt mein Herz wieder ganz doll ... Es ist immer so schön, von Dir zu lesen! Wie geht es Dir, was machst Du? Geht mir nicht viel besser, aber das wird schon! Das Training schlaucht, schwitzt aber auch etwas aus mir heraus. Ich denke an Dich. Sehr, sehr, sehr! Du fehlst mir, Deine Maria*

Wann sollte ich am besten losfahren? Welche Eventualitäten konnten dazwischenkommen? Ich machte mich fertig, zog mir leichte Sachen an. Der Tag würde wieder heiß, so hieß es.

Um 11 Uhr fuhr ich los. Euphorisiert, aufgeregt, gespannt und doch alles im Papier der Ruhe eingewickelt. Alles war besser, als noch weiter zu warten. Ich hatte aufgegeben, verstehen zu wollen, wie mich in meiner Lage der temporären Ausweglosigkeit die Abenteuerlust zu packen bekam. Es waren die hängen gebliebenen Glücksfetzen erster

Jahre, es war der Geruch von Lagerfeuer am Strand und salzigem Tang, es waren Erinnerungen an ein Jungenlachen. Wer möchte sich nicht in Tagen, in denen man ganz unten ist, etwas davon zurückwünschen? Wie seltsam es war, so vielem hinterherzureisen.

Über die Autobahn ging es Richtung Prenzlau und dann irgendwann ab nach Polen, über die Landstraßen Richtung Küste. Es zog sich und es war gut so. Glatte Straßen, baumgesäumt, Felder rechts und links. Sonne ohne Menschen, kleine Orte, große Hunde. Mittlerweile war es 19 Uhr. Ich folgte den wenigen Hinweisschildern, die mich nach Hel führen sollten, und glaubte, mich verfahren zu haben, als kaum noch etwas an Straße erinnerte. Dann plötzlich doch noch ein Ort und ein Mensch. Ich hielt dennoch nicht an, fragte nicht nach dem Weg, fuhr und fuhr, als gäbe es nur diesen einen Weg. Die Straße endete, ein Sandweg zog durch Wald, zwei Kurven noch mit dreißig.

Das Meer!

Soweit es möglich war, fuhr ich an den Strand. Ich parkte zwischen Bäumen, stieg aus. Von der angekündigten Hitze war nichts zu spüren. Ein leichter Wind hing über mir, frischte auf. Kein Mensch zu sehen. Ich war aufgeregt, ich war im Arsch von der Fahrt, müde, durstig, hungrig, aber ich war dort. Das Meer war zu riechen, zu hören allemal, hinter den großen Bäumen. So ging ich los, als durchstiege ich ein Labyrinth, hinter dessen Ecken ich Maria vermutete. Ein Weg führte mich zu einem offenen Platz, an dem ein Haus im Bau begriffen war. Von dort aus sah ich das Meer und schmeckte es. In kleinem Hang ging es hinab zum Wasser. Als ich erste Laute hörte, schärfte sich mein Gehör. Bald konnte ich das Ufer sehen, einen Steg, ein paar Frauen … Maria.

Da saß sie in einem Klappstuhl, mit warmer Jacke und einem Schal. Die natürlichste aller Regungen ergriff mich und wollte mich direkt vor ihre Füße bringen. Aber sie war ja nicht allein. Das Wetter wirkte unentschieden. Die eine zog es in warme Sachen, die anderen ins Wasser.

Etwas entlegen kniete sich ein zweiter, kleinerer Steg ins Wasser. Den Pfad dorthin nahm ich, sprang über zerbrochene Bretter hinweg und setzte mich.

Obwohl ich längst ihr Panorama erreicht hatte, hatte sie mich noch nicht gesehen. Ich hätte gern einen flachen Stein übers Wasser springen lassen, in großem Bogen, direkt auf sie zu, auf dass sie sich wunderte, woher dieser wohl gekommen sei. Dann sah ich gedanklich jeden einzelnen Steinsprung und erzählte mir den Stein groß genug, dass ich ihm auf jedem seiner Sprünge selbst hätte folgen können. Dann hätte ich ich vor ihr gestanden und gern leis gesagt: »Tataa, da bin ich.«

Ich sah zu Maria hinüber. Der geringste Ruf hätte genügt, mich zu finden. Aber ich rief nicht. Sie schaute aufs Meer, saß in diesem Klappstuhl. Ich begleitete sie auf ihren Blicken in die Weite. Dann fiel ihr Blick ab, ins Wasser, dicht vor ihren Füßen, still und immer noch bei sich.

Ich vermutete, dass mich alle anderen am Strand längst gesehen hätten. Doch ich fiel nicht weiter auf, war ihnen keine Bemerkung wert. Ich gehörte ins Alltagsbild, das ihnen nicht schief zu hängen schien. Ich wollte den Raum um uns nicht mit einem Ruf wecken, nichts werfen …

Paul: *Was machst Du gerade?*

Maria: *Ich sitze aufm Steg, sehe aufs Meer, ins Meer. Es ist schön hier! Und ich denke an Dich!!!*

Paul: *Nimm mal den Kopf hoch.*

Sie hob den Kopf und hatte mich schnell gefunden. Einmal mehr kann ich nicht sagen, was auf den Bahnen unserer Blicke füreinander geschah, sagen, was es ist, wenn das Herz hört, was der Kopf nicht denken kann.

Paul: *War es ein Fehler? Ich bin hier, etwas rast in mir, schneller als es mein Auto hierher tat. Mein Auto steht oben, zwischen den Bäumen. Ich weiß noch nicht. Bleibe ich hier? Ungebetener Zaungast, Willkommener? Einen Augenblick werde ich noch hier sein, am Wasser. Dann im Auto … Ich konnte, ich wollte nicht anders. Dein Paul*

Maria: *Es war kein »Fehler«. Unsere Blicke wurden gesehen und ich gefragt, ob wir uns kennten … Nein! Natürlich nicht. Wär jetzt gern nur mit Dir hier! Deine Maria*

Die leichte Frische bei meiner Ankunft hatte zugenommen, machte meine Füße kalt und kroch langsam in mir hoch.

Es war ein schöner Ort, geradezu ausgesucht für jemanden, der vielleicht in aller Ruhe, fernab jedweder Regsamkeit ein Buch schreiben wolle. Jetzt aber lag zu viel Steife in der Luft. Ich verließ irgendwann den Strand, wartete im Auto. Ich hatte sie vielleicht zehn Minuten gesehen und es genügte mir auf keinen Fall. Per SMS fragte ich sie, ob wir uns ein paar Minuten alleine treffen könnten. Der Wunsch im Wunsch.

Maria: *Ich werde sehen. Hast Du Zeit, etwas Geduld? Ich will Dich sehen, versuche, es möglich zu machen.*

Paul: *Es war so schön, Dich am Strand zu sehen … und zu kurz. Aber es war da. Will Dich sehen, ja, ich will auch. Erschrakst Du sehr, als Du mich sahst?*

Maria: *Ich hatte es mir immer wieder vorgestellt … Da war eine Ahnung. Du tauchtest auch einfach in der Galerie zwischen den Gemälden auf. Aber bis hierher ist es so weit. Und dann … DU! … Ja, ich erschrak ein wenig … vor Freude! Du wartest!?*

Paul: *Ich bin hier!*

Ich beschloss, wieder ans Meer zu laufen. Die Brandung war nun hoch, donnerte gen Land und uferte schäumend aus. Ich mag diesen Schaum nicht. Wenn man lange genug hinausschaut, die Monotonie der Abermillionen kleiner Wellen aufnimmt, dann lässt sich das Beeindruckende von Naturgewalten einfach nicht leugnen.

Am Strand, unter lautem Wind, zwischen wogensuchenden Surfern in Neoprenanzügen stand ich und es holte mich meine Naturgewalt wieder ein. Wie fade und farblos dieser Strand sich mir zeigte, als mir wieder einfiel, wie schön es unter Umständen am Strand sein könnte, wenn man nicht allein dort wäre. Aber ich war ja allein und es fiel mir direkt auf den Kopf.

Nichts war in der Lage, mich derart zu zerstreuen, dass ich meinen Puls nicht lauthals und schnell in mir schlagen hören hätte. Das Tier der Erinnerung griff nach mir, um mir abermals vor Augen zu halten, wie verzweifelt ich war, trotz allem, was sich wie Liebe anfühlte, anhörte und anschmeckte.

Ich befand mich in einer betrunkenen Zeit, ohne dass es jemandem gelungen wäre, der Zeit und mir das Weitertrinken zu untersagen. Selbst auf die Gefahr hin, an sich selbst zu ersticken, nicht.

Ich verbrachte noch einige Zeit am Strand, suchte nach einem verschenkbaren Stein, sammelte im Gehen Salzluft zwischen den Zehen und Sand auf der Haut. Eindrücke, die ich sonst eins zu eins erfasste, drangen nicht durch. Das Meer … ja, das Meer. Und? Ich ging zurück zum Auto. Zu wissen, dass sie nur ein paar Schritte entfernt war, setzte die nervenzermahlende Mühle in Gang, paarte sich mit der frischen Luft und ließ mich einschlafen.

Zweieinhalb Stunden später wachte ich auf. Es war noch hell, aber es zog sich zu und wie eine alte Dampflok nahm ich den Betrieb in mir langsam wieder auf. Gerade noch war es still, das Handy klingelte, Maria erkundigte sich, wo ich sei.

Dann sah ich sie kommen, einen Kaffeebecher in der Hand. Ohne Eile lief sie, ohne Hast wartete ich. Sie stieg ein zu mir ins Auto, setzte sich neben mich auf den Rücksitz. Ihre Hand kam zu meinem Gesicht, fasste es an, weich, an meiner Wange. Nichts tat ich da lieber, als was ich tat; ich schloss meine Augen, legte meine Hand an ihre und wiegte meinen Kopf in dieser Geste. Mehr brauchte ich nicht, fürs Leben nicht, so fühlte es sich an und hätte es damals wie heute immer bleiben können.

Meine Augen tanzten hin und her, von ihren Augen zu den Haaren, von dort zu Mund und Nase und weiter dann an den Ohren entlang, zu ihrem Hals und wieder von vorn. Und sie machte es mir nach, fuhr mit auf den Bahnen unserer Gesichter. Als bedeutete jeder meiner Augenblicke, der sie traf, eine Gutschrift auf meinem Konto der nicht auszahlbaren Eindrücke von ihr. Schweigen war mir übrig geblieben von dem, was ich ihr zu sagen hatte. Nichts hatte ich zu sagen, nichts. Hände finden, halten, binden. Taumeln auf dem Rücksitz. Ich sehe es mit Abstand: ein alter, abgewrackter Ford, unter Bäumen, irgendwo, nicht weit vom Ufer eines Meeres entfernt. Der Himmel war grau, dass es regnen würde war zu riechen. Gewagte kleine Küsse, ganz fein große dann und lieblich ergebene …

Wir redeten kaum, wir sahen. Also was noch sagen und … warum? Eine halbe Stunde Maria sehen, eine halbe Stunde Maria und alle Pauls in mir, die sich dazugesellten. Friedlicher konnten sie nicht sein. Nie friedlicher, selbst wenn all meine Figuren fiebrig, hungrig, fahrig wurden, in dem Moment, wo sie das Ende schon entsetzlich fühlten. Wir verabschiedeten uns und der Platz wurde mir zu keinem Ort der Verdammnis, denn kein Gedanke sah mich hier wieder herkommen, sah mich hier täglich daran vorbeifahren müssen.

Ich sah sie gehen, langsam, wie sie kam, und ich stürzte noch einmal aus dem Wagen, stürzte ihr hinterher, stürzte meine Arme um sie.

Es gibt nichts Beschreibbares über solche Momente zu sagen, außer dass sie geschahen.

An allen Worten, die etwas beschreiben, hängt immer das ganze Universum unserer bewussten und unbewussten Eindrücke. Das eine Wort zu viel, das andere zu wenig verdirbt die Sicht, versalzt den guten Geschmack des Auszudrückenden. Im Grunde genügte ein einziges Wort: Liebe. Der Klang des Wortes bringt nichts von dem mit, was es bedeutet. Es klingt nicht nach dem, was es ist. Doch wenn wir es hören, öffnet sich die unendliche Bibliothek unserer gesammelten Sinne, Gerüche, Geschmäcker und Empfindungen. In diesem Wort findet jeder seine Geschichte. Wenn man schon weiß, dass man die Bücher in dieser Bibliothek niemals zu Ende lesen wird, wie gewaltig trifft einen dann die Fülle dessen, was uns als Liebe begegnet? Ich habe versucht, aus den unzähligen Bänden ein paar Worte zu borgen, zu stehlen, mich mit ihnen davongeschlichen, um sie für mein Zeugnis der Empfindungen aneinandergereiht in Sätzen aufzustellen.

Die Idee, im Auto zu übernachten, warf ich in den Wald. Zu quälend war mir der Gedanke einer gemeinsam einsamen Nacht. Ich startete, fuhr langsam los und nahm ihr Winken mit.

Für diese halbe Stunde war ich gefahren, für diese halbe Stunde würde ich immer wieder fahren.

21

REINIGUNG

Ein bestimmtes Türklappen verrät, dass die Ärzte den Saal verlassen. Sie kommen den Flur entlang, stumm, ich weiß, sie müssen an mir vorbei. Ich stelle meine Tasse ab, denke, dass ich sie später nicht vergessen darf, und postiere mich im Türrahmen. Die weißen Kittel grüßen mit kleinem Nicken, dankend für meine Arbeit, und rauschen vorüber. Mein Blick geht ein Stück mit, bis einer von ihnen sein Gehen verlangsamt, kurz stehen bleibt, sich umdreht und zurückkehrt.

Er bleibt vor mir stehen, sieht mich an, sagt eine Weile nichts. Ich kann es eine Weile aushalten, aber es entstehen Fragen dabei und unangenehme Stille. Als jemand, der eine gute Weile an richtiger Stelle zu schätzen weiß, zerstöre ich nach einigen Augenblicken diesen Moment und sage ruhig und überlegen: »Ich habe keine Fragen.«

»Ich weiß«, sagt der Mann, der um einiges älter ist als ich, und betrachtet mich einschätzend. Es scheint, als müsse er an mir etwas finden, eine Art Sicherheit, einen guten Eindruck, um mir etwas Bestimmtes mitteilen zu können.

»Wir kennen uns. Sie haben für uns Felsenbeine präpariert und sie uns zur Verfügung gestellt … Schwierige Arbeit …«

Ein paar Atemzüge lang bleibt es still.

»Sie wissen es, nicht wahr. Sie wissen alles. Oder?«, behauptet er, ohne es trotz des Oders infrage zu stellen.

Sein Blick tanzt von einem meiner Augen zum anderen. Ich antworte ihm mit einem sehr langsamen, einseitigen Schulterzucken, halte dem Blick stand, sehe nicht hin und her.

»Sie waren auf unserer Station. Nicht wegen der Präparate. Es ist lange her, aber ich erinnere mich. Sie haben mit ihr gesprochen.«

»Tun das nicht viele?«, frage ich ihn.

»Ja …«, sagt er mit ruhiger Stimme, in der das Wissen aus Jahrhunderten zu liegen scheint, »ja … das tun viele. Aber niemand aus der Pathologie. Sie haben den Saal verlassen, als es um die vorläufige Diagnose ging. Sie wollten nichts wissen, das sah ich Ihnen an.«

Dann wartet er auf eine Reaktion, fordert sie mit Schweigen. Ich verabscheue solche Momente, in denen so unendlich viel in den Blicken des anderen zu finden ist, in denen alles liegt, was man mit seinem ganzen Körper weiß. Ich verabscheue sie, weil niemand in der Lage ist, das in den Blicken Liegende sagen zu können. Jedes Wort wäre falsch. Die einzig für mich infrage kommende Antwort wäre ein völlig enthemmtes Weinen. Ich dresche dieses Gefühl nieder.

»Was wollen Sie hören?«, frage ich. »Dass ich sie kannte? Dass ich heute Vormittag etwas sah, das ich nicht sagen kann? Dass es verdammt noch mal das ist, was wir als Seele ständig versuchen zu finden? Ja, ich habe sie gesehen, diese Seele. Dieser ganze Vormittag besteht aus ihrer Seele, das Nichts besteht aus ihr und sie ist das, was unsere Unterhaltung gerade ausmacht. Was wollen Sie noch wissen? Dass ich verzweifelte, als sie hierhergebracht wurde? Dass ich weiß, dass ich diese Arbeit jemand anderen hätte erledigen lassen können? Dass Sie mich wegen dem, was ich hier heute fand, nie wieder sehen werden? Ich weiß nicht, was ich hier heute getan habe. Es verliert sich in Ahnungen, denen ich jetzt nicht hinterherreisen möchte. Wenn ich immer begreifen würde, was ich tue, bliebe ich ständig hinter meinen Möglichkeiten zurück. Ich bin kein unverrückbares Krankenhausinventar. Womöglich gehöre ich deshalb nicht hierher. Ist es das, was sie hören wollten? Ach … wissen Sie, es ist mir eigentlich egal.«

Ich spule mich im Innern auf, im Unbewusstsein darüber, dass alles stimmt. Es tobt gewaltig in mir. Ich bin aufgekratzt und je mehr Argumente ich ins Feld führe, desto deutlicher spüre ich, dass ich ihm eigentlich etwas ganz anderes sagen müsste. Ich formuliere im Kopf die nächsten Sätze: »Vielleicht hätte ich mich verlieben können! Aber das ist jetzt für immer vorbei … wird nie beantwortet. Das ist lebenslängliche Gedankenkatatonie. Begreifen Sie das? Diese Sektion, das ist das eine … aber sie ist tot, Mann … Es geht um mich!«

Ich brülle ohne jeden Ton, kein Wort verlässt mich, die Barriere des Fremden tut ihr Werk.

Er sieht mich an und wartet, holt sich immer mehr gefühlte Versicherungen über mich ein, will wissen, wie ehrlich ich bin. Er provoziert und will genau das hören, was ich nicht sage. Aber ich bin nicht sein Verbündeter. Maria und ich bleiben eine nicht betretbare Enklave. Er sieht es, er weiß es, und es reicht ihm, um milde zu bleiben.

»Wir haben genau das besprochen, was Sie Dr. Möbius empfohlen hatten zu sagen. Wir haben über das Nichts gesprochen. Denn das war es, was Sie wussten, von Anfang an wahrscheinlich. Das war es, was Sie gefunden haben. Ihr Nichts, und das wissen wir alle, ist nicht nichts. Aber hier steigen wir Ärzte aus und nur für diese kleine Spanne steige ich mit Ihnen wieder ein. Länger an diesem Ort zu verweilen ist für niemanden gut. Ich weiß, dass es sich auch für Sie seltsam anfühlt, dieses vorhandene Nichts. Wen aber wollten wir in einer medizinischen Erklärung bemühen, ohne Hegel, Kant oder den Heiligen Geist auf den Plan zu rufen?

Nichts … gibt es das?

Wenn Sie hier weiterarbeiten und mich sehen, dann werden Sie jedes Mal wissen, dass Sie kein Sonderling sind. Eigentlich gehören genau Sie genau hierher. Aber das kann niemand bezahlen, ich weiß. Sie kannten sie. Wie genau oder wenig spielt keine Rolle.«

Er sieht, dass ich fertig bin und müde, legt seine Hand kurz auf meine Schulter.

»Ja! Sie ist an nichts gestorben!«

Dann geht er davon.

Wie oft fragen wir: »Was machst du? Was denkst du?« Und wie oft antworten wir einfach mit »Ach nichts ...«, das für mich nur im Vor- und Nachher unseres Seins existiert.

Ich habe die Schnauze voll von diesen Überlegungen, die ich nicht rufe. Es bleibt nur selten beim Grundgedanken, beim Einfallsstamm. Äste, Zweige, Ästlein, Knospen ... Ganz oben angekommen, sehe ich Wälder. Vielleicht sollte ich noch Holzfäller werden.

Bevor ich mit dem Türrahmen verwachse, hüpfe ich dreimal kurz, wie ein Boxer beim Warmmachen. Ich schüttle mich, als könne ich mich dadurch einiger der wirren Tagespartikel entledigen, die sich in Taschenecke, Hosensaum und anderen schwer erreichbaren Winkeln angesammelt haben. Aber es fällt nichts von mir ... wie auch, warum auch ... packe alles in den Kleinhirnrucksack.

Ich erspähe meine Tasse, komme bei den Gedanken um den alten Kaffee an und ziehe es vor, das Melodram Kaffee früher als gedacht zu beenden. Trinke das Stück staccato zu Ende, wasche die Tasse ab. An etwa zweitausendsiebenhundert Tagen habe ich aus ihr getrunken, immer aus dieser einen Tasse, immer diesen meinen Krümelkaffee. Aus meinem Mund gestolperte Sätze, ausgesprochenes Beileid, Gedanken von Ärger und Traurigkeit, die ich äußerte, kleben noch am Rand. Ich beseitige die ganze Pathologie, gewissenhaft, kleinlich. Ich nehme das nicht mit. Morgen wird ein neuer Tag sein, mit einer neuen alten Tasse. Ich gehe los, sehe noch einmal über die Schulter und zwinkere meiner Tasse zu. Bis nachher dann.

Es sind vielleicht fünfzehn Minuten vergangen, seit ich den Saal verlassen habe. Ich bin wieder zurück und erneut erreicht mich bewusst der Geruch einer Sektion. In fünf Minuten wird auch das vergangen sein. Unwillkürliche Sinnesadaption. Anpassung liegt also nicht immer in unserer Hand. Dr. Möbius hat sich bereits aus den Organen zugeschnitten, was sie weiter untersuchen möchte, und die Proben in die vorbereiteten Behälter getan.

Als stünde ich unter einem Perpetuum mobile der Stimmungen und wartete darauf, welche davon mir gerade jetzt auf den Kopf fallen würde. Jede hätte mich treffen können und es erreicht mich trockene Sachlichkeit.

Die zu erledigenden Dinge rufen nach einander. Ich rolle die Bahre dicht an den Sektionstisch, schlage das weiße Tuch auf, verliere mich nicht in Gedanken und Vergleichen, nicht in ihrem Namen, nicht in ihrem Gesicht, ihrem Hiersein, ihrem Nichts …

Der Reihe nach nehme ich die Organe von den Tabletts, lasse sie nochmals abtropfen und bringe sie an ihren ursprünglichen Platz. Was aber tue ich mit dem Gehirn, dem Ort all dessen, was sie war? Ich will nicht mehr, mir reicht's, will noch Kraft bewahren fürs Herüberreichen in fremde Hände. Halbiere ein frisches Laken, lege das Gehirn hinein, falte den Stoff zu einem flachen Paket, lege es zu den anderen Organen dazu. Ich mache weiter, wo ich aufhörte zu nähen, verschließe sie endgültig.

Eines meiner fiesesten Schweine ist in mir unterwegs, flüstert: »Sauber, rein, schön, zart, weiblich, glatt, sanft …«

Ich sehe sie wieder, sehe, was das Schwein flüsterte, und beginne zu fragen und zu vermissen.

»Warum?«, frage ich sie »Warum so?« Ich bin wieder kurz davor durchzudrehen.

Ich habe es geschafft, sie so sorgfältig zu behandeln, dass kein einziger Blutfleck auf irgendeinem ihrer Tücher zu sehen ist. Das gelang mir noch nie.

Die Bahre wieder an die Wand geschoben, lasse ich die Tücher aufgeschlagen. Die Wärme des Saals soll in sie kriechen, bis der Bestatter kommt. Der Sektionstisch ist voller Tabletts, aber keines davon wie sonst voller Blut. Blasse Spuren nur, schnell beseitigt. Den weißen Kunststoff mit Desinfektionslösung benetzt, zum Trocknen auf den Fußboden gestellt, an die Wand gelehnt. Den Sektionstisch nehme ich Stück für Stück auseinander. Abspülen, abwaschen, benetzen, auf den Fußboden stellen, an die Wand lehnen. Tak, tak, tak … Es geht und schnurrt aus dem Effeff. Ich werde zum Tu-Ding neben leblosem Ding. Gut so.

Die letzte Nadel, die letzte Schere schrubbe ich noch einmal sauber, putze mich aus der letzten Autopsie. Was wird morgen sein, mit ihr, mit mir ohne sie, mit der anderen, mit der sie mich den ganzen Tag verband? Was wird aus dem abgebrochenen Einmaleins meines Alltags?

Das wirst du morgen sehen, sagt mein innerer Doktor.

Das Besteck räume ich ins Regal, desinfiziere die Desinfektionswanne, stelle sie weg. Alles an die Wand Gelehnte nehme ich vom Boden, lege es auf den auseinandergenommenen Sektionstisch. Der Wischer scheint vergnügt mit mir über die Fliesen zu wehen, grüßt jede Ecke, ist sich sicher, nichts ausgelassen zu haben. Ich ziehe den textilen Teil ab, packe ihn in eine Zellophantüte, lege ihn für das Reinigungspersonal zur Mitnahme vor die Tür. In der Schleuse ordne ich Hosen, Kasacks, Laken, Handtücher … akkurat!

Das Neonlicht über dem Sektionstisch lässt alles trübe erscheinen, der Geruch von scharfen Mitteln verschafft mir das Gefühl von nicht genügend vorhandenem Sauerstoff. Beides ist durch Gewohnheit entstandener Irrzustand. Werde ich ihn trotzdem vermissen?

Ganz weit öffne ich die Augen, öffne die Lungen. Ich sehe, ich rieche und weiß, ich habe mich aus dem Saal gewaschen. Keine Persönlichkeit mehr da. Fertig. Schuhe aus, Schuhe an. Ich gehe vorbei am Gebirge im Archiv, grinse schadenfroh. Im Büro angekommen, krame ich meine persönlichen Habseligkeiten aus dem Schreibtisch, packe sie in meine Tasche. Das Fenster vor dem Schreibtisch ist gigantisch, reicht von Wand zu Wand. Ich reiße es für einen Augenblick auf, verschaffe mir die Möglichkeit, frische Luft zu atmen, und sehe, dass ein Unwetter heraufzieht. Wenn meine Stimmung so gepolt ist, dass alle Worte, die ich an einem Tag sagte, als Buchstabenreihe vor meinen Augen erscheinen, immer mit ihrer Definition in Klammern, dann kann sich das Wort »Unwetter« durchs ganze Leben ziehen.

Es ist nur ein Unwetter, vielleicht ein Gewitter, Regen, Hagel, Sturm. Es ist eben Wetter und ich liebe auch das. Unwetter, aber es gibt ein Danach.

22

SEHEN

Ich suche nach einem anderen Wort für Unternehmung. Gedanken, Ideen, Fahren, Ankommen, Sehen, Wissen, Fahren, Spüren … Das ist mehr als eine Unternehmung. Unter all dem Getanen lag die Spur, der ich folgte. Eine Spur aus Sucht und Verlangen, ein Duft, der einen blindlings führen kann, ohne Selbstantrieb.

Maria zu sehen war schwierig geworden. Das wusste ich von vornherein. Schwierig, weil es sich so gut anfühlte und wieder weg war, bevor es ankam. Als es ankam, war ich unterwegs, und es zeigte mir wieder die Deutlichkeit des auf unbestimmte Zeit oder für immer Unerreichbaren.

Die halbe Stunde, in der ich Maria sah, war ich schon wieder doppelt auf dem Rückweg. Noch auf den Landstraßen schlug der Regen nieder, die Scheibenwischer erreichten meine Geschwindigkeit. Eine Ortschaft, eine nächste. Schnell wie die Scheibenwischer wollte ich in die Nacht rasen, schnell fort. Aber wozu schnell? Schnell durch die Zeit. Schnell die Zeit vernichten, die zwischen Maria am Meer und Maria beim nächsten Sehen lag. Mit angezogener Handbremse die Vorderräder durchdrehen lassen. Schnell, ganz schnell, schneller noch, irrsinnig, als Motor der Uhr der zu überbrückenden Zeit. Der kleine, alte, brave Ford spulte mich über die menschenleeren Straßen, viel zu schnell dann durch ein Dorf.

Blitz, 35 Punkte, 12 Jahre Fahrverbot, 310.319,76 Euro Bußgeld.

Als ich die Autobahn erreichte, erreichte mich ihre spürbare Abwesenheit. Der vor Kurzem gegossene Nährboden für den immer blühenden Park einer Liebe, für die es noch keine Lieder gab, war nun schon so trocken, so ohne Wasser, jetzt schon, so schnell. Der Akku fast leer.

Mein alter Wagen konnte zwar einen Blitzer auslösen. Auf der Autobahn stellte er aber eher ein Verkehrshindernis dar. Das Vorbeischmettern PS-geladener Geschosse vermittelte mir den Eindruck, ich könnte aus meinem Wagen heraus Blumen pflücken. Mit 130 Stundenkilometern sah ich mich nicht in Gefahr und tippte Nachrichten in mein Telefon.

> Paul: *Noch 100 Kilometer, liebe Maria. Geht es mir gut? Es geht mir gut, glaube ich. Ich war aufgeregt, was hätte ich anderes sein können? Dich zu sehen musste sein. Schlaf gut. Dein Paul*

Auf der Fahrt zurück nach Berlin rief mich mein alter Freund Marco an. Vor einigen Jahren war er nach Bayern gezogen, raus aus meiner Reichweite. Da war er aber immer, in meiner Reichweite. Auch wenn wir mitunter Wochen nichts voneinander hörten, so verband uns doch eine gegenseitige Verfügbarkeit ohne Einschränkungen.

Warum muss man erst so spät feststellen, was das Wort »Freund« bedeutet und welches Gewicht daran hängt? Hat es damit zu tun, dass auch erst viel später die Sprichwörter unserer Tanten, Onkels und Großeltern, die uns zu den Ohren herauskamen, endlich verstanden bei uns ankommen?

Ich machte Stopp an einer Raststätte, war müde, wollte einen Energydrink. Flying Horse gibt's nur noch selten; das stelle ich fest, weil Red Bull eine Süße hat, die mir saurer kommt als die aus dem Fliegenden Pferd. Und weil ich mich beinahe schon prinzipiell zu den Verdrängten hingezogen fühle, boykottierte ich die Marktbeherrscher sowieso. Einen fliegenden Horst, eine Tafel Vollmilchschokolade Traube-Rum, zwei Würstchen im Brot und in Gedenken an Marco eine Tüte Haribo Erdbeeren. Wenn wir zu Ostzeiten an Forumschecks gelangten oder Westgeld, dann war dies unser Hauptnahrungsmittel – Haribo Erdbeeren. Die zweite Wahl und für Ostmark erhältlich war dann sofort Bambina. Erinnerungen.

Maria: *Paul, lieber Paul. Komm gut zu Hause an! Bin die ganze Zeit bei Dir … Hab mich so gefreut, dass ich Dir so nah sein durfte! DANKE!!! … Und es tut mir so leid, dass ich kaum Zeit für Dich hatte. Bitte verzeih mir dies! Nun hab ich es erzählt. Den Mädels. Ja, ich kenne dich. Auch wenn sie nichts von unserer Nähe ahnen und erfahren werden. Du bist da, kann es nicht leugnen, will es nicht. Es gab viele kleine Fragen und freudige Gesichter. »So weit ist der gefahren und du wusstest es nicht?« – »Ja, so weit ist er gefahren und ich wusste es nicht.« Da wollte ich dich nicht verstecken. So lieb bist Du, wie verrückt. Ich liege im Bett und denke an Dich, daran, dass Du mich heute sehr glücklich gemacht hast! Wünschte, ich wäre jetzt bei Dir!!! Ich wünsche es mir einfach, gegen alles Verbietende, weil ich weiß, dass Du mit allem zu tun hast, aber nichts mit Dir. Gute Nacht. Und bitte schreib mir noch kurz, wenn Du da bist. Du bist wunderbar, Paul! Deine Maria*

Paul: *Liebste Maria. Bin angekommen und treffe mich noch mit einem alten Freund, der sich gemeldet hat. Ich sollte hinüber sein, ins Bett fallen wollen, aber es ist nicht da. Es freut mich, dass ich bei Dir war, dass Du mich nicht ver-*

stecktest. Ich möchte, dass wir uns eines Tages dort wieder treffen. An diesem Ort, an diesem Meer. Nicht um Wiederholung geht es, um Anknüpfung viel eher. Mir kam dort alles weltentrückt vor. Ohne Zeit, die ein messbares Ende hätte. Liebevolle Gedanken für Dich. Dein Paul

Maria: *Schön, dass Du angekommen bist! Komm gut durch die Nacht, liebster Paul! Bei Dir, Deine Maria*

Paul: *Guten Morgen, mein Zauber. Die Fahrt war lang, aber gut. Meinen Freund habe ich abgeholt, er bleibt bis morgen. Schön! Bis heute früh um 5 Uhr haben wir gequatscht. Wir sind Zwillinge im Geiste. Sag, konntest Du schlafen, geht es Dir gut? Ich habe so viele Fragen und wenn ich bei Dir bin, hat keine mehr Bedeutung. Nur noch Du und ich. Du Schöne, hab einen friedlichen Tag mit den freudigen Gesichtern. Ich halte Dich. Dein Paul*

Maria: *Lieber Paul. Ja, ich habe gut schlafen können. Gerade sitzen wir am Strand. Der Wind von gestern ist Schnee von gestern. Es ist sehr ruhig, überhaupt ist es sehr still … auch die Mädels. Keine Fragen, nur sagenhafte Milde, die ich nicht erwartete. Ich blicke aufs Meer, denke an Dich und über Dich nach. Egal, wohin mich meine Gedanken führen, mein Herz geht dabei auf. Was ihr »Zwillinge« wohl gerade macht? … Wir werden am Nachmittag nach Gdansk fahren … Hab(t) eine guten Tag! Ich werde bei Dir sein. Deine Maria*

Den hatten wir. Ja, Marco zog damals nach Bayern, war einfach plötzlich weg. Nicht mehr in Berlin, nicht annähernd in meinem Dunstkreis und es fiel auf, fiel mir im Herzen auf. Marco. Marco erfand Worte wie: Unterwasserstabhochmurmeln, Breitbanddilettant und klopft Sprüche wie: »Hohlmantelgeschosse können ohne Daumen keine Blumen pflücken!!! Ich finde das nicht gut! Dabei könnte es so einfach sein.« Und das macht er den ganzen Tag, schon immer und es geht einem auf die Nerven. Und man darf zu ihm sagen: »Halt doch mal die Fresse.« – »Aber nein«, antwortet er dann und nervt mit einer ebenso abstrusen Entschuldigung für das vorher Gesagte weiter. Letztendlich liebte ich ihn dafür wieder.

Wie lange war das her? Was ich am meisten aus heutiger Sicht auf unsere Zeit liebte, war unsere fehlende Weitsicht, die uns unverdrossen und unverdorben an alles herangehen ließ. Wir fuhren mit dem Motorrad absichtlich bei Rot und mit Vollgas über Kreuzungen, um zu sehen, wen es erwischt. Wir gingen in Dorfdiscos, in denen Berliner nicht gern gesehen waren, machten die vergebenen Mädels an und wussten, dass wir später, auf dem Feld, ordentlich eins in die Fresse bekommen würden. Wir bauten nachts, im Dunkeln, hinter einem Wellblechkino ein Zelt auf und stellten am Morgen fest, dass es uns gelungen war, das Zelt auf dem einzigen kackefreien Platz aufzustellen. Ja, das ist Freundschaft.

Wenn ich die Welt mit Marco und mir darin betrachte, dann war es damals eine Welt mit Marco und mir darin, mehr nicht. Heute kann ich nicht außer Acht lassen, dass meine psychologische Draufsicht immer mehr an meinen Betrachtungen ungebeten teilnimmt. So geschieht nicht etwas, nur weil es gerade geschieht oder aus Lust und Laune. Das tut es nämlich nie. Das macht das Leben nicht unbedingt leichter, nein, es nervt mitunter enorm.

Wenn drei Viertel deines Agierens und deines Aktions-, Reaktions- und Denkradius auf eine Person ausgerichtet sind, dann fällt es schwer, auch dem besten Freund ein ebensolcher zu sein.

Marco kann das ab. Marco redet mit mir, Marco weint mit mir und wenn es der Umstand verlangt, geht er auch mit mir in die Badewanne, lässt Blasen steigen und singt dabei *La Paloma*. Nackt!

Ein paar Tage blieb der alte Freund auf meiner Couch, ein paar Tage länger als gedacht. Er schleifte mich durchs Kino, ging mit mir essen und vernichtete mit mir Stunden.

Dann war er wieder einmal fort, aber diesmal war er nicht weg.

Die Tage waren ein einziger Brei, waren schwere Arme und Beine und Köpfe. Maria und ich tanzten auf unseren Zeilen. Wir schrieben uns, dann und wann. Wir telefonierten hin und wieder, weinten, waren minutenlang still. Wir kamen nicht vorwärts, ein Rückwärts schloss sich aus. Ich wünschte, vom Kämpfen müde zu werden, umzufallen, liegen bleiben zu können. Aber wie sinnlos schien der Wunsch, der um mich schlich und nicht in der Lage war, mir auch nur ein Bein zu stellen, in Anbetracht der Kräfte, die in mir noch jeden Kampf um jeden Preis aufrechterhielten. Stets am äußersten Rand der Belastbarkeit, bewegte ich mich immer noch wie auf Schienen, niemals gleich einem Seiltanz über dem Abgrund der Aufgabe. Wir wussten, es musste etwas geschehen. Aber was und wie?

Niemals war es für Maria eine Frage der Entscheidung zwischen ihm und mir gewesen. So sehr sie auch darüber nachdachte und sich innerhalb ihrer Gedankenwege immer neue Pfade suchte, die allesamt zu keinem leidlos begehbaren Weg führten, so sehr war ihr auch klar, dass ich zu ihrem Leben gehörte. Ob ich sie anrief, ob ich ihr schriebe, ihr gegenübersäße, neben ihr läge oder all das nicht der Fall war – es spielte keine Rolle; ich war immer bei ihr. Sie machte sich stark, mich behalten zu können, und wurde schwach dabei. Sie versuchte, erklären zu können, was erst dann ganz einfach zu verstehen ist, wenn man von den hinlänglich gesellschaftlich vorgegebenen und vorgelebten Vorstellungen von dem, *wie viele* Menschen wir lieben dürfen, abweicht.

Und auch ich wollte, dass das alles aufhörte und weiterging. Ist der Gedanke, zwei Menschen zu lieben, denn so irrwitzig, so abwegig, in dieser selbst so irrwitzigen Zeit?

Immer wieder griff mich ihr Nichtdasein in den Unterschriften ihrer Nachrichten an, in denen sie schrieb: *Bin bei dir*. Natürlich war sie das und sie war es verdammt noch mal nicht. Ihre Abwesenheit pfuschte mir ins Tagewerk, pinkelte mir ans Bein, schlug mir ins Gesicht und trat mir in die Rippen. Und alles, alles ließ ich mit mir machen, ließ ich mir gefallen, von allem, was noch kommen mochte, was das Nächste für mich bereithielt. Zu entrüstet hörte ich sonst den Zyniker: »Was denn, du gibst schon auf?« Lieber saugte ich aus einer kurzen Nachricht den mich beruhigenden Saft, als dass ich sie im Protest meiner schon derat über Straßenschotter geschleiften Nerven verlöre. Meine Insassen waren noch nicht zur Höchstform aufgelaufen und ich versuchte, mich zu wehren, einen Schritt zu gehen. Wer hält was noch wie lange aus?

Im Tran der Wochen machte ich Schritte in tausendfachen Kreisen. Ich hörte so vieles und doch kam es niemals bei mir an. Die Unerträglichkeit der Gleichheit der Tage und der Restwille in mir, diese abstellen zu wollen, schafften es, einen Termin und einen Platz zu finden, an dem ich versuchen konnte, mich aufzuräumen. Ich verabschiedete mich für sechs Wochen, ganz egoistisch, dachte nur an mich, mich, mich. So, wie es war, war es nicht auszuhalten und dafür gab es andere Gründe als Maria und mich. Aufräumen, ja, da war ich angekommen.

Mir wurde eine anthroposophische Klinik empfohlen. Ich und Anthroposophie. Du heiliger Bimbam. Tonberge kneten, Klangschalen stapeln, meinen Namen tanzen und lernen, sagen zu können: »Ich liebe mich.« Mir graute davor, ich nahm es aber als zu billigendes Mittel in Kauf. Irgendwo muss man immer bezahlen. Ich packte meine Tasche, mein bisschen Leben in die Tasche.

Der erste Eindruck von der Gagastation. Was ist das, der erste Eindruck? Gerüche waren schon ganz schnell da, schneller als ich in den Räumen, aus denen sie kamen. Ich roch etwas und ordnete es nicht ein. Ich wollte nichts ordnen, was sich außerhalb von mir bewegte, ohne dass es mich betraf. Ich brauchte Ordnung in meinem Schrank. Gerüche, Räume, Menschen – noch nicht. An Orten, von denen ich mir etwas erhoffe (wenn vielleicht auch zu viel), möchte ich mich wohlfühlen können. Ja doch, ich weiß, in der Unfallchirurgie hoffe ich, dass sie mein gebrochenes Bein richten und eingipsen. Aber das hier sollte Mutterschoß sein. Zurück zu jenem Anfang, als alles noch ungetrübt und verletzungsfrei war. Dort, am Beginn der ersten Empfindungen, alles reparieren und die Erkenntnisse im Hier und Jetzt hochstufen. Ging das, konnte ich etwas in dieser Richtung erwarten? Ich war eine Stunde dort und fühlte nichts außer Fremde und den alten fiesen Kokon.

Es klopfte an meiner Zimmertür, eine der »älteren« Patientinnen, sie war vielleicht Mitte fünfzig, wurde dazu verdonnert, mir alles zu zeigen.

»Wir duzen uns hier alle«, sagte sie, verriet mir auch gleich ihren Vornamen, den ich sofort wieder vergaß.

Flure und Wege, die ich mir merken sollte. Aufenthaltsraum, Waschraum, Wasserraum, Wäscheraum, Musikraum, Küchenraum, Raumraum. Wie das immer so ist am ersten Tag: auf Anhieb für einen kleinsten Zeitraum zu viel.

»Das wird mit der Zeit«, sagte sie. Das konnte ich auch schon nicht mehr hören. Geredet, gezeigt, gehört, gesehen. »In der ersten Woche geschieht nicht viel«, sagte sie dann. Heute ist Mittwoch! »Geduld soll man hier haben«, sagte sie dann weiter. Geduld?

Ich habe gekämpft mit mir und meinen Insassen, ich habe meine Familie in Bedrängnis gebracht und Spaß war nicht dabei. Ich habe meinen wenigen Freunden, ihrer Anzahl entsprechend, viele Sorgen aufgeladen. Ich habe die Tage gezählt, die Stunden, die Minuten, ich habe Tabletten genommen, Johanniskrauttee getrunken, komische Kapseln geschluckt, sinnvoll lange Tage sinnlos ferngesehen und irgendwie versucht, dem Leim zu entkommen, auf den ich mich geführt hatte – ich hatte Geduld gehabt, verdammte Scheiße!

Ich war hier, weil ich nicht aufgeben wollte, obwohl es leichter gewesen wäre, denn ich hatte keine Geduld mehr, schon gar nicht mit mir. Die Zeit verstreichen lassen konnte ich auch zu Hause.

Des Ungeduldigen Untugend ist es, den Tag schon vor dem Abend zu verdammen. Gebiert sich aber die Ungeduld aus

Ungewissheit, dann ist der frühe Morgen schon der Feind des bevorstehenden Tages.

Und dann kam doch noch Bewegung. Eine Schwester brachte mir Unterlagen, Fragebögen, Einverständniserklärungen und einen ersten Termin. 13:30 Uhr zur Ärztin.

Ich haderte mit dem Essen. 13 Uhr und mein Magen hatte bisher nur einen Kaffee gespürt und durchrutschen lassen. Ich traute es mir zu und verließ das Zimmer, nahm das Tablett mit meinem Namensschild, so, wie es mir gezeigt wurde, aus dem Rollcontainer und wagte ein paar Happen. Wie ich es nicht anders von mir erwartete, suchte ich in der Gemeinschaftsküche einen Platz fernab von allen anderen. Ich fremdelte. Ich aß schnell, aß nicht alles, nahm die Banane mit. Auf dem Weg aus der Küche griff ich nach einem Glaskrug im Regal, suchte und fand den Wasserautomaten auf dem Flur. Ein paar Minuten noch bis zum ersten Termin. Hoffentlich dauert der lange, dachte ich und: Ich will Termine, viele Termine, viele lange Termine. Haarsträubende und frisurmachende Termine – und wusste da gar nicht, was ich wollte. Dann wusste ich wieder, was ich noch wollte: Ich wollte nicht mehr auf meinen selbstgestellten Fragen und deren, in vielerlei Gestalt gegebenen Antworten sitzen bleiben, die schwerer wogen als jedes Kreuz, an das man mich hätte nageln können. Das geistige Kreuz kann zur Verdammnis des ungewollten Denkers werden.

Die Ärztin hatte eine unvorteilhafte Frisur. Wir saßen am Fenster. Zwei Stühle gegenüber voneinander, kein Tisch dazwischen. Sie fragte Medizinisches, sie fragte die Historie meiner physischen Defekte ab. Ich antwortete brav, eins nach dem anderen, wir kamen bei den Allergien an. Ihr Sohn hat eine Schulallergie, ich antwortete: »Mein Kater hat eine Katzenhaarallergie.« Dann sinnierte ich noch einmal über das Wort »Schulallergie« und befand: »Warum nicht?!«

Herz- und Lungentöne wollte sie hören. Ich nicht. Ich hörte sie ja schon seit Wochen. Ob ich aufgeregt sei, fragte sie mich.

»Nein«, so geht das schon die ganze Zeit. Ich knöpfte mein Hemd wieder zu, sie wünschte mir ein gutes Ankommen, hier. Na dann …

Auf dem Weg ins Zimmer bekam ich einen neuen Termin. 15 Uhr bei der leitenden Psychotherapeutin. Ein Termin war immer gut. Ein Termin bei der Leitenden, ob es wohl schon ans Eingemachte ging? Das Wasser stand den ganzen Tag schon hinter den Schotten und ich stemmte mich noch mit meinem Gewicht dagegen.

Als ich in meinem Zimmer ankam, gab ich auf und nach. Ich verließ die Schotten, die Bretter krachten und ich weinte.

»Weine … weine, weine, weine … so viel … und solange du willst.« Ein Lied von Philipp Poisel. Eines unserer Lieder. Und ich machte es so, wie es in mir klang und zu mir sprach: weine …, weine, weine, weine. Und das eigene Weinen trieb sich durchs Lied verstärkt und doppelt voran. Ich weinte und wusste, dass ich bis zu diesem Tag an jedem Tag geweint hatte, da weinte ich umso mehr, so wie jeden Tag.

Ich habe mich geprügelt. So richtig mit der Faust. Ich habe einen Dachboden ausgebaut, Wände aufgestellt, elektrische Leitungen verlegt, Heizkörperrohre zusammengelötet. Ich habe mit dem Vorschlaghammer in der Schmiede gearbeitet, mit der Sense stundenlang das Feld bearbeitet, Zementsäcke geschleppt. Männerarbeit. Ich habe bodenständige Dinge getan, dem Boden näher als irgendeinem weinerlichen Himmel. Wann nur ist dieser dennoch über mich hereingebrochen? Ich wusste wie wichtig Weinen war, wie leicht mir danach für ein paar Stunden war, und dennoch ging es mir so unsagbar auf die Nerven und an die Substanz. Wo war der Boden? Ich hatte das universale Verlangen danach, alle rührseligen Instrumentarien, die einen Waschlappen aus mir machten, zu beseitigen. Einschließlich aller Lieder, die mich erweichen ließen, aller Emotionen und Liebe, die ich in mir hatte. Alles sollte verschwinden und mit ihnen die Fähigkeit, sich daran erinnern zu können, wie schön aber auch all das sein kann. So wäre es kein Verlust.

Noch hatte ich das Zimmer für mich allein. Das sollte sich bald ändern, dann wollte ich die Schotten wieder dicht machen.

Es war noch eine halbe Stunde bis 15 Uhr, ich war müde, so müde, schloss kurz die Augen. Da war ein Rauschen vor dem Fenster, ein Rauschen in den Bäumen, ein ebensolches wie zu Hause. Ganz seicht beruhigte es kurz, dann schlug mein Herz wieder dazwischen, laut. Der Termin stand, ich auch, vor der Tür, an die ich klopfen und vor der ich warten sollte. Nichts tat sich. Ich nahm mir vor, das akademische Viertel abzuwarten, ich las derweil die mir mitgegebene Krankenakte. Viel gab's da nicht zu lesen, noch nicht. Dann ging's zur Sache. Die Ärztin kam.

»Der Tag fängt mit Warten an«, begrüßte sie mich freundlich und reichte mir die Hand. Sie schloss die Tür auf, an die ich vor zehn Minuten geklopft hatte. »Möchte Sie einen Tee?«

»Ja, sehr gern«, antworte ich leise. Wieder zwei Stühle, wieder vor dem Fenster. Ich durfte mir aussuchen, wo ich sitzen wollte. Oder sollte ich mir aussuchen, wo ich meinen Platz sah? War das schon ein Test? Sie wollte wissen, was das Dringendste sei, was mich hierhertrieb. Ich kramte in meinem Schädel und suchte im Gedankengerümpel nach dem Karton mit den vorgefertigten Karteikarten. Der war weg! Erst nach Minuten fand ich den Ansatz einer Antwort. Sie hatte mir diese Zeit ohne zu drängeln gelassen. Dann entwickelte sich das Gespräch, weil wir eine zusammen hörbare Sprache fanden. Wir stießen sehr schnell an Stationen und an Mauern mit Männern und Leitern, an Muster und dann an die Frage, die sie beunruhigte, die Frage, warum ich mein Leid unter das der anderen stellte, weshalb ich mehr Rücksicht auf die Befindlichkeiten anderer nähme als auf die eigenen. Dies wollte mir nicht einleuchten, fand als Tatsache den Weg nicht zu mir und dass es so war, beunruhigte sie aufs Neue.

Sie merkte, dass ich mit mir kämpfte, sehr mit mir kämpfte. Hilles Land war fast schon unter. Ich kaute auf den Zähnen, ich biss. Sie sah auch dies, sprach es an: »Das kostet Kraft … und Sie kämpfen dagegen an …« Ich sagte nichts, es stimmte ja, vorerst irgendwie, und stellte es nicht ab. Auch nicht als sie sagte, dass ich nicht kämpfen müsse und dass es ihr Job sei, dies aushalten zu können.

Da war es wieder, dieses »Aushalten«. Hatte ich das nicht schon vor einigen Wochen gefunden: »Das Maß aller Dinge ist das Maß alles Aushaltbaren«?

Darüber sprach ich nicht mit ihr. Sie aber mit mir über meine Lebenslust und ich mit ihr darüber, wie sie verschwand, wie ich mir eines Tages einen Baum suchte, nicht ganz ohne Humor, denn es sollte kein Nadelbaum sein, weil ich diese nun mal nicht mochte.

Einen Vertrag wollte sie mit mir abschließen. Ich sollte darin versprechen, beim Aufkommen von Gedanken an Bäume und Seile vorher mit jemandem zu reden. Worüber reden? Darüber, wie es ganz sicher klappt? Ich erkannte die Idiotie und den dahintersteigenden Sinn darin und versprach es lapidar. Meine Insassen zeigten ihr einen ordentlichen Vogel, einen ausgewachsenen.

Entweder, oder – meine Gedanken dazu waren paradox. Endlich gehen zu können, das Befürchtete nicht durchleben zu müssen, unendliche Ruhe zu finden – aber bleiben zu müssen, um zu fühlen, was die gerade fühlen, die nach mir blieben. Das funktioniert nicht, denkt sich aber so. Es ist sehr hart, gehen zu wollen, aber nicht gehen zu können. Eine Entschlossenheit wäre mir lieber gewesen.

Sie beendete das Gespräch. »Wenn etwas ist«, dann sollte ich mich melden … Lieb gemeint, dachte ich. Also melde ich mich den ganzen Tag?

Am Nachmittag sah ich zu, dass ich Land gewann. Ich fiel mir langsam auf den Wecker. Ich war unauffällig da, also konnte ich unauffällig verschwinden. Ich stieg verbotenerweise ins Auto, fuhr zum Bahnhof Zoo. Dort wusste ich einen Künstlerbedarf, ich brauchte einen Technischen Zeichner. Ich wollte zeichnen, Bilder bauten sich zusammen.

Keine Nachricht von Maria.

Anderthalb Stunden war ich unterwegs, kaufte Weintrauben noch und Süßes. Ich parkte an der gleichen Stelle, war wieder da und keinen hat's interessiert. Gut so!

18:30 Uhr wollte ich doch etwas essen. Die Gemeinschaftsküche war voll. Ich grüßte leise, dass man es gerade so bemerkte, aber immer noch so leise, als hätte ich nicht gegrüßt. Denn das wollte ich nicht: grüßen.

Teller, Messer, ein Brötchen, Wurst, Käse, keine Butter und einen Stuhl, zu dessen rechter und linker Seite niemand saß, fertig.

Stumm verdrückte ich das selbst gewählte karge Mahl. Ich rede manchmal gern. Am liebsten mit mir vertrauten Menschen, manchmal stundenlang. Und dann, im Extrem, wieder gar nicht. Füftie-füftie also die Chance. Man hat ja so viel gesehen, erlebt, gehört und gelesen ... Und zu dem eben gehörten Satz aus einem fremden Leben fällt mir ein Beispiel ein aus meinem Leben. Aber das Beispiel findet nicht aus mir heraus. Mein inneres Feng-Shui ist verstellt und mein Chakra hängt schief. Der Mensch ist oft geneigt, sein Leid mitzuteilen, um es durch die Mitteilung aus sich zu entlassen. Unter die Menschen gestreut, besteht eine geringe Aussicht darauf, dass es aufgelesen und verstanden wird, jemand helfen kann. So der Ansatz. Aus mir wollte gar nichts heraus. Nicht hier, nicht jetzt, unter all den anderen ... unter all den ... ja was eigentlich? Unter all den anderen Normalen. Denn ein ordentliches Ding an der Waffel zu haben gehört in die Objektbeschreibung, wenn ich von mir und »normal« schreibe. Für andere gilt es also ebenso. Das, was ich gerade als mein Leid empfand, sah in anderen Augen vielleicht winzig aus. Aber es geht nicht um andere, wenn man mit sich zu tun hat, und es war mir scheißegal, wie es für andere aussah. Für die Masse Leid, mit der ich unterwegs war, gab es unendlich viele Worte, dass ich weder Anfang noch Ende hätte finden können. Aber sie sammelten sich in meinem Mund, weil der Kopf keinen Platz mehr hatte und sie hinausschob. Egal wie freundlich jemand auf mich zugekommen wäre, ich hätte trotzdem nichts äußern wollen oder können, außer mich schlagartig zu erbrechen.

Mit der aufzubringenden Geduld für die Tage, in denen noch nicht viel geschieht, gestaltete ich so den Countdown bis zum nächsten Termin, indem ich tatsächlich hoffte, gefordert zu werden.

Tage, in denen noch nicht viel geschieht? Nicht viel bedeutet doch aber nicht: gar nichts! Was also geschah von Donnerstag bis Montag? »Selbstmanagement« wird es genannt, aber dir nicht verraten und von Anfang an beobachtet. Was tut unser Gagafreund, wenn es ihm nicht besonders gutgeht oder er gar am Limit tanzt und er auf sich allein gestellt ist? Was unternimmt er, wenn es an der Zeit ist, die Hirnratten wieder in den Käfig zu bekommen? Wie beruhigt er sich, was tut er, damit er sich wohlfühlen kann?

Der Zeichenblock, den ich mitbrachte, die Technischen Zeichner, die ich kaufte, waren eine Antwort. Ich machte mich breit auf dem schmalen Tisch und begann zu zeichnen. Ich zeichnete und zeichnete und zeichnete. Fast ununterbrochen, viele Stunden am Tag. Drei Tage brauchte ich, da war das Zeichnen ein Bild geworden. Tausende von Linien und Strichen. Dies blieb nicht unentdeckt und ich wurde sorgsam wie freundlich ermahnt zu lernen, dass ich Pausen machen müsse. Genau dies sei eines der Bilder des geistig Erschöpften – sich immer noch etwas zu suchen, was ihn zusätzlich physisch noch mehr erschöpfen kann, so lange, bis das Zentrum des ersten Niederschlages verschwindet und zeitweilig durch das andere ersetzt wird. So kompliziert wie alles ist, wenn es einem gelänge, alle Ursachen aufzublättern und die dazu passenden wie noch möglichen Wirkungen zu erkennen, so einfach scheint auch das Zerstörerische in uns zu werkeln. Die Psyche ist ein Affenbrotbaum mit unzähligen Ästen und Zweigen. Und wenn sie zuschlägt, tut sie es mit ihrer weitverzweigten Kompliziertheit, aber in ihrer Wirkung erschreckend einfach, nur zerstörerisch. Keiner meiner Vögel konnte zur Ruhe kommen, da sie keinen passenden Ast zur Nacht darin fanden.

Die nächsten Tage waren bestückt mit Gesprächen und Kursen und Kursen und Gesprächen und noch einem Gespräch. Fragen gelangten zu mir. Fragen blieben stecken, blieben Fragen. Fragen kamen, die längst Antworten waren und mich auslaugten. Alles sog an meinem Seelenstrohhalm, bis ich schon den Boden des Glases splittern hörte. Gespräche, Unterhaltungen, bis die letzte Silbe, der letzte Buchstabe von etwas Äußerbarem aus mir herausgesaugt war und mir dies noch lange keine Form von Frieden oder Sicht bescherte. Ausgequetscht.

23

SCHMERZ

Die Leere beginnt hinter den Lidern, dort, im schwarzen Nichts der Persönlichkeit, wo sie sich verliert und sich zur Ordnung wiederfindet. Die Psyche baut sich als Regal mit Millionen von Schubfächern vor mir auf. Für alles gibt es Erklärungen und Wege und noch viel schlimmer: entschuldendes Verständnis. Kann nicht ein Mal etwas einfach nur Scheiße sein? Alles in diesen Schubfächern wurde konstruiert, zusammenanalysiert, erfunden. Alles wurde mit Zweck gebaut, aber ohne Sinn. Herz und Kopf machen ihre Rechnungen jeweils ohne den anderen. Wie könnten sie auch, sie essen noch nicht einmal im selben Lokal.

Völlig zerschliffen, wie Sägemehl, gab es mich als vom leichtesten Wind gefährdetes Element, das nur noch von der zwischenatomaren Kraft zusammengehalten wurde. Noch ein Hauch und es bliebe nichts als diese minimale Energie zurück. Diese beschissene Energie war es, die immer noch ein Bollwerk am Laufen hielt. Und dann wurde sie vom Bösartigsten in mir gerufen.

Maria war schon vor meiner Ankunft hier auf der Reise zu einem neuen Maler, den sie für die Galerie gewinnen wollte. Sie entdeckte seine Bilder in Polen. Wenn es schien, als verlöre sie sich in Gemälden, dann ging sie sich selbst nach, sich selbst auch aus dem Weg. Sie tauchte in neue Bilder, den neuen Menschen, der sie ablenkte von ihrer Fahrt auf dem Karussell ihres Wesens. Ich fand dafür entschuldendes Verständnis in einem meiner Schubfächer, denn ich täte es womöglich genauso. Oder doch nicht? Eigentlich war ich hier, um es anders zu machen. Und doch lenkte ich mich durch die Beschäftigung mit mir von mir ab.

Sie war da, am Meer, diese feine Frau, der man keinen Wunsch abschlagen konnte. Was wollte ihr leichter gelingen, als diesen Maler für sich zu gewinnen? Eine Frau, die dich mit ihrer attributlosen Natürlichkeit an sich zog, ohne dies zu beabsichtigen.

Maria kotzte das an, dass sie etwas ausstrahlte, als müsse man ihr ständig unter die Arme greifen, ihr helfen. Sie konnte noch so verbissen daran arbeiten, anders zu wirken, fiese Mienen ziehen, sich bockig geben, streng, es blieb das Bild von Zartheit und Zerbrechlichkeit.

Ich bemühte mich, Fuß zu fassen, mich zurückzuholen, war aber froh über jede Nachricht von ihr. Maria ging es ähnlich, sie versuchte, sich auf die Galerie zu konzentrieren. Was sollten wir noch sagen? Auch wenn einige Zeit nichts von uns zu hören war, so teilten wir uns den Himmel. Wir wussten, es gab uns, manchmal beruhigte es uns sogar. Berlin blieb einstweilen ihre Stadt. Sie kehrte vom fremden Meer zurück zu ihrem Meer. Welch mieser Tausch. Ich wär wahrscheinlich geblieben, an diesem Wasser, bei dieser Luft, den Wettern, die nur Wetter waren, Temperaturen auf der Haut und Salz im Haar.

Wir telefonierten, der Maler sei zäh, erzählte sie, ein liebenswürdiger Griesgram, und er hadere damit, seine Bilder bei ihr ausstellen zu wollen. Marias weiches Gemüt drängte nicht, ließ ihm Zeit und gewann damit alles. Diese Zeit, die sie ihm ließ, so kam es Maria in den Sinn, wollte sie nutzen, um mich zu besuchen. In einem meiner Therapiegespräche kündigte ich diesen Besuch an und auch, dass ich es nicht ertrüge, sie hier im Haus zu wissen. Ich wusste, dass dies hier nicht der Ort war, um mit ihr die zweisame

Einsamkeit zu haben, die ich mir wünschte und die ich brauchte. Deshalb zöge ich es vor, die Klinik für diesen Tag und vielleicht auch jene Nacht zu verlassen. Dass dies nicht ginge, weil es gegen die Klinikordnung verstieße, sagte man mir, im Wissen darum, dass ich dies längst wusste. Dann sprach ich über den unvernünftigen, den schwachen und doch kraftvoll agierenden Teil in mir, der blind und taub für jede Konsequenz war. Dieser Teil, der geschickt wie charmant war und durch sein offenes und ehrliches Auftreten den Rest von mir den Hang hinunterschubste, hinterließ Wirkung. Die Regeln wurden für diesen bevorstehenden Tag gelockert. Ich hatte mich offensiv eingesetzt, gekämpft, gesagt, dass ich ohne Wenn und Aber meinen Willen durchsetzen würde, selbst wenn ich hier alles abbrechen müsse oder alles für mich abgebrochen würde. Wie gut, dass es Marx gab, mit seiner Theorie über die Einsicht in die Notwendigkeit.

Die Zeit wollte um nichts vergehen. Ich schwamm durch unsere verschiedensten und sich dadurch gleichenden Meere und Ozeane und Seen, ohne dass mir auch nur ein einziges Sandkorn, das sich mehrte und aus dem sich im Späteren eine rettende Insel bilden wollte, als Ziel erschien. Es war so erbärmlich, nicht zu wissen wohin. Rechts, links, oben, unten, kreuz und quer … Überall nur Starrsinn und Lähmung und vor allem das bewusste Sehen des Ganzen. Aktives Mitmachen. Das war, als begänne man, sich von den Beinen her ganz langsam, Stück für Stück, selbst aufzuessen.

Da saß ich nun mit der fettesten Depression, die sich auftreiben ließ, in einem Raum. Dieses Miststück. Es machte sich so schmierig breit auf meiner Heiterkeitscouch und saß mit seinem dicken Hintern jedes Lachen in mir platt und stumm. Wie ein dickes hässliches Arschlochkind, umzingelt von Fettwülsten, unbeweglich, unwegschubsbar, mit klebrigen Händen vom Dauerlutschen an meinem übergroßen dreckigbunten Lachlolly. Und mit diesen Wurstfingern an seinen klebrigen Händen fasste dieses schwabbelnde Dreckvieh alles an. Kam man auch nur in die Nähe dieser Fettklebefallr war Schluss mit lustig.

Diese Fänge hielten einen ewig, wenn man sich nicht überwinden konnte, an der gleichen Süßigkeit mitzulecken. *Angst essen Seele auf.* Paul wollte Angst aufessen und suchte nach dem Teller dieser ekelhaften Grütze.

Diese Aussicht auf den Tag mit Maria ... Wenn es gegangen wäre, hätte ich mich zerfließend diesen ganzen Tag lang an ihre Haut gelegt, bis die Dämmerung eine einzige schöne Gestalt aus uns gemacht hätte. Aufgehen, auflösen im alles beruhigenden Gefühl. Nichts weiter, Schluss dann. Und immer wieder hätte ich zu dem fetten hässlichen Depressionsarschlochkind geschaut und versucht, es auszulachen, bis ihm der Lutscher aus der Hand gefallen wäre, weil die Fröhlichkeit darin mir gehörte und viel zu groß für es war. Aber das Aas wusste besser Bescheid als ich. Es wusste, dass das nicht das Leben war, dass es so anders tickte, als ich wünschte. Da grinste die fiese Fratze mir umso dreckiger ins Gesicht und verdarb mir die grenzenlose Freude auf Maria. Das Wissen des grienenden Speckleibes war auch mein Wissen geworden. Ich wog mittlerweile 67 Kilo.

Brav taperte ich zu jedem Kurs, hörte mir alles an, machte alles mit. Weniges versetzte mich in selbsterkennendes Staunen. Manche Einsicht kullerte wie ein eingeworfenes Münzstück durch meinen Ich-Automaten und fiel unten wieder raus. Anderes machte mich wütend, weil es mich auf falsche Pfade führte. Verschissene Psyche, treffe ich dich, trete ich dir deine Launen aus dem Geist. Ich kriege dich, sicher, irgendwann.

Maria: *Paul, liebster Paul. Vorsichtiger Kater auf den Tasten meiner Klaviatur, trittst Töne weich und hell, dann kraftvoll tief und beides gehört zusammen, wie ich plötzlich höre. Schreibst und spielst mich. Du bist mein Lied geworden, mein Lebenslied. Du Arie, mir fehlt die Stimme, Dich zu singen.*

Wärst Du doch nur körperlose Sprache, ohne Sehnsüchte weckendes Wesen. Ich läse Dich bis zum Ende. Sei Du mir das Buch. Aber da bist Du, Buch aus Fleisch. Warm, kraftvoll, sinnlich, gewalttätiger Buchstabe, der schmerzt an mir, Mensch an meiner Haut. Es tut nur noch weh, verstehst Du? Du tust nur noch weh. Du tust weh, weil Du mir so schön bist, so unsagbar schön, zu viel. Viel zu viel, als dass ich Dich tragen könnte. Ich weiß, dass Du nicht immer allein gehen kannst, wenngleich Du immer wieder aufstehst und aufstehst und aufstehst. Alle Krücken schmeißt Du von Dir, sehnst Dich danach, nicht allein laufen zu müssen, und tust es so schonungslos doch. Ich weiß das alles. Ich weiß es, weiß es. Alles. Und Du gehst und gehst und gehst. Gehst so oft über Dich hinweg.
Du bist mir Schmerz, dem ich nicht ausweichen kann. Nicht hier, nicht an Nord- noch Südpol. Deine Ehrlichkeit, deine Klarheit in vielem, Dein pures Du … ich halte es nicht aus. Es ist so gut, tut so gut, macht so gut, dass ich Angst habe, es in den Räumen eines Alltages mit Dir verlieren zu können. Ich kann das nicht halten. Und was wir jetzt haben, besteht genau daraus. Wo fließt es mit mir hin, wenn ich wegen Dir vergehe? Du bist der Allwettermantel, den es nicht gibt. Ich fühle mich zu schwach, zu klein, Dir das zu geben, was Du so grenzenlos schon an mich veschenktest. Warum, Du schöner Kater, Du geschmeidiger Scheißkerl, warum liefst Du nicht längst fort? Keine Versprechen machte ich Dir und doch ließ ich Dich nie gehen. Wirst Du mich irgendwann dafür hassen? Ich halte Dich nicht aus. So viele Bilder habe ich gesehen, so viele Menschen, so viele Stimmungen, so viel von vielem. Dann kam der eine, der all dies versammelt in sich trägt, ohne es zu wissen. Ist das dann der eine? Und wenn ja, warum renn ich dann in einem fort weg? Paul, du, der eine. Ich bin nicht mehr ich, durchsetzt von Dir. Wozu brauche ich mich noch, wenn ich mich in Dir wohlfühle?

Mich friert vorm letzten Ton deines Durdreiklangs, denn er ist der, der mich vollendet.
Deine Maria

Maria kam mich nicht besuchen. Nicht an diesem Tag, an keinem anderen. Maria kam nie mehr.

Es wurde dunkel, so bitterkalt dunkel und das böseste meiner Ungeheuer stürzte sich langsam und genussvoll auf mich. Ich verheiratete mich mit meinem Bett und den Segen dazu sprach der Wahnsinn. Die Diener meines Monsters trugen mir auf silbernen Tabletts all meine Sehnsüchte, Wünsche und Begehrlichkeiten vors Auge. Säuselnd versprachen sie mir, dass ich all dies nie bekommen würde, weil Maria all dies mit sich genommen hätte. Und wie sie recht hatten. Maria, Maria, Maria, Maria ... Und die Diener gebaren plötzlich diese mistigen, kleinen, fetten Kinder, an denen man so schnell kleben blieb. Lauter kleine fette Kinder rannten immer mehr und immer schneller zum Tabernakel, um aus ihm ein neues Mantra anstatt der heilenden Hostien zu bringen. Diese Dreckschleudern. Es bereitete ihnen geradezu ein sakrales Vergnügen, mir daraus vorzusingen: »Maria, Maria, Maria, Maria. Maria ist weg, Maria ist weg, Maria ist weg ...«

Erst ließ ich sie singen, dann sang ich mit, bewegte mich mit, drehte mich in kleinen Bewegungen mit, hin und her, auf immer gleicher Stelle, stundenlang, auf meinem lebendigen Totenbett. Da kamen sie alle zu mir, mein Schreiber, mein innerer Doktor, der Schweinehund, meine Ungeheuer. Sie tanzten mit den dicken Mädchen und Dienern einen Regentanz und beschworen alle Meere und Ufer in mir hervor, an denen ich strandete, wie ich von ihnen weggespült wurde. Aus der scharfen Brandung wurden meterhohe Wellen, sie trugen mich aus dem Siechlager und warfen mich durchs Zimmer ins schwarze Wasser. Immer heftiger, immer ärger. Türen, Stühle, Schränke und Fenster wurden zu Klippen, an die ich geworfen wurde. Endlich, endlich kam ich an. Ich spürte keinen Schmerz. Denn ich schlug keinen Schrank entzwei, ich schnitt ja durch die Wasser unter mir, um nicht zu ertrinken. Ich zertrümmerte keinen Tisch, als ich in die neunte Woge sprang. Ich versuchte nicht, durch die Scheiben zu dringen, als ich auftauchte, um zu atmen. Ich zerstörte mit meinem Körper keine Zimmerwände, als die See mich verschlang. Ich wollte mich nicht demolieren, als ich versuchte, die Meere vor mir zu teilen.

Endlich war alles kaputt und aufgelöst. Ich war einfach weg. Ich existierte nicht mehr. Wo kein Atom ist, ist auch keine Energie mehr. Wo keine Energie ist, da ist nichts. Und genau da war die Schablone meines leeren Ichs.

Zwei angeknackste Rippen, verstauchte Finger, gebrochene Zehen, ein blaues Auge, Platzwunde auf dem Schädel, Schnitt über der Schulter. Hämatome überall. Und dann, eine lächelnde, zufrieden entrückte Seele. Ihr konnte niemand mehr etwas anhaben.

Der kleine Paul hatte gekämpft und verloren.

Er wollte eigentlich nur nach Hause und hatte sich verirrt, hatte das Zuhause in sich mit dem Zuhause Marias vertauscht. Es fühlte sich ja so weich an, so warm. Wo anders hätte er denn hinrennen sollen, als er sein Heim als kalt und zerstört empfand?

In dieser Nacht war die Sehne des Seelenbogens gnadenlos überspannt worden. Sie leierte aus, ließ sich nicht mehr straffen, kein lebendiges Zeichen mehr erkennen. Sie flatterte im Wind. So eine Sehne lässt sich nicht ersetzen. Man kann versuchen, sie zu reparieren, an den Enden zu beschneiden, um sie wieder auf die richtige Lebenslänge zu bringen. Das Beschneiden bedeutet dann aber eine Vorsicht, die ewig bleibt und manches verdirbt. Keine munteren Kopfsprünge in unbekannte Wasser mehr.

Nach einigen Tagen zog das schwarze Loch in mir wieder Materie an. Aus ihr wurden Beine zum Gehen. Oh wie ich humpelte und fror. Kleinkind auf der Eisscholle. Die See war zwar nicht mehr stürmisch, aber unruhig, noch nicht zu beherrschen. Ich zog allem etwas Warmes an, weil ich nun wusste, dass nur ich es kann.

Keine Maria konnte mir Basiswäsche sein, die mich vor Erkältung schützt. Aber ein schöner Schal, den ich mir zum Gefallen umgelegt hätte, ein paar Handschuhe bei aufkommendem Frost, eine warme Decke in gewissen Stunden – die hätte sie mir sein können. Dies und der Mensch an meiner Seite.

Wieder war es so weit, dass ich die Taschen packte. Auf ein Dauermedikament war ich eingestellt. Dies einfach mal wegzulassen, davon riet man mir ab. Dieses kleine dicke hässliche Kind – es wird nie weg sein, sagte man mir. Nie! Es wird irgendwo in einem großen Park, ganz am Ende auf einer Bank sitzen oder es wird dort schaukeln. Aber es hat mich immer im Blick. Vielleicht auch wird es mir gelingen, ihm meinen Lolly wieder abzunehmen. Aber das dauert und wenn ich schon auf das Kind zuginge, dann solle ich kleine Schritte machen. Und so seltsam es mir auch vorkäme, jeder kleine Schritt zu ihm hin bedeutete einen guten Schritt von ihm weg.

Der alte Ford hatte brav gewartet. Treues Ding.

Der Alltag, Tag von allem. Wollte ich noch Tage mit allem? Ich blieb freundlich, als ich mich vor die künftigen Kalender stellte. Ich sah die Tage lange an, sah die Kästchen, die für Notizen der zu erledigenden Dinge an ihnen vorgesehen waren, dachte nach. Aber es war doch alles klar, lag deutlich vor Augen. Der Platz des weißen Kästchens war beschränkt. Es konnten keine All-Tage sein, denn es passte nicht alles in die freie Fläche. Immer nur etwas, vielleicht Wesentliches. Reichte das nicht? Ich erklärte, dass ich keinen All-Tag mehr wünschte.

»Wisst ihr«, sagte ich, »ich brauche keine All-Tage. An einem Tag etwas hiervon, an einem anderen etwas davon, an manchen gern auch etwas Vermischtes. Aber bitte niemals mehr, niemals wieder alles. Ich schwöre: All-Tag macht verrückt und krank. Ich kann mich nicht um alles kümmern.«

Dies ist heute mein innerer Kalender. Er erkennt und vermeidet sofort Hetze und Eile.

Alles war schleierlos, klar und kräftig in seinem Erscheinen. Keine wie auch immer farbenen Stare saßen auf meinen Augen. Zwar fuhr ich mit den Stützrädern, die mir der kleine Paul von seinem Bambirad geliehen hatte, aber ich fuhr.

Als man mir vor Wochen die Vorstellung an die Wand gemalt hatte, ich sollte mich mit diesem kleinen Paul in mir versöhnen und ihn nicht hassen und verdammen, da dachte ich: Jetzt reicht's langsam. Na klar, ich stelle mich mal eben irgendwo in Ruhe hin und quatsche mit einem imaginären kleinen Lümmel. Geht's noch?

Ich saß auf meiner Couch, eines Abends, suchte in meiner Fotokiste ein altes Bild von mir. Nur nicht in den unzähligen Aufnahmen verweilen, denn mir war klar, dann fänd ich das gesuchte Bild erst Stunden später. Nach einigem Kramen dann das Gesuchte. Eine Schwarz-Weiß-Aufnahme, Ende der Sechziger. Der kleine Paul auf einer Bank, in einem Park, in Köpenick, nicht weit vom Krankenhaus entfernt.

Da erkannte ich ihn, wusste ich, was gemeint war. Unfassbar erreichte mich das Gesagte, erreichte mich ein fremder Junge. Ich hasste dieses Psychoblabla und die kunterbunten esoterischen Ebenen, auf denen man sich als Hundeblume begegnen kann, wenn man nur lange genug Jasmintee getrunken und dicke Wollstrümpfe getragen hätte. Ich hatte weder gegessen noch getrunken, weder war mir kalt noch heiß. Ich fühlte mich auf dem Fußboden meines Gebäudes aufgeräumt an. Es war ein Moment für mich ganz allein. Ohne Klang. Der Junge da, der Fremde auf der Bank. Wie er mich von dem Foto aus ansah. Er tat mir so leid, eben weil er mir fremd war, weil er der Teil war, den ich nie begriffen und deshalb verdammt hatte. Ich war ohne Wut und Klage über jemanden, aber mir war so bitter. Und nichts wollte ich lieber, als in diesem Augenblick zu ihm zu steigen, in die Zeit und ihm zu sagen, dass alles gut würde, dass ich nun aufpasste, dass er nie mehr allein bliebe. Bei allem Seelenkram, der einen beflügeln wie quälen kann … Ich hatte etwas verstanden, nur für mich.

Die Etwas-hiervon-etwas-davon-Tage wurden nicht mehr zerrieben. Jeden Tag kümmerte ich mich eine gewisse Zeit um die Pflege meines Bogens. Er franste nicht mehr weitverzweigt aus, schien wieder Form und Spannbarkeit anzunehmen.

Ich besuchte ein paar Freunde. Zwei Freunde, zwei Finger an der Hand, an der ich Freunde zählen konnte. Zu lange hatte ich sie strapaziert mit mir, mit dem Wenigen, das sie erfuhren, und mit dem Zuviel, das ich sein konnte. Ich saß im Zug nach Würzburg, Mitte August. Nicht heiß war es, nicht kalt, es war so … unentschieden.

Vielleicht war eine Stunde vergangen, ich klappte mein Laptop auf, startete Facebook. Meine Mutter machte sich Sorgen, immer. Es war die richtige Minute, der richtige Atem, das für den Moment Richtige war anwesend. Wir schrieben uns voran, ganz leise. Dann war sie da, die Frage nach dem Alten, nach dem Warum, nach dem Wochenheim. Schlimm war nicht, dass ich dort gewesen war, schlimm war, dass ich es nicht vertragen hatte. Damals redeten es sich alle schön, das Richtige zu tun. Jeder hatte seine Wünsche und Vorstellungen und ich nur eine noch nicht äußerbare Sehnsucht. So früh schon, so früh. Wochenheime waren an der Tagesordnung, nichts Absonderliches oder Vernachlässigendes darin zu sehen. So war die Zeit. Und doch machte sich meine Mutter bis heute Vorwürfe. Sie entstanden damals, wie bei mir die Kränkung, und entsprangen ihr heute umso deutlicher, als sie erkannte, was in mir tobte. So aufgeräumt kam ich mir vor, als ich wusste, dass ich ihr keine Vorwürfe machte, ihr sagen konnte, dass sie sich keine zu machen hätte. Ich hätte doch eine wundervolle Kindheit gehabt, sagte ich ihr. Keiner meiner Spielkumpels hatte meine Freiheiten gehabt. Im Grunde hatte ich tun und lassen können, was ich wollte, mit den tagesüblich einschränkenden Zeiten der Nahrungsaufnahme. Kaum Verbote, keine Behinderung im Tatendrang. Ja, ich war ein glückliches Kind gewesen, mit einer glücklichen Kindheit. Der Keim des Wochenheimes war langsam gewachsen. Nicht alles, was gepflanzt wird, treibt schnell seine Blüten und wird am Ende eine schöne Pflanze. Aber auf diesem Wissen ruhte ich mich nicht aus, suchte nie irgendeine Schuld bei irgendjemandem.

Unser Chat war intensiv geworden und zu einer Entschuldigung gediehen, in der es nichts zu entschuldigen gab. Ich schrieb ihr, wie sehr ich sie lieb hätte ... Ich fühlte Tränen an beiden Enden der Zeilen, ich meldete mich ab, sah zum Fenster raus und kämpfte ein weiteres kleines Mal. Ich suchte Ablenkung, neugierte nach der fremden Umgebung draußen.

Die Zehnmeterabstandlandschaft machte mich nervös, sie tobte an mir vorbei. Die Hundertmeterabstandlandschaft konnte mir schon etwas erzählen: ein Baum, ein Auto, ein Schaf und lange Zeit kein Mensch. In der Tausendmeterabstandlandschaft stand alles ganz still. Dort fand ich meine Felder, mich und noch leicht den Fußabdruck der, die durch mich gestiegen war, und es tat nicht weh. Dort könnte man hinfahren, um zu sterben, dachte ich. Ich fuhr nach Würzburg, von Berlin nach Würzburg, im Großraumabteil. Es hatte Steckdosen und Tische. Als ich das letzte Mal mit dem Zug gefahren war, hatte es weder Steckdosen noch Tische gegeben, manchmal noch nicht einmal eine Lok.

Es hatte auch keine telefonierenden Menschen im Zug gegeben. Immer haben sie für alles eine Frage, einen Begriff und eine Antwort. Und immer haben sie andere Töne oder Geräusche für ihr Telefon, nur kein Klingeln. Hemmungslos und ohne Gefühl für Abstand, für persönlichen Ruhebedarf, erfuhr ich die Namen aller Kollegen, dieses Irgendjemandes, dass sie mein »Gutster« und mein »Bester« sind und dass er ihnen einige Transporter bestellt hätte. Dann war »Tommimausi« dran und ein keine Hindernisse kennendes, lautes Lachen preschte zu mir herüber und – ja! – es belästigte mich ungemein. Da ruckte etwas Altes, noch Lebendiges in mir und auch das war gut, hin und wieder wütend zu sein.

Als der Zug auf freier Strecke stehen blieb, kannte die Not keinen Bahnsteig, der mich aufgenommen hätte. Das Gefühl, diesem Lachen nicht entfliehen zu können, löste ungute Gedanken in mir aus, so à la Stimmbänder herausreißen, Telefon wegnehmen und aus dem Fenster schmeißen, zumindest auf den blöden Kopf dreschen oder einfach nur »Ruhe, verdammte Scheiße!« brüllen.

Meine Attacke wurde vom deutschsprachigen, aller Wahrscheinlichkeit nach auch aus Deutschland stammenden Schaffner gebremst. Er bahnte sich freundlich seinen Weg durchs Abteil. Sicherlich heißt diese Fachkraft heute auch nicht mehr Schaffner …

Der laute, eindeutig deutschstämmige Telefonierer kennt keine Unterbrechung. Er zeigt seinen Fahrschein dem deutschsprachigen Schaffner und bedankt sich mit »Gracias«. Das war eindeutig zu viel für mich. Ich war drauf und dran, einem meiner eigenen Grundsätze zu widersprechen, nämlich dem, dass jeder das Recht habe, anders zu sein … als ich. Dann entschuldigte ich mich bei mir und revidierte schnell, dass dieser Grundsatz seine eingeschränkte Gültigkeit behielt.

Der Mann konnte ja grundsätzlich anders sein, aber musste das zwingend an »Der ist auch noch ungedämpft blöd« gebunden sein? Was war los, war alles schon so egal geworden, war ich zu selten mit den Öffentlichen gefahren, als dass ich mich an so etwas gewöhnen wollte? Hatte mich die Gagastation doch ein wenig vergiftet? War es scheißegal geworden, dass man mit fremden Gedanken und Mitteilungsmüll beschossen und geistig deformiert wurde, indem man sich so etwas gefallen ließ? Da waren doch noch andere Menschen, viel dichter um ihn herum, und niemand beschwerte sich. Also lag es wohl an mir, an meiner »Befindlichkeit«. Aber eins ist sicher: Ich bewahre sie mir.

Die Freunde waren da, ich war da … Zeit war da. Die Zeit verging und würde wiederkommen. Das ist nicht schwer und gewiss.

Oft suchte ich die Weite, manchmal nur mit den Augen. Als ich mit meinem Blick an etwas nicht zu Sehendem hängen blieb, da musste ich etwas wissen.

Ich fuhr zur Galerie Unter den Linden. Maria hatte sie verkauft. Niemand dort wusste, wohin sie gegangen war. Aber Maria und das Bild, das wir dort gemeinsam gemalt und gefühlt hatten, waren da. Nach ihrer Adresse hatte ich sie nie gefragt, hatte sie nie wissen wollen. Ihre Handynummer war nicht mehr vergeben, im Internet kein Eintrag mehr mit ihrem Namen zu finden. Endete es, wie es begann, als Suche im Netz?

Sie entzog sich mir, langsam, dann abrupt. War es gut, war es besser so? Wir behinderten uns dadurch, dass wir einander durch unsere Anwesenheit bereicherten.

Ich hörte alle Stimmen zu dieser Frage, alle möglichen Antworten dazu, als ich vor der Galerie stand und sich die Stadt um mich drehte. Schnell wie ein Karussell. Ich sah in den Himmel, sah Blätter von den Bäumen fallen und wusste, dass etwas endete. Aber es konnte wiederkehren. Es konnte kommen mit den immer wiederkehrenden Dingen. Dieses Gefühl ist so mächtig, keine Angst mehr zu haben.

Schon einmal hatte ich mir vorgenommen, die Geschichte einer Liebe aufzuschreiben. Respektive hatte mich das Ende einer gescheiterten zu diesen Gedanken veranlasst. Im Zentrum des Verlassenwerdens ist dieser Wunsch am mächtigsten, allein die Kraft fehlt. Und wenn man sich gefangen hat, ist auch das Lachen wieder ganz nah. Man bringt es ein in den Blick auf das, was man erzählen wollte und … schreibt es nicht mehr auf.

Hier aber war nichts gescheitert. Ich wusste, um erzählen und behalten zu können, müsste sich der gesunde Schreiber in mir mit meinem gesunden inneren Doktor zusammensetzen.

Ich habe sie beobachtet bei ihrer Genesung und ich sage euch, das ist vielleicht ein Pärchen! Wie oft hatte ich sie sagen hören: »Jetzt aber, jetzt schreiben wir die ganze Chose auf.« Und dann … heiße Luft und Kuchenkrümel. Dann bauten sie doch lieber ein Modellflugzeug zusammen, erinnerten sich an erste Küsse, debattierten über die Zeit, malten Bilder, spielten Karten oder verreisten. Und es war ja auch gar nichts daran auszusetzen. So gesund sahen sie beide gut aus und ich ließ sie machen.

Maria aber … Maria … Sie war … sie war alles das hier. Ich schrieb uns auf. Da wir keinen Ort fanden, an dem wir einander treffen oder uns voneinander lösen konnten, war Maria fortgegangen. Ich löste mich, indem ich schrieb. Ich hätte keine andere Wahl treffen können als diese. Lange, lange, lange hatte ich überlegt, ob diese »Geschichte« erzählbar sei und ob ich nicht alles an ihr verraten würde, wenn sie außerhalb derer, die sie erlebten, sichtbar würde.

Ich weiß nicht, wo Maria ist, wo sie mit uns ist, wohin sie uns getan hat. Denke ich an die Jahreszeiten unter ihrer lachenden wie weinenden Haut, dann will ich daran glauben, dass sie für uns eine ausgesucht schöne Schachtel gewählt hat. Sorgsam, ohne fremdes Beiwerk, hat sie jede Silbe, jede Note und jede Berührung dort hineingetan. Sie wird sie mit Schleifenband aus Blütenseide verschlossen haben. Jeder, der diese Schachtel je zu sehen bekäme, wüsste, was in ihr sei, und würde sie, in Anbetracht seiner eignenen Schatullen, nicht zu öffnen wagen. Und ich frage mich, wenn Maria eines Tages doch daran ginge, sie zu öffnen, ob sie es verkraften würde.

Manch Großes muss auch ich ablegen können, außerhalb von mir und nicht mehr erreichbar für meine Insassen. Es brächte nur wieder Streit. Nichts von alldem wird verschwinden. Aber am liebsten sehe ich uns gedankenfrei Drachen steigen lassen.

Berlins Straßen waren schon dunkel, als ich mich von der Galerie auf den Rückweg machte. Ich lief langsam, nicht zum nächstgelegenen Bahnhof. Einfach nur laufen. Es wurde spät und die Nacht war verhangen. Die Luft voller dünnlebiger Nebelschwaden. Von irgendwo aus der Ferne schimmerten schwachblaue Lichtfetzen herüber. Eine Taxe dieselte um die Kurve, ein Radfahrer durchtrennte den Bürgersteig. Eine Dönerbude spuckte noch menschenleeres Gelächter aus, und Musik. Manch erkennbare Melodie schluckte der Zwischenwind. Jemand versuchte kläglich mitzusingen, eine andere Stimme sagte: »Nun ist es aber gut.«

24

ABSCHIED

Eine Zeit lang sehe ich diesen dunklen Himmel. Grauvermischtes Dunkelblau in Fetzen und Schwaden verdichtet sich. Wind in Böen, warm, es regnet nicht. Es ist nur eine meteorologische Ankündigung, die ich nicht in ein schlechtes Wetter in mir übersetzen muss.Aber auch das ist etwas, das ich mir sagen muss, damit es funktioniert. Vielleicht regnet es da hinten irgendwo, nachher, vielleicht. Das Wetter hat nichts mit mir zu tun, ich lege es nicht zu allem, was heute war, dazu. Ich rede mit mir, ich nicke, es wird frisch, ich gehe.

Einmal rechts, einmal links, durchs Archiv, haha. Der Motor der Kühlung dröhnt. Dass ich das überhaupt noch höre.

Der Tag war wie ein Stück Treibgut, auf das ich gewartet habe. Sah es kommen und konnte mich entscheiden, ihm entgegenzuschwimmen oder es treiben zu lassen. Es wär in leichtem Seegang schon hier verschwunden, in starken Wellen weiter draußen oder an Land gespült irgendwo … Aber ich schwamm ihm entgegen, hatte es entschieden, ich. Die Umstände und ich und nicht der Zufall. Heute hatte ich Schrödingers Katze freigelassen und nichts aus Angst unterlassen. Ich hatte versucht zu sehen, welchen

Sinn mein Hiersein für mich gehabt hatte. Irgendwann wird eine Gewinn-Verlust-Rechnung kommen. Später und erst dann werde ich wissen, ob es das wert war. Ich habe mich heute für eine Wertigkeit entschieden, für die der Wahrhaftigkeit. Ich denke, sie bleibt. Ich werde hoffentlich nie wieder gelockt, meine inneren Grenzen zu überschreiten. Sie haben offensichtlich ihren Zweck. Aber ich kenne mich, denn wie oft habe ich den Zweck einer Sache erst erkannt, als ich mich schon mahnte, ihn zu beachten!

Den Seziertisch wieder zusammenzubauen hat einen Zweck. Das tue ich, stelle den Präparierplatz darauf, gehe mit trockenem Tuch über den Stahl, nehme letzte Tropfen mit. Das war's also … Es ängstigt mich genauso wenig, wie es mich erleichtern könnte. Ich fühle mich dadurch schwerelos.

Nun habe ich die Zeit, die ich mir wünschte. Ich gucke sie an, ohne Gedanken und Worte. Ich fühle mich wohl, habe alles richtig gemacht, für mich und für sie.

Im Instrumentenschrank, ganz unten, steht ein CD-Player aus einer Zeit, in der ich noch Musik während der Arbeit hören durfte. Bevor ich ihn einpacke, stelle ich ihn auf, schalte ihn ein. Was habe ich nur zuletzt gehört. Erik Satie, du meine Güte. Ich lache: selber schuld, selber schuld, selber schuld. Während der Arbeit an Leichen sollte man keine Requien hören und auch nicht Satie, den Dauermelancholiker. Aber was soll's. Der Gedanke, mit ihr zur Musik durch den Saal zu schweben, ist schön, lädt mich ein, es zu tun, verführt mich, sie mir in einem tollen Kleid vorzustellen.

Ich komme immer mehr zu mir, sehe den Irrwitz. Tim Burton führt Regie, Gottfried Helnwein entwirft die Kostüme und Marilyn Manson haucht eine Ballade. Ein Epos des Unübertrefflichen zu meiner selbst gewählten, gnadenlosen Ausbeutung des Fühlbaren an diesem einen Tag. Am Ende aber höre ich nur ein paar Klänge von Satie. Schön, aber zu schwülstig, ich schalte ihn aus.

Doch abwegig ist er mir nicht, der Gedanke, mit ihr zu tanzen.

Ich sitze auf dem Rand des Tisches, stütze die Arme auf, die Hände an der Kante, den Oberkörper vorgebeugt. Ich suche, aber es gibt nichts zu sagen. Ich sehe nur, sehe. Sehe jeden ihrer Zentimeter, jeden leblosen Millimeter, genau. So sah ich auch die warmen, vor Leben nur so strotzenden Zentimeter Marias. Die Bilder verschwimmen. Da kommt das Atmen in Wallung, will sich steigern. Aber die Frau, dicht gegenüber, ist tot und bremst das in Fahrt kommende Gefühl aus. Für das, was sie mir hinterlässt, bestelle ich einen Heißluftballon. Alle Fragen, alle Momente, alles und auch das ganz große Nichts packe ich in den Fahrkorb, denn ich werde das nicht tragen. Ich löse die Seile, lass den Ballon fliegen und will nicht wissen wohin. Und wenn es das gibt, dann bitte: Auf Wiedersehen.

Gutes Timing, denke ich, als es klopft und der Bestatter sein Gesicht in den Saal schiebt. Satie hat die Klaviertasten gerade verlassen und gönnt sich einen Mittagsschlaf. Ein paar Sekunden sitze ich die Situation noch aus, nicke vor mich hin.

»Wollen wir?«, fragt der Bestatter mich.

»Müssen wir?«, frage ich.

Die rauschende Ruhe ist nichts für den Mann im schwarzen Anzug. Sie macht ihn unruhig. Termine drücken und drängen.

»War schwer heute?«, möchte er wissen und »Achtunddreißig ist ja auch noch kein Alter«, bemerkt er, wie es jeder Bestatter tun würde, nur um etwas zu sagen, was entspannt.

»Es war nicht einfach heute«, sage ich und gebe ihm einen Wink, als ich weiter ausführe, dass sie hier im Haus gearbeitet hat.

Ich gebe ihm diesen Hinweis, damit nichts Dummes entsteht, kein blöder Spruch, keine Lässigkeit. Ich hätte auch gleich sagen können, dass ich sie kenne und er sich Mühe geben soll. Aber so wollte es nicht aus mir heraus und ich habe es aufgegeben, mich nur um der Vernunft willen zu verbiegen. Manchmal bin ich unverständlich, na und? Die Frage, die ich provozierte, kam.

»Kanntet ihr euch?«

»Irgendwie schon«, gebe ich zurück.

Den Ruck, den ich mir nicht geben kann, gibt der Bestatter mir, als er ganz ruhig sagt: »Na dann los, dann wollen wir mal. Wir machen das schon. Und es wird gut.«

»Und es wird gut« ist eine so untypische Aussage für einen Bestatter, wenn es nur darum geht, irgendeine Leiche abzuholen, denn das ist sie ja für ihn. »Und es wird gut« holt mich mit leichtem Schwung vom Tisch. Ich gehe zum Hubwagen, decke sie noch einmal kurz zu. Der fremde Mann hat Hunderte von nackten Frauen jeglicher Figur und jeden Alters gesehen, ohne dass es ihn vielleicht berührt hätte. Aber ich kenne die Sprüche: »Scharfe Braut, die hätte ich auch nicht von der Bettkante … und so weiter.« Ich weiß, den Spruch bringt er nicht, ich habe ja vorgebaut. Trotzdem.

Er packt mit an am Hubwagen. Wir rollen ihn in den Vorraum, wo die Kühlkammern sind, zum Übergang. Hier ist Platz. Der Bestatter geht raus auf den Flur, schiebt den Sarg auf einem Rollgestell herein, stellt ihn parallel zum Hubwagen. Es ist kein Sozialbrettersarg und auch kein Eichenkunstwerk. Schlicht, aber nicht billig. Die nächste Frage, die ich mit in den Heißluftballon packe, kommt auf: Wer hat den Sarg gekauft? Wir packen den Sargdeckel an, stellen ihn an die Wand. Weiße Innenpolsterung, nicht aus Papier. Eine große Tüte mit Privatsachen. Ein hübsches weißes Sommerkleid aus Leinen, graue, dicke Wollsocken, feste, lederne Treter, die bis zum Knöchel reichen, ein paar Pantys aus Jersey mit Blümchen.

Nächste Fragen für den Ballon. Ich will es nicht wissen, nicht wissen, nicht wissen … Beginne wieder, auf den Zähnen zu kauen, weil ich ja doch so viel über sie wissen will. Ich hätte mich damals gern verliebt, als ich sie morgens traf, mit Kaffeetasse in der einen, Zigarette in der anderen. Ob es gereicht hätte für uns, hätte ich erfahren wollen. Und nun verliebe ich mich ohne Zweck und Aussicht, ungewollt, für einen starken Augenblick, jetzt, jetzt … Wer richtet so etwas an, jetzt, wo es nicht hierher und nicht zu mir gehört? Hätte sie mir damals geantwortet, eine Richtung gegeben, wer weiß, dann hätte ich die eine nicht durch die andere kennengelernt. Wer will mich in solchen Minuten dafür auslachen, wenn ich daran glaube, dass wir unser Schicksal nicht in den Händen haben.

Das Zwerchfell arbeitet, ich kaue, verziehe den Mund … kämpfe noch.

»Wo ziehen wir sie an?«, erreicht es mich.

»Hier, auf der Bahre gleich«, bekomme ich hin, in gebrochenem, zu hohem Ton.

Wir schlagen das Tuch auf, vorsichtig. Er weiß natürlich nicht, ob wir uns gut kannten. Er macht seine Arbeit. Ich habe es gewusst, aber nicht daran gedacht, dass er die Dinge kontrolliert. Laut.

Er setzt seine Brille auf, nimmt die Zehenkarte und liest ihren Namen vor: »Maria Krieger.«

Der gleiche Moment vom Vortag ist da. Mit lautem Krachen schaltet sich alles aus. Nur der Name bleibt in unerträglicher Stille hängen, schwebt in großen Blockbuchstaben vor mir.

Ich habe, trotz aller Sorgfalt, nicht die Zeit gefunden, das Vorhersehbare vorherzusehen. Dieser Moment, der laute Name, drückt meine Pausetaste. Ich höre noch einmal die Stimme, gezerrt: »Maria Krieger.«

Ich sehe zur Bahre, zur Frau. Jetzt steht ihr Name, den ich Stunde um Stunde vermied zu nennen, mitten im Raum. Jetzt hat die Stimme des Bestatters mein Manöver der Verdrängung, das in allem Zulassen agierte, überlistet. Die Frau, die Schöne, der Blondschopf. Maria Krieger, Stationsschwester. Mancher Morgen schöner Gruß, mit einer Tafel Schokolade und einem Brief von mir.

Und jetzt? Tot. Maria Krieger, tot. Es scheppert entsetzlich in meinem Gedankengeschirr. Tot und doch nicht. Denn da ist die andere Maria Krieger, Galeriebesitzerin, mit meinen Worten unterwegs, mit einem Ring von mir. Ich sehe die eine hier liegen, die andere dort gehen. Ich kann sie nicht voneinander trennen. Es gibt die eine wegen der anderen. Das alles ergibt nur einen Unsinn, aber der hat offensichtlich ein persönliches Interesse an mir, lässt mich alles ganz wach erleben. Scheiße.

Und beide tanzen mir genau jetzt auf der Seele herum. Wer ist wer, welche ist welche und warum tun sie das?

Kollabiere ich gleich, atme ich stoßweise, habe ich kaltnasse Hände, schlägt mein Herz die Fliesen von den Wänden? Nein!

Maria Krieger – ich halte das aus.

Ein Faden läuft mir aus der Nase, ich ziehe ihn hoch. »Nein, kein Taschentuch, bitte«, deute ich dem Bestatter. Es gehört dazu. Ich bin froh, ja, dennoch froh, dass es so ist, und bin froh, dabei gewesen zu sein.

Bevor ich mich in meinen Irrationalitäten verliere und dem Bestatter Angst mache, helfe ich ihm beim Ankleiden. Gewöhnlich hätte er jetzt eine Schere genommen, das Kleid von hinten aufgeschnitten, um es leichter überziehen zu können. Es ist unverabredete Harmonie, wenn ausbleibt, dass ich sagen muss, dass ich dies nicht möchte. Er gibt sich viel Mühe, ich konnte ihn stumm darum bitten. Menschliche Gleichheit. Das Kleid bleibt ganz. Marias Haut ist weich, trocken. Strümpfe, Pantys, Kleid, alles lässt sich sanft überstreifen. Es verschärft noch einmal meine unangemessenen Empfindungen für sie, sie einmal nur warm in den Armen gehalten haben zu wollen. Das ist zu schwer für den Ballon.

Schön sieht sie aus, so schön, wird auch zu den Halmen meiner Landschaft, fügt sich zum leichten Wind, der über meine Felder, die ich bin, streicht, wird zur Musik unter der Haut. Das ist etwas, das ich nicht lange aushalte.

Der Bestatter weiß, dass wir sie nicht auf üblichem Wege in den Sarg hieven werden. Wir heben und tragen und legen sie weich hinein. Er streicht ihr noch einmal die Haare glatt, richtet das Kissen unter ihrem Kopf und holt dabei ein Rosenblatt hervor.

Er guckt mich an, fragt nichts. Ich halte meine Hand auf, dem Bestatter entgegen, lege ihr das Blatt aufs Herz. Dann nehme ich ihre Hände, lege sie lose auf ihren Bauch und lasse sie eine Weile nicht los. Wieder ziehe ich hoch. Loslassen … ich muss loslassen … wie alle anderen auch, wie alles andere auch, wenn ich morgen nicht mehr hier sein werde und klarkommen will. Und wie es geht und warum hier wer weint, das weiß ich doch längst. Auch Maria weint jetzt, ich weiß es.

»Es ist gut«, sagt der Mann in Schwarz.

»Ja, ist es«, schniefe ich.

Dann ruckt es noch einmal heftig. Wir nehmen den Sargdeckel. Ein letztes Mal sehe ich sie. Es ist so unfassbar, begreiflich, aber unfassbar. Endgültigkeiten. Wir schließen den Sarg, ich fahre mit den Händen darüber. Ahoi, rufe ich und lasse sie gehen.

»Willst du wissen, wann und wo sie beerdigt wird?«

»Nein … das weiß ich schon lange.«

Sie war für mich schon vor langer Zeit gestorben, als es keine Antworten gegeben hatte, als sie mir dadurch ermöglicht hatte, die andere Maria zu finden. Da hatte ich sie in mir begraben. Aber wie ich sehe, verhindern noch so große Verstandesfelsen unter meinen Füßen nicht, dass die Erde unter mir nicht dann und wann aufbricht.

»Okay. Vollmacht ist hier, zisch ab und … gib acht, bitte.«

Ich öffne ihm die Tür zum Flur. Er biegt links ab, verschwindet. Ich höre seine Hand auf den großen Taster schlagen, der die große Stahltür nach draußen öffnet. Die Hydraulik summt, seine gummibesohlten Schuhe quietschen auf dem Linoleum, Schritte entfernen sich. Und noch ehe beide ganz verschwunden sind, schließt die große Türe wieder. Ich weiß nicht, was er mitnimmt, was sie hierlässt. Was für den Moment bleibt, ist gewaltige, handlungsunfähige Leere.

Abschiednahmen habe ich ermöglicht und begleitet. Habe Abstand bewahrt und sie dennoch erlebt. Habe Annahme und Unfassbarkeit gesehen, Loslassen und Festhalten, Flüstern und Schreien, und … Schmerz.

Und all das macht es mir trotzdem nicht möglich, darauf zurückgreifen zu können, für mich einen brauchbaren Umgang damit zu finden. Ja, man bleibt damit allein. Selbst wenn du jemanden zum Trost findest. Traurigsein ist Privatbesitz.

Als ich die große Stahltüre schließen höre, denke ich, dass auch das ein Zeichen des Abschlusses ist, eine gewisse Endgültigkeit mit sich bringt. Die Tür ist zu. Aber heißt es nicht auch, wo eine Tür zugeht, geht eine andere auf? Woher weiß ich, ob es eine bessere sein wird?

Ich drehe mich um, gehe an den großen Blockbuchstaben, die noch immer schweben, vorbei, blicke in den Saal. Du Ort, du, denke ich. Ein paar Jahre hast du von mir gefressen, habe ich dir geschenkt. Heute habe ich dich verstanden und gleich gehe ich.

Ich hole Jeans, Shirt, Socken und Schuhe, schnappe mir Duschbad und Shampoo. Ich laufe gar nicht, werde ferngesteuert zur Dusche getragen. Das Wasser springt von alleine an. Warmes Wasser, warmes klares Wasser, und es rauscht, wie all die Jahre. Jemand träufelt mir die Haarwäsche auf den Kopf, jemand seift mich ein, irgendjemand mit zehn Händen wäscht mich. Ich schließe die Augen und berühre alle mich begreifenden Hände.

Sie waschen nichts ab, sie massieren weich die Zeit in mich hinein. Die Haut wird schwer, wird nackter Mantel, der nicht schützt, nur wiegt.

Ganz langsam halbiert sich die Anzahl der Tropfen aus dem Brausekopf, ich kann sie ja zählen, spüre es. Sie vierteln, achteln, sechzehnteln sich. Der letzte Tropfen explodiert auf dem Fliesenboden und aus seinen Teilchen werden zurückspringende Fäden, die sich zu Frottee spinnen und mich warm ins Trockene bringen. Ich bewege mich keinen Millimeter. Mehrere Tücher streifen mich minutenlang, umwickeln mich, bis sie Farben und Stoff wechseln, zu meinen Sachen werden und ich in Hemd und Jeans dastehe. Mit Händen in den Hosentaschen sehe ich zu, wie sich die Senkel an meinen Schuhen zu Schleifen binden.

Ich kenne meine Wehmütigkeiten, weiß, dass sie winken, wenn es wahrscheinlich ist, dass etwas zum letzten Mal geschieht. Sie lauern vor allen meinen eingenommenen Plätzen in der Pathologie. Sie müssen sich gedulden, will keine Zeit jetzt für sie haben. Wie ein Magnet bewege ich mich noch einmal durch meine Räume. Nach allen Eindrücken fliegen mir meine persönlichen Sachen zu. Etwas aus dem Schrank, etwas aus dem Schreibtisch. Kein Stück Paul bleibt hier. Ich weiß nicht, wie spät es ist, ob ich schon Feierabend habe oder noch bleiben müsste. Es zählt nicht mehr. Die Zeiger dieser Uhr waren schon gestern abgefallen. Ich werfe keine Blicke mehr ins Labor, schaue nicht noch ein letztes Mal bei Kollegen und Ärzten vorbei. Die Dinge fügen sich. Nach allem, was mir heute begegnete, treffe ich auf meinem Weg zum Ausgang auf niemanden. Ich muss nicht Auf Wiedersehen sagen, muss nicht lügen.

»Na dann komm, Schatz«, sage ich vor dem Aufenthaltsraum zu meiner Kaffeetasse, »natürlich habe ich dich nicht vergessen.«

Der Weg, die Fahrt, das Ankommen mit Tasse in meinem Zuhause – es fühlt sich gut an. Etwas ließ ich im Krankenhaus, etwas nahm ich mit. Es ist Zeit für etwas Neues und etwas später Zeit für neue Erinnerungen. Die ganz frischen Erinnerungen aber, die schreibe ich auf.

Wochen später, als ich es getan habe, sehe ich sie vor mir und weiß, dass ich sie abgeben muss. Sie liegen mir sonst im Weg, nehmen mir die Sicht, sind zu viel. Ich gebe sie aus mir heraus, aber ich gebe sie nicht weg.

An einem späten Nachmittag steige ich also mit wehendem Herzen die über hundert Stufen zum Verlag hinauf. Ein, zwei Türen, freundliche Gesichter.

»Hallo«, begrüßt mich Carolin, meine Lektorin. Ich lache nur. »Möchtest du etwas trinken?«

»Ja gern, Wasser … ohne Musike. Bitte.«

Ich gebe mich heiterherzig, weil ich heiterherzig bin. Ich habe viele Worte mitgebracht. Im Kopf und im Mund.

Wir reden ein wenig die Treppen herunter, den Tag entlang, durch die Straßen, die Stadt, das Land, die Welt. Wir kommen einen Hauch lang bei Maria an.

Ein Schluck Wasser noch, ein kurzes Atemanhalten …

»Gut überlegt?«, fragt sie.

»Ja. Gut überlegt … Es muss sein«, sage ich.

Carolin freut sich … Wir freuen uns still. Als ich Anstalten mache zu gehen, brummt der Vibrationsalarm des iPhones in meiner Hosentasche. Ich hole es raus, tippe auf den grünen SMS-Button. Nachricht von Unbekannt:

Ich habe Dich so lieb … Deine Maria

SCHWARZKOPF & SCHWARZKOPF

ALLES AUF HOCHZEIT

GROSSE GEFÜHLE UND KOMISCHE KATASTROPHEN – EIN ROMAN ÜBER EINE JÜDISCHE HOCHZEIT, DIE IM LETZTEN MOMENT ZU SCHEITERN DROHT

ALLES AUF HOCHZEIT
ROMAN
Von Hanna Donath
248 Seiten, Klappenbroschur
ISBN 978-3-86265-193-1 | Preis 14,95 €

Eine jüdische Mama enttäuscht man nicht – schon gar nicht an dem Tag, den jede Mutter herbeifiebert: dem Tag der Hochzeit ihrer Tochter. Doch das ist Beas kleinstes Problem.

Ihre große jüdische Hochzeit ist geplant, Familie und Freunde sind in ein altes Jagdschloss im Schwarzwald angereist. Beas Schwestern legen ihre Streitigkeiten ab und auch ihre beiden engsten Freundinnen tun ihr Bestes, um ihr zur Seite zu stehen – obwohl Charlotte, die hochschwangere Trauzeugin, mit den Hormonen und Steffi mit einer enttäuschenden Beziehungsflaute kämpft. Dennoch kommt alles anders als gedacht: Nur Minuten vor der Trauung bricht Bea zusammen.

Hanna Donath rekapituliert in der Komödie »Alles auf Hochzeit« die 24 Stunden vor dem Höhepunkt der Zeremonie: Woher weiß man, dass der Erwählte der Richtige ist?

WWW.SCHWARZKOPF-SCHWARZKOPF.DE

Paul Hille
DIE LETZTE AUTOPSIE
Eine Liebe unter dem Seziermesser

ISBN 978-3-86265-212-9

Lektorat: Carolin Stanneck
Titelbild, Autorenfoto und Illustrationen: © Paul Hille

KATALOG
Wir senden Ihnen gern kostenlos unseren Katalog
Schwarzkopf & Schwarzkopf Verlag GmbH / Abt. Service
Kastanienallee 32 | 10435 Berlin
Telefon: 030 – 44 33 63 00
Fax: 030 – 44 33 63 044

INTERNET | E-MAIL
www.schwarzkopf-schwarzkopf.de
info@schwarzkopf-schwarzkopf.de